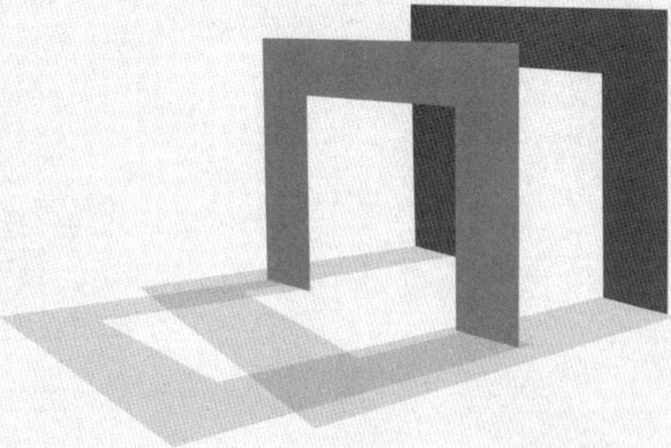

從少年中國到少年臺灣

二十世紀中文小說的青春想像與國族論述

梅家玲 著

目次

導論／「青春」的文化政治學

小說青春

「青春」原指春天，因其時草木繁茂呈現青綠色，故名[1]。由於它是四序紛迴之始，孕育著自然界中的無限新生契機，因此常被轉借指涉最美好、最富於新生希望的人生時光，並成為文學書寫中不斷被詠歌的對象[2]。

但耐人尋味的是，中華文明素有「重老輕少」的傾向。因此，儘管頌美「青春」的文學書寫所在多有，作為體現青春特質的**人物主體**——青少年，卻從不曾成為傳統文學中的重要角色。無論是詩詞歌賦，戲曲小說，古典文學投射的往往是父權式政教結構下的期待視野：重視文行忠信，修齊治平；強調禮教倫常，學優則仕；所形塑出的少年人物，因此多是一個個規行矩步、少年老成的「小大人」。彷彿，孩子們甫自脫離懵懂蒙昧的童騃時期，便須一步登天，躍入知禮守分的成人世界。而他們存在的主要意義，則不外乎是要賡續家國命脈，作為既有體制及歷史文化的傳承者。

然而，從二十世紀開始，這一現象卻發生了明顯變化。緣於世變，晚清以降的知識分子屢與「救國」、「新民」之思，並藉由「欲新一國之民，不可不新一國之小說」等理念，在小說中寄寓其家國憂思；所期待的，不外乎是一個能除舊布新、日益茁壯的「新中國」——而無論是文學想像抑是社會實踐，這個建構「新」中國的重責大任，正要由未受舊社會惡習污染，充滿青春理想的青少年來膺負。於是，從梁啟超倡論〈**少年**中國說〉，到陳獨秀〈敬告青年〉、李大釗抒論〈青春〉，以及巴金在《家》中屢屢自許自豪地宣稱「我是**青年！**」，莫不凸顯出：作為「民族幼苗」、「國家未來主人翁」的青少年，是如何因為內蘊著「青春」與「新生」的期盼，被賦予了空前重要性；而「青少年成長」與「國家成長」，又是如何在小說的文學想像中互為表裡，成為彼此象喻的一體兩面。

因此，本書將以二十世紀的中文小說為中心，探討其所體現出的青春想像與國族論述，以及相關的文化政治議題。進入正式論析之前，在此先說明從「少年中國」到「少年臺灣」之敘事話語的源起、關乎於「青春」的文化政治，以及分輯概要。

從「少年中國」到「少年臺灣」：敘事話語源起與「青春」的文化政治

作為敘事話語，「少年中國」與「少年臺灣」其實俱有所本，並且深有淵源。一九〇〇年，流亡海外的梁啟超在《清議報》上公開發表〈少年中國說〉一文，應是「少年中國」論述具體成形之始。梁的文章，不唯從多方面辨析「老大帝國」與「少年中國」的關係，更藉由多種鮮明的意象對比，熱情洋溢地標舉出其間的絕大差異，如：「老年人如夕照，少年人如朝陽；老年人如瘠牛，少年人如乳虎」，「老年人如鴉片煙，少年人如潑蘭地酒」，「老年人如秋後之柳，少年人如春前之草；老年人如死海之瀦為澤，少年人如長江之初發源」，在在以「人之老少」喻擬「國之老少」，高度肯定「少年」的進取前瞻意義。而「美哉我少年中國，與天不老，壯哉我少年中國，與國無疆」[3]的贊辭，亦正是時人的共同願景。

此一論述的最大意義，在於它藉由「少年中國」與「老大帝國」的對比，重新「發現」了「少年」；不僅視之為挑戰傳統，頡抗老大的新興力量，並且將其與「中國」的國族想像相互勾連[4]。追本溯源，此說其實晚清早有端緒，未必肇始於梁。但在此之前，僅僅為時人朦朧的理念與憧憬，未嘗形諸具體論述[5]。經梁啟超正式倡議之後，士人們以「少年」自命並力圖惕勵自強，遂成為一時風潮。除了梁本人率先表示：「自今以往，棄『哀時客』之名，更自名曰『少年中國之少年』」之外，《清議報》中亦隨即出現不少以「同是少年」、「鐵血少年」、「濠鏡少年」、「突飛少年」等為名的作者群，或抒發壯懷，或吟歌勵志[6]。甚且連晚清四大小說家之一的吳趼人，都一度以「中國老少年」為筆名，「少年」迷魅，至此可見一斑。此時，「少年」實則是作為涵涉一切青春希望的修辭策略，而所謂的「少年中國」，正是一種重新「自我命名」的召喚行動。一九〇二年，南洋公學學生組織「少年中國之革命軍」，首倡現代中國之「學運」[7]，正可視為相應的社會實踐。

時至民國，「少年」所召喚出的激情有增無減。一九一八年，王光祈、李大釗等人在北京創辦「少年中國學會」，其規章開宗明義第一條即是「本科學的精神，為社會的活動，以創造少年中國為宗旨」[8]。從命名來看，當可說是「少年中國」之理想在民初的具體實踐。該會總會成立不久，南京、上海、成都、巴黎等地皆如響斯應，紛紛成立分會，並先後發行《少年中國》、《少年世界》、《少年社會》等期刊，讀者遍及全國，盛極一時，流風之廣被，由此可見[9]。此學會成立之初，胡適曾以〈少年中國之精神〉為題發表演說，引述荷馬詩：「如今我們回來了，你們請看便不同了」，作為對「中國少年」的期勉[10]。不久後，《少年中國》特別製作兩期〈少年中國學會問題號〉，先後載有李大釗〈「少年中國」的「少年運動」〉、王光祈的〈「少年中國」之創造〉、〈少年中國學會之精神及其進行計畫〉、惲代英〈怎樣創造少年中國〉等專題論文，凡此，俱可視為晚清以後，「少年中國說」的再度發揚光大。

不過，正因為人人「心中自有一少年中國在」[11]，不同個人的理念懷抱，卻是將此一憧憬，投射為不同的國族想像。「少年中國學會」成立後不久，成員間即因是否應信仰某種「主義」而屢有爭辯；在活動路線上，則先有政治活動與社會活動之爭，後來又轉變為國家主義與共產主義之爭，終至分裂瓦解，無以為繼。爾後，會中信奉社會主義的李大釗、惲代英、黃日葵等成為共產黨中堅，毛澤東更是領袖一黨，主政中華人民共和國數十年。堅持國家主義的曾琦、李璜、陳啟天、左舜生則另創中國青年黨，堅決反共[12]。現今看來，該黨雖未能如大陸之共產黨般主導臺灣的民國政壇，「少年中國學會」也未必能被視為彼時「中國」的縮影，但由小及大，「少年中國」的文化政治與社會實踐，竟自衍生出左翼與右翼、大陸與臺灣間無數的政爭烽火與長久對峙，其滄桑始末，委實令人感慨係之[13]。

此外，值得注意的是，當《少年中國》行將停刊，「少年中國學會」瀕臨解散之際，一批來自臺灣的北大青年學生，卻在北京組織了一個名為「臺灣青年會」的社團，並將蔡元培、胡適之、梁啟超等人均列為「名譽會員」。該會成立於一九二二年，一九二六年在張我軍、吳敦禮、陳清楝等人倡議下重組，同年發行《少年臺灣》月刊，作為會報。〈創刊號〉中，張我軍即曾以不同筆名，分別撰寫〈少年臺灣之使命〉、〈少年春秋〉等文章[14]。在此，「中國」縱使易位為「臺灣」，「少年」卻依然與「臺灣」並置且負有重大「使命」。姑不論「中國—臺灣」文學間是否有必然的傳承關係，但視「少年」為家國的託喻，對「少年」寄予除舊布新的厚望，二者實是如出一轍。

正是這樣的語境背景，經由「青春想像」與「國族論述」角度去探討二十世紀的中文小說，不但具有創新性[15]，更有其重大意義。

事實上，伴隨前述社會實踐的同時，即是大量圍繞於「青春」的各類文化政治論述與文學想像。它包括「少年」、「青春」、「青年」等話語間的錯綜遞嬗；及其與「國族」、「小說」、「教育」之間的相互糾葛。

從歷史進程看來，「少年」話語大盛於晚清，但「青年」一詞的使用，已不乏見[16]；五四前後，與傳統文化猶有牽繫的「少年」一詞漸漸功成身退，取而代之的，乃是新興的「青年」一詞，它並且順理成章地成為「青春」喻託的載體，以及「國家」的希望所繫。當時創刊的不少重要刊物，都由此著眼。如一九一五年九月，《青年雜誌》創刊，陳獨秀（一八八〇—一九四二）撰寫發刊詞〈敬告青年〉，開篇以「初春」、「朝日」等譬喻，彰顯「青年」的新鮮活潑，希望無窮，既承續了「少年中國」的新興氣象，也具象化了「青春」的人物實體[17]。之後李大釗發表〈青春〉，倡言「吾族今後之能否立足於世界，不在白首中國之苟延殘喘，而在青春中國之投胎復活」、「以青春之我，創建青春之家庭，青春之國家，青春之民族，青春之人類，青春之地球，青春之宇宙，資以樂其無涯之生」[18]；為《晨鐘報》撰寫發刊詞〈青春中華之創造〉，復提出「蓋青年者，國家之魂」，當努力為國家自重，並應「以青春中華之創造為唯一之使命」[19]，亦無不以「青春」與「國家」相提並論，而「青年」，正是貫串於其間的能動主體。至於其後的

「少年中國學會」，儘管會員們頻頻以「少年中國之少年」自許，但放言抒論時，「青年」已是自我指稱時的習見用語了[20]。

另一方面，我們當然不要忘記，就在梁啟超倡言「少年中國」的同時，他還有「欲新一國之民，不可不新一國之小說」、「以小說教小學」等相關配套的教育理念。所謂「教小學急於教大學，教愚民急於教士夫。……故吾恆言他日救天下者，其在今日十五歲之童子乎！西國教科之書最盛，而出以遊戲小說者尤夥，故日本之變法，賴俚歌與小說之力；蓋以悅童子，以導愚氓，未有善於是者也」[21]，即此之謂。其本人，更藉由譯介《十五小豪傑》、撰著《新中國未來記》等方式身體力行。循此，這就又使得「少年」、「青年」、「青春」等意象，與「小說」及「教育」之間，產生密切的內在聯繫：小說成為啟蒙青少年、振興國族的重要教育材料，青少年（身體）所蘊藏的種種「青春」的成長動能，又每每伴隨著個人的認同追尋與情慾求索，成為小說家想像家國，書之不已的內在驅力。「國體」、「身體」與「文體」，亦以此交相關涉，相互辯證，其間曲折，自是耐人尋味。

也因此，無論是從古典文學與現代文學對照下的歧異處著眼，抑是由「感時憂國」的時代氛圍，以及中國之「現代性」追求歷程角度觀照，都會發現，從一開始，**二十世紀的中文小說，就已儼然成為銘刻「青春」的文化政治學**——小說家們一方面意圖藉由小說（對青少年）進行「新民」、「啟蒙」，另一方面，又頻頻聚焦於青少年人物，不僅對他們的成長與幻滅，多所演義；

甚且，還以他們的愛恨悲歡，身世遭逢，見證著政爭烽火，社會遷變。國族論述與青春想像交相激盪，遂構成近現代小說中的重要主題。其間，無論「中國」抑是「臺灣」，新青年們的成長經歷容或有別，但種種追尋求索，無不糾結著對家國土地、意識形態的取捨掙扎，並且召喚著新興國體的「自我命名」行動。尤其八、九〇年代以來，臺灣政經社會的快速變化，遠甚於既往，來自世界各地的新思潮衝激不斷，特別是，同性情慾論述的介入，更促使「少年臺灣」的文學想像別開生面，不同於既往。從「少年中國」到「少年臺灣」，既蘊含時間流變中的革新實踐，也投射出空間位移後的自我定位與家國再造。所涵括的面向，既有「老少」、「新舊」、「父子」之間的多元角力與彼此辯證，也因小說、教育、出版、身體、情慾、性別等不同因素的糾結拉鋸，產生諸多變化。

有鑑於此，本書遂以梁啟超「少年中國說」為起點，結合其自撰小說〈新中國未來記〉，討論所關涉的現代性、啟蒙論述與國族想像論題，為全書張目；繼以包天笑、葉聖陶，以及臺灣日據時期以來的重要小說為代表性個案，就「二十世紀中文小說的青春想像與國族論述」展開系列論析。整體而言，它的目的並不在於作為完整的文學史論述，卻意圖以文學／文化史的視野，凸顯此一世紀小說書寫的內在特質與美學實踐，並開展它與啟蒙教育、出版文化、身體論述、性別研究、情慾敘事等不同論域的對話思辨。全書凡六章，循由以下三個部分，進行討論：

一、發現少年與小說教育；
二、艱難的青春，困頓的啟蒙；
三、從中國到臺灣：孤兒？孽子？野孩子？

發現少年與小說教育

由隱而未顯，視而不見，到被有心發現，刻意標舉，「青春」伴隨著「少年」成為近現代文學與文化想像的重要主題，並非偶然；它所關涉的，更不只是文學書寫中的修辭喻託而已。無論是文化傳譯，文學想像，抑是啟蒙實踐，近現代的青春憧憬無所不在。而它的端緒，自當歸諸於梁啟超所倡議的「少年中國說」，以及相應而生的種種革新作為。

一九〇〇年，梁啟超發表〈少年中國說〉；一九〇二年，《新小說》創刊於橫濱，創刊號中，他以〈論小說與群治之關係〉，建構以小說新民的理論，同時也刊出自己創作的政治小說〈新中國未來記〉。再加上前此不久，《新民叢報》刊載了梁親自譯述的法國小說《十五小豪傑》。凡此種種，無不宣告著「少年中國」的希望工程，已堂皇啟動；「少年」、「中國」、「小說」三者，正所以交相關涉、彼此定義，共同成為許多相關論題的輻輳點。

不過，既然中華文明素來重老輕少，「少年中國」的青春憧憬卻要視「少年」為過去老舊中國的對立面，強調以初生新發之姿去反叛傳統，頡抗老大，這一觀念的突破性不言可喻。追根究柢，它是從何而來？如何後續發展？其「理念」（少年中國的論述）與「實踐」（小說書寫或政治作為）之間，具有怎樣的對話關係？再者，此一希望工程，固然發軔於「發現少年」，但「小說教育」，無疑是其中最重要的核心。雖然早在〈少年中國說〉之前，梁啟超已在〈蒙學報與演義報合敘〉中鼓吹要以小說「悅童子」、「導愚氓」[22]；倡言「政治小說」之重要性時，也不忘強調它與「少年教育」的關係[23]。然而，一旦要落實為具體的教育實踐，卻涉及了許多複雜的問題，諸如：什麼樣的小說，才是最適合用以進行少年教育的小說？這些小說的來源如何？依違於傳統與現代、啟蒙教育與商業出版之間，此類小說又將如何在當時的文化場域中自我定位？

凡此，都是研探二十世紀小說之「青春想像」與「國族論述」時，首先必須回應的問題。也因此，本書首輯遂以「梁啟超」與「包天笑」為代表性個案，就二十世紀之初，「發現少年」與「小說教育」的相關論題進行探討。〈發現少年，想像中國——梁啟超「少年中國說」的現代性、啟蒙論述與國族想像〉以梁啟超〈少年中國說〉為起點，擴及其政治小說〈新中國未來記〉和同一時期的其他相關論述，辨析「少年中國」與「老大帝國」間的牽纏糾葛；再以〈新中國未來記〉與〈少年中國說〉互參，探析此一論述本身內蘊的矛盾與駁雜性格，及後續影響。文中指出：原來，萌興於晚清的「青春／少年」想像，以及「以少代老」的突破性觀念，實源於梁啟超對日本學者志賀重昂及德富蘇峰「新日本少年說」的轉介[24]；而梁啟超力圖以小說啟蒙少年中國，新國新民，意義所以殊異於過往，並不僅因為改造了「文以載道」的傳統，將原先用以載道的經史文章置換為小說而已；而是將所載之「道」的重點，由原先的義理倫常教化，轉移為對新興國族的憧憬想像，使小說成為串接「少年—啟蒙—新中國」之間的重要鏈鎖。〈新中國未來記〉之前，梁曾譯著法國小說《十五小豪傑》，該書從書名更易到〈後記〉說明，莫不透露出此一訊息[25]。而〈新〉文本身在憧憬少年、期許未來的同時，卻也不斷地提示我們：不僅在啟蒙實踐上，老少新舊原難以斷然二分；即或是國族想像，「中國」的主體性，同樣因中西文化的交媾混血，而曖昧不明。

另一方面，來自於日本方面的「文化傳譯」，不僅深自影響了晚清「青春／少年」想像的生成，相偕而來的「小說教育」，更不例外。只是，儘管梁啟超鼓吹小說教育不遺餘力，真正的實踐，卻有待於包天笑大量譯著教育小說，作為少年讀物。

從早先的《兒童修身之感情》[26]，到後來得到大獎，風行不輟的「三記」[27]，包天笑在清末民初小說教育方面的貢獻有目共睹。由於包原為舊派文人，因此，當他因從事種種新文化的譯著事業，轉變為「新型文化人」，並因緣際會，落實梁啟超「小說教育」的理念時，所體現出的，遂不只是單純的「以小說教小學」而已。經由〈小說教育：包天笑與清末民初的小說教育〉，本書首先釐清了「少年」與「教育」及「小說」三者間的錯綜糾葛，繼而指出：源自於歐西的「教育小說」，原是最適於作為少年教育的小說體類。它的敘事重在體現少年的奮鬥成長及學校教育生活，恰恰與當時憧憬青春，強調教育啟蒙的社會現實相呼應，且為青少年的學習成長，提供具體的參考範式。然而，在引進西方「教育小說」的同時，晚清文人原也不乏著眼於教育問題，投射種種「教育想像」的小說書寫。二者之間，原頗多對話空間。更何況，以包天笑為例，他在譯介歐西小說多年之後，反而以「回頭看」的姿態，藉由傳統白話章回小說形式，創作自傳式的教育小說《青燈回味錄》，並以調侃方式有意將「小說」與「遊戲」相提並論[28]，箇中消息，即深堪玩味。從晚清小說家自撰的白話「教育」小說，到以文言引介翻譯國外「教育小說」，所涉及的，不僅是中西新舊文白等問題的糾結互動，也是時空論述與青春想像的翻新，是文學傳統與現代性的往來交鋒。包天笑及其於教育小說的譯述進程，正所以促使我們注意：晚清以降，「啟蒙論述」在現代性追求過程中，因「文化生產工業」所造成的種種變化；以及，青春想像與國族論述之外，以包為代表的「通俗文人」在近現代文學發展史上（向來被忽略）的意義。

艱難的青春，困頓的啟蒙

如前所述，五四前後，隨著新文化運動的開展，「少年」一詞已被新興的「青年」一詞取代。而所謂的「新青年」，更以其「在大學時期身受新教育具新知識」，成就了自我的特殊身分，不僅成為傳統文化的對立面，並且被認為具有教育社會，啟蒙大眾的能力與責任[28]——只是，千呼萬喚，那凝聚了無數青春憧憬的新國家，是否真能隨著新文化運動的開展而隱然在望？

事實上，由於乙未割臺，五四之後，中國與臺灣，無論在政治社會、文學文化方面，都發展各異；其青春想像與國族論述，亦因此殊軌分流。而無獨有偶的是，無論中國抑是臺灣，小說中所投射出的，竟然都是青春的艱難，啟蒙的困頓。

中國方面，五四新青年們的激情理想，志業抱負，撼動了無數人心；「青年社會」遂自然取代「少年中國」，成為彼一時代有志者共同的希望所繫。然而，儘管三千學生的遊行活動轟轟烈烈，震驚中外，後續發展，卻未必與原先的期盼桴鼓相應。以二〇年代著名教育小說《倪煥之》為例，主角人物倪煥之，原為對教育事業充滿熱情的新青年，卻在遭遇連番挫折之後，英年猝逝。「青春」不再，「啟蒙」失敗，所投映出的，豈只是來自學生、家庭、社會的諸般現實困境而已？「孩童」、「少年」、「青年」三者因分化而產生的緊張關係；「啟蒙」的急迫性和「教育」所必需的「日常時間性」之間的矛盾齟齬，恐怕才是真正關鍵。

於是，經由〈孩童，還是青年？——葉聖陶的教育小說與二〇年代青春／啟蒙論述的折變〉，本書梳理了來自社會現實、敘事話語與「青年」、「孩童」等文化符號的錯綜糾結及多方對話。指出：「青春」之所以成為晚清以來最有力的激情符號，正是因為它以進化論為基礎，在線性時間軸上許諾了一個具有無限可能性的未來；這個未來，必須憑藉「新生」的憧憬，不斷建構與重構。由晚清所「發現」的「少年」，不僅實指現實人生中最富活潑朝氣的特定階段，更是涵涉一切青春希望的修辭策略。也因此，繼「少年」之後，亦有「孩童」、「青年」的相繼發現（或創造），共同成為當時中國「青春想像」的人格化表達，並喻載著整個社會除舊布新、經歷巨大轉型時的政治與文化能量。然而，弔詭的是，一旦「青春」由想像面落實為現實人生階段，遂形成了內部分化的難題：「孩童」是為人生之蒙昧期，也是需要被啟蒙、被拯救的對象；「少年」是具有能動驅力的成長階段，「青年」則以其所具備的新知識新教育，被賦予了「啟蒙」大眾的重責大任。由「孩童」成長到「青年」，需要的無非是日常時間的積累。五四以後，青年們汲汲於啟蒙大業，有待時間養成的「孩童」，卻跟不上啟蒙救亡急迫的腳步。如此一來，儘管同樣肩負了打造新國家的殷切期盼，「青年」遇上「孩童」，反而憑添無限矛盾困頓。作為中國現代小說史上的第一部長篇教育小說，《倪煥之》所敘述的，竟然是教育的不易為，不可為。以「教育」為目的，導致的是「反教育」的結果；憧憬青春，面臨的卻是青春的艱難與幻滅，這真不能不說是一大反諷了。

而與此同時，處於日本殖民統治下的臺灣新文學，又是如何呢？

整體而言，從清領到日據，臺灣所歷經的，除卻政治社會層面的巨大衝擊外，更有空間、文化等多方面的改變。也因此，相對於五四以來，中國現代小說關注於「新青年」的「啟蒙」、「教育」與「革命」等議題，臺灣小說，卻是藉由殖民地青年往來於不同空間的認同追尋，以及自我身體的或病弱、或強健，「體」現出此一特殊歷史情境中的各種社會文化與政治轇轕。〈身體政治與青春想像：日據時期的臺灣小說〉正是由此著眼，探討其間「身體與空間／認同政治」及「從臺灣身體到皇民身體」兩大主題。

從臺灣新文學史上最早的白話小說之一——追風（謝春木）的〈她要往何處去〉開始，我們就不斷看到許多臺灣青少年在這些不同空間中游移往來的身影：日本，還是臺灣？都會，還是鄉村？異鄉，還是故鄉？舊書房，還是新學校？無論是奔赴，是留駐，抑是離去，不同時期、不同空間的身體位移，喻託的不僅是擺盪在殖民化與現代化歷程中的認同轉折，更有戀愛追求、改革實踐，以及各種意識形態的交相作用。這特有的駁雜性，更提醒我們進一思辨：身體的歸趨，是否就是精神意向的完全投射？從歷時性角度觀照，不同時期的身體位移，是否也將隨著外在政治現實的改變，宣示著認同的流轉或質變？無論是追風還是龍瑛宗，是巫永福、周金波還是呂赫若，檢視臺灣新文學發展的歷程，這些由文學想像所投射出的青春身體，不僅要以己身於不同空間中的往來趨避，標舉認同的游移或質變，其本身身體或生理現象的強弱變化，同樣糾結著駁雜的政治意涵。

各式各樣的病體充斥，是為早期臺灣小說顯見的特色；更令人驚心的是，除卻本來就屬於弱勢者的婦女與孩童之外，作為社會中堅的青年們，同樣要以身體的病弱衰敝，折射出此一特殊歷史時期中的臺灣處境。它由賴和的〈一桿稱仔〉首發其端，其後張文環〈閹雞〉、浪石生〈面頰〉、王詩琅〈青春〉、龍瑛宗〈植有木瓜樹的小鎮〉等，一連串小說中的青年男女們，或過勞致病，或備受殖民勢力欺壓傷身，或藉由結核病體，寄託殖民社會中的理想追求與挫敗，這些人物身世不一，遭逢各異，然而意識形態、文化政治與社會現實的往來交鋒痕跡，卻都在各人的病體上歷歷可見。

不僅於此，由病弱而強健，乃是臺灣子民共同的想望，然而，作為殖民地時期小說中的青春身體，其強健的結果，竟未必是臺灣主體的重建，反而可能是從「臺灣身體」到「皇民身體」的質變。周金波的系列小說，主角人物勤於鍛鍊體魄，身強體健，他們之所以一改過去病弱衰敝之態，目的竟然是要成為效命天皇的「志願兵」，不僅要為日本勇赴征場，甚且，還要以一己的粉「身」碎骨，為國捐「軀」，為得來不易的「皇民」身分背書[30]。只是，此一執意於「捐軀」的年輕身體，除了輾轉於日本／臺灣之間外，還有沒有其他可能的歸屬？在此，張文環的書寫卻意外地開啟了另一面向。

志願兵制度實施後，張文環曾有不少相關言論發表。有趣的是，他的重點多集中在志願兵將如何能使臺灣青年成為一個完整的「男人」[31]。而一旦由「性別」視角展開觀照，身體的象徵意義遂更形曖昧：它既非「臺灣身體」，也非「皇民身體」，而是雄糾氣昂的「男性身體」。這似乎意味國族認同之外的另一出路，並暗示了其人不同的政治立場。此一對身為「臺灣男性」的刻意強調，未嘗不可視為因為身受日本殖民「去勢」之後，意欲重振「雄」風的隱喻。其間曲折，不只引人深思，甚且，也成為觀照戰後臺灣之青春想像與國族論述的重要門徑之一。

從中國到臺灣：孤兒？孽子？野孩子？

一九四五年，日本戰敗；一九四九年，國府遷臺。隨之而來的半世紀家國動盪，政經變革，無可避免地左右了文學想像的走向。其間，國族認同的依違徬徨，自然是重要關目。明顯可見的是，從吳濁流的經典之作《亞細亞的孤兒》開始，「父子」關係便每每成為戰後臺灣小說思辨家國鄉土的重要喻託。所以如此，自當是緣於華人文化中，向來有「以家喻國」的傳統，習於以家族中的父子血緣傳承為基礎，延擴出崇尚完整一統而又位階井然的社會國家想像。所謂「有天地然後有萬物，有萬物然後有男女，有男女然後有夫婦，有夫婦然後有父子，有父子然後有君臣，有君臣然後有上下，有上下然後禮義有所錯。夫婦之道，不可以不久也」[32]，不僅是古有明訓，而且深入人心。

在此背景下，日子正當青春的「子輩」們，遂每每要以其與「父輩」們生理血緣之斷續，以及日常生活中的衝突或和解，在小說中演義家國想像的幽微心事。戰後以來，臺灣重量級的小說如王文興《家變》、白先勇《孽子》等，書名本身，就都已不約而同地透顯出箇中消息，比合而觀，更可見彼此間微妙的對話關係。本輯〈白先勇小說的少年論述與臺北想像——從《臺北人》到《孽子》〉，以及〈孤兒？孽子？野孩子？——戰後臺灣小說中的父子家國及其裂變〉，即著眼於此，並試圖由「性別」視角切入，觀照青春想像與國族論述的往來交鋒。所關切的論題，主要集中於因遷臺之空間位移而生的地域認同取捨，以及對於以血緣傳承為依歸的傳統文化政治的反省思辨。

《臺北人》與《孽子》不僅俱為白先勇的代表作，也是戰後臺灣小說備受重視的名篇。由於主題不同，長短有別[33]，過去學者從不曾將它們並置討論。〈白先勇小說的少年論述與臺北想像——從《臺北人》到《孽子》〉一文則率先將它們視為具有內在淵源的小說文本，並且指出：「（同性戀）少年」的青春想像與「（臺灣）臺北」的地域認同乃是白先勇小說中一貫的關懷重點。將《臺北人》與《孽子》對照閱讀，正所以促使我們思索：「徬徨街頭，無所歸依的孩子們」，是否必要，或該當如何，去面對屬於父母輩的「憂患重重的時代」？如果說，「同志／酷兒論述」是對傳統「家國」大敘述的一種反叛與頡抗[34]，那麼，少年孽子們是否重新定義了白先勇的家國關懷？而「臺北」，又是以何種姿態，介入其間的折變？

誠然，屬於「先父母以及那一個憂患重重的時代」的《臺北人》，無論是「臺北」，抑是「人」，都不免「於在場處缺席」；然而，《孽子》中「那一群在最深最深的黑夜裡，獨自徬徨街頭，無所歸依的孩子們」，卻是以富於青春活力的「新臺北人」姿態，改寫了「臺北」與「人」的想像關係。經由「臺北新少年：孽子們的身家譜系與情慾敘事模式」與「少年新臺北：流離動線中的臺北圖景、家國想像與父子關係」的多層次論證，我們看到的是：原先備受上一代《臺北人》鄙薄的、具有臺灣節候及地理特色的颱風地震，已內化在島上下一代《孽子》的血液之中，成為本土少年青春生命的內在驅力[35]。而饒有興味的是，儘管「性別論述」每每對於家國大敘述產生挑釁顛覆的作用，但此一由大陸轉向臺灣，成就「少年／臺北」之「新興個人／家國主體的想像」的主導力量，卻是恰恰來自於同性戀情慾（敘事）模式與家國論述的辯證交融：超越了唯血緣是尚的線性傳承關係，經由尋求「替代性複本」之情慾敘事策略的反覆運用，《孽子》中的臺北少年們將情慾／認同的對象，投射至多具大陸背景的父執輩；而老一輩人物，雖仍維持戀子戀童的情慾模式，但慾求的對象，實由大陸少年轉向為臺灣少年，箇中意蘊，不言可喻。

進而言之，放眼戰後臺灣小說，著墨於「父子」關係者，原就比比皆是。「性別」與「家國」論述的往來交鋒，更是其來有自，源遠流長。以是，繼《臺北人》與《孽子》的論析之後，〈孤兒？孽子？野孩子？——戰後臺灣小說中的父子家國及其裂變〉一文，即是將《亞細亞的孤兒》、《家變》、《孽子》與張大春《野孩子》、吳繼文《天河撩亂》等四〇至九〇年代的相關臺灣小說，置於「父子家國」的論述脈絡中，一併進行歷時性考察，意圖進一步詰問：不同時期的「父子」及「家國」，是如何相互定義並辯證彼此間的關係？作為見證、參與歷史社會急遽變動進程的重要象徵活動，小說如何藉由特定的青春想像與美學實踐，體現其間的游移與裂變？

在此，「家」的隱喻無疑是箇中關鍵。無論是成家、離家、返家的空間游移，抑是家人之間的親疏遠近，離合愛憎，投射出的，每每是糾結著從血緣傳承到政治文化認同的複雜情結。明顯可見的是，四〇年代中，吳濁流曾以《亞細亞的孤兒》一書，寫盡日據時期臺灣人民在認同上無家無父的悲哀，為臺灣文學樹立「孤兒意識」的里程碑[36]；六〇至八〇年代，孤兒退位，逆子孽子現身，先後問世的王文興《家變》與白先勇《孽子》，卻各自在有家有父的同時，演義出「逐父」與「為父所逐」的相互對話。然而曾幾何時，兒子們卻又不再以家／父為念，或浪蕩街頭，或混跡黑幫，九〇年代以降，包括「大頭春」在內的各路「野孩子」紛至沓來，亦成為世紀末臺灣小說中的另一奇觀[37]。從「孤兒」的無家、「孽子」的尋家，到「野孩子」的有家卻要棄家，從渴盼整全一統到自我崩解離散，「少年臺灣」的青春想像，遂隨著「子輩」們的徬徨追尋，一路見證了半世紀家國社會的動盪遷變，並為臺灣小說寫下殊異而曲折的一頁。

註釋

1 此一用法在古典文學中早已習見不鮮。如屈原《楚辭・大招》，即有「青春受謝，白日昭只」之語；其後如《文選》江淹雜體詩〈謝法曹〉：「幸及風雪霽，青春滿江皋」，也作此解。

2 如杜甫詩：「白日放歌須縱酒，青春作伴好還鄉」；《三國演義》第四十三回：「青春作賦，皓首窮經」。

3 俱見梁啟超，〈少年中國說〉，《清議報》第三十五冊（光緒二十六年正月十一日，一九〇〇年）。（按：《清議報》每刊皆稱「冊」而不稱「期」或「號」。）又見《飲冰室文集》第二冊（臺北：中華書局，一九六〇），「文集之五」，頁七—一二。

4 在過去的文化文學中，原不乏謳歌青春年少的〈少年行〉、〈少年遊〉等詩作，及肯定少年豪俠的《小五義》等章回小說，然而其中「少年」作為，即使偶有與傳統社會家國扞格處，其終極指向，仍是要回歸並效命於既有之政治文化體制，成為體制的承繼者。而「少年中國」之說，卻是在肯定少年原先即具有的「青春」、「進取」、「希望」等意義的同時，更視其為體現「現代性」的表徵，對他投射了大量「革新」、「進步」、「光明的開端」等關乎「**新**國家」的憧憬想像。透過此一想像，少年作為過去傳統老舊中國的對立面，不僅理直氣壯，順理成章，甚至於，還應當以初生新發之姿，捨老舊中國而另締新猷，其絕決斷裂處，顯然可見。詳參本書第一章〈發現少年，想像中國——梁啟超「少年中國說」的現代性、啟蒙論述與國族想像〉。

5 〈少年中國說〉一文中，梁啟超曾明言：「龔自珍氏之集有詩一章，題曰〈能令公少年行〉，吾嘗愛讀之，而有味乎其用意之所存」；這似乎意味了至少在梁之前，龔氏已先一步對少年精神做出肯定，並成為「少年中國說」的想像源頭之一。此外，梁在其他論述中，還不時使用「少年德意志」、「少年義大利」、「少年瑪志尼」等詞語。此一將「少年」冠於特定國名或人名之上，藉以肯定少年精神及新興國族的作法，普遍見於晚清報刊，亦顯示出它與西方政治文化思想間的淵源。

6 如《清議報》四十四冊刊有「鐵血少年」之〈壯志〉，八十九冊有「突飛少年」之〈勵志歌十首〉。三十九冊刊有「同是少年」之〈寄少年中國之少年〉。餘以「少年」為名者，分見五十七、八十六、八十八等冊。

7 桑兵，《晚清學堂學生與社會變革》（上海：學林，一九九五），頁七四—七六。

8 見《少年中國》第一卷一期。

9 據編輯左舜生回憶：該刊的「銷路不壞，平常每期銷六七千冊，出過兩期婦女問題專號，都超過一萬。」見《左舜生回憶錄》（臺北：文海，一九七八），頁二二一。

10 原載《少年中國》第一卷第一期，後收入《胡適選集》（臺北：文星，一九六六），頁一五—二〇。

11 梁啟超〈少年中國說〉語。

12 詳參郭正昭、林瑞明，《王光祈的一生與少年中國學會》（臺北：環宇，一九七四），頁一九—一四七。

13 有關少年中國學會，及《少年中國》期刊的研究，可參見吳小龍，《少年中國學會研究》（上海：三聯書店，二〇〇六）、李永春，《少年中國與五四時期社會思潮》（湖南：湖南人民，二〇〇五）、陳正茂，《理想與現實的衝突：「少年中國學會」史》（臺北：秀威資訊，二〇一〇）等。

14 見秦賢次，〈張我軍及同時代的北京臺灣留學生〉，收入彭小妍編，《漂泊與鄉土——張我軍逝世四十週年紀念論文集》（臺北：文建會，一九九六），頁五七—八一。

15 前此，儘管自梁啟超以迄於臺灣小說的相關研究已為數頗豐，然由「少年中國說」出發，進而開展出以「少年」、「青春」為聚焦點，並兼及於國族想像的文學／文化研究，實未得見。本書各篇論文先後發表後，引起海內外學界相當程度關注，不少後續研究，都循此脈絡進行。諸如：陳思和，〈從「少年情懷」到「中年危機」——二十世紀中國文學研究的一個視角〉；石曉楓，《八、九〇年代兩岸小說中的少年家變》（臺北：臺灣師範大學博士論文，二〇〇三）；宋明煒，*Long Live Youth: National Rejuvenation and the Chinese Bildungsroman, 1900-1958.*（紐約：哥倫比亞大學東亞系博士論文，二〇〇五）；關詩珮，〈《哈葛德少男文學（boy literature）與林紓少年文學（juvenile literature）：殖民主義與晚清中國國族觀念的建立》〉，載王宏志主編，《翻譯史研究》第一輯（上海：復旦大學，二〇一一），頁一三八—一六九。另外，二〇〇九年《三聯生活週刊》推出〈百年中國讀本重新解讀中國〉專號，開篇第一號讀本，即是梁啟超的〈少年中國說〉，所闡示的重點，亦即為其「發現少年」的部分，以及它與其後「青年／青春想像」的淵源。

16 如一九〇二年，梁在橫濱創刊《新小說》，之前便揭櫫其宗旨為「專在借小說家言，以發起國民政治思想，激勵其愛國精神」，尤其希望「**新世界之青年**，亦在所不棄歟」。見梁啟超，〈中國唯一之文學報《新小說》〉，《新民叢報》第一四號（光緒二十八年七月十五日，一九〇二年），拉頁廣告。又見夏曉虹編，《飲冰室合集．集外文》上冊（北京：北京大學，二〇〇五），頁一二一。

17 陳獨秀，〈敬告青年〉：「青年如初春，如朝日，如百卉之萌動，如利刃之新發于硎，人生最可寶貴之時期也。青年之於社會，猶新鮮活潑細胞之在人身。新陳代謝，陳腐朽敗者無時不在天然淘汰之途，與新鮮活潑者以空間之位置及時間之生命。人身遵新陳代謝之道則健康，陳腐朽敗之細胞充塞人身則人身死；社會遵新陳代謝之道則隆盛，陳腐朽敗之分子充塞社會則社會亡。」（《青年雜誌》一卷一號，一九一五年九月十五日。又見《獨秀文存》卷一。）

18 《新青年》二卷一號，一九一六年九月一日。

19 《晨鐘報》創刊號，一九一六年八月十五日

20 如宗之櫆，〈致編輯諸君〉：「先要自己可以作**青年**的模範，具科學研究的眼光，抱真誠高潔的心胸，懷獨立不屈的意志，然後做出鼓吹的文學，才可以感動人。」（《少年中國》第一卷第三期，頁五六。）

21 梁啟超，〈蒙學報演義報合敘〉，《飲冰室文集》之二，頁五六。

22 見前引〈蒙學報演義報合敘〉，《飲冰室文集》之二。

23 梁啟超〈譯印政治小說序〉：「彼中綴學之子，黌塾之暇，手之口之，……而婦女，而童孺，靡不手之口之，往往每一書出，而全國之議論為之一變。」（《清議報》第一冊，一八九八年十一月十一日。）

24 志賀重昂〈日本少年歌〉的「新日本來兮舊日本去，少年起兮老人遯」（見一九〇二年《新民叢報》第二

號，頁一〇一—一〇五）；德富蘇峰為《國民之友》而作的發刊詞〈嗟乎！《國民之友》誕生矣〉：「所謂破壞的時代漸去，建設的時代將來；東洋的現象漸去，泰西的現象將來；舊日本之故老乘去日之車漸退出舞臺，新日本之青年駕來日之馬漸進入舞臺」（見東京改造社主編《現代日本文學全集》第四編《德富蘇峰集》，東京：改造社，一九三〇，頁四六），應該都可視為梁啟超「少年中國說」的先導。

25 《十五小豪傑》原名《兩年間學校暑假》，日譯本作《十五少年》；〈後記〉作者署名「披髮生」，文中明言：「各國莫不有了這本《十五小豪傑》的譯本。只是東洋有一老大帝國，從來還沒有把他那本書譯出來。後來到《新民叢報》發刊，社主見這本書可以開發本國學生的志趣智識，因此也就把他從頭譯出，這就是《十五小豪傑》這部書流入中國的因果了。」（一九〇二年《新民叢報》第二四號，光緒二十八年十二月五日）

26 原名《三千里尋親記》，為一意大利童子的尋母故事，一九〇五年由上海文明書局印行出版。

27 即《馨兒就學記》（一九〇九，後來由夏丏尊重譯為《愛的教育》）、《埋石棄石記》（一九一一）、《苦兒流浪記》（一九一二），皆曾榮獲國民政府教育部頒發獎狀表揚；《馨兒就學記》在短短數年間發行十數萬冊，其中的〈掃墓〉一節，更被選入民初「商務版」高小國文課本，作為教材。

28 在「放足樂舊情懷癡叔，解頤談平話娛嘉賓」一回中，包天笑藉著為老祖母祝壽的場合，讓「眾人湊公份，招了兩班遊戲的東西，一是說書，一是變戲法」，並讓說書人道出：「諸位到了今天，都知道這兩種（按，即說書與變戲法）是在社會教育範圍以內，現在對於通俗教育有極大的功效。」（《青燈回味錄》，《教育雜誌》，八卷六期）。

29 錢穆，《中國文學論叢》（北京：三聯書店，二〇〇二），頁二六。

30 當時「志願兵」的篩選標準嚴格，競爭者眾，最激烈的時候，錄取率甚至不到六百分之一。強健的體魄，自是不可或缺。而志願兵之所以讓全臺青年風起雲湧，生死以之，除了殖民政府以「島民最高榮譽」鼓舞人心、發動青年團動員青年男女加入、製造青年同儕間的相互鼓盪，以及利用青年人的民族競爭心理，讓他們藉此證明自己比日本人還要優秀等因素外，至少還有兩方面的原因：一，它使得全臺青年得以在一個特定的共同目標下不分彼此，緊密結合，成就一體感；二，它給予臺灣青年莫大的希望和指引，讓男性藉由從軍而成為完整的人，經由從軍或戰死，殖民地青年污濁、卑下的精神才得以淨化；若能為國殞落進入英靈合祠的靖國神社，更可達內臺一體之境地。參見周婉窈，〈從比較的觀點看臺灣與韓國的皇民化運動（一九三七—一九四五）〉，《海行兮的時代》，頁七〇—七二；柳書琴，〈殖民地文化運動與皇民化：論張文環的文化觀〉，收入江自得編，《殖民地經驗與臺灣文學》（臺北：遠流，二〇〇〇），頁一—四三。

31 如張文環在〈一群鴿子〉中即表示：「志願兵制度的文告發表出現在報紙的時候，或許本島青年大都會覺得終於確立了做為男性應有的面目吧！」〈燃燒的力量〉也說：「男人的一生，不知道是為什麼，只想為國家獻身做事，才是男人應走的路。」分別收錄於《張文環全集：隨筆集（一）》（臺中：臺中縣立文化中心，二〇〇三），頁一〇二—一〇五；頁一七三—一八三。

32 《易》〈序卦〉，《周易注疏》卷九。

33 《臺北人》以十四個短篇結集，主角是各色出身於中國大陸，卻不得不隨國民政府撤退來臺的人物，藉由他們在臺北的落魄流離，撫今追昔，銘記著一個已經逝去的、「憂患重重的時代」。所體現者，自是五四以來，正統的感時憂國情懷。《孽子》為白先勇小說中的唯一長篇，以大臺北一群同性戀青少年為主角，重點在凸顯他們的愛慾悲歡，徬徨掙扎，以及輾轉於放逐追尋回歸歷程中的種種心路轉折，它關懷的是「那一群在最深最深的黑夜裡，獨自徬徨街頭，無所歸依的孩子們」。

34 相關論述，可參考張小虹，〈不肖文學妖孽史——以《孽子》為例〉，收入陳義芝編，《臺灣現代小說史綜論》（臺北：聯經，一九九八），頁一六五—二〇二；朱偉誠，〈（白先勇同志的）女人、怪胎、國族：一個家庭羅曼史的連接〉，《中外文學》二十六卷十二期，頁四七—六六。

35 如〈花橋榮記〉中的老板娘一提到臺北，鄙薄之情便溢於言表：「講句老實話，不是我護衛我們桂林人，我們桂林那個地方山明水秀，出的人物也到底不同些。……我們那裡，到處青的山，綠的水，人的眼睛也看亮了，皮膚也洗的白了。幾時見過臺北這種地方？今年颱風，明年地震，任你是個大美人胎子，也經不起這些風雨的折磨哪！」（《臺北人》，臺北：晨星，頁一八四）而《孽子》中愛戀青春少年之野勁的郭老，卻視之為「孽子」們的生命特質：「阿青，你也要開始飛了。這是你們血裡頭帶來的，你們這群在這個島上生長的野娃娃，你們的血裡頭就帶著這股野勁兒，就好像這個島上的颱風地震一般」。而阿鳳遇到傅老爺子時，同樣引述郭老的話說：「我們血裡就帶著野性，就好像這個島上的颱風地震一般，一發不可收拾」。（《孽子》，臺北：遠景，頁八五、頁三一六）。

36 按：《亞細亞的孤兒》雖成書於戰前，但正式發表，卻在戰後。再者，該書原名《胡志明》；《亞細亞的孤兒》之書名，亦是首見於一九五六年所發行的日文版（日本一二三書房印行）。故論者咸以之為體現戰後臺灣小說中「孤兒意識」的重要代表作。

37 代表性文本如李順興，《廢五金少年的偉大夢想》（臺北：聯經，一九九二）、張大春，《野孩子》（臺北：聯合文學，一九九六）。

輯一、發現少年與小説教育

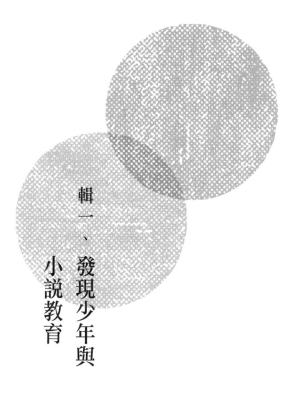

發現少年，想像中國

——梁啟超「少年中國說」的現代性、啟蒙論述與國族想像

日本人之稱我中國也，一則曰老大帝國，再則曰老大帝國，是語也，蓋襲譯歐西人之言也。嗚呼，我中國其果老大矣乎？梁啟超曰：惡！是何言？是何言！吾心目中有一少年中國在。

梁啟超〈少年中國說〉

一、前言

「少年」的青春希望，「中國」的強盛進步，曾是晚清以降多少知識分子思之念之的共同憧憬。如何以「少年」精神進行「中國」的改革再造，更催動無數近現代熱血青年戮力以赴，生死以之。回顧過去，從維新到革命，從政治到文學，從想像到實踐，各路少年取徑雖殊，其於新中

國新未來的殷勤打造，卻是不約而同。由是，「少年中國」所召喚出的，遂不僅是中西政治文化交會下一時的少年激情，也是百餘年以來，新中國輾轉於救亡圖存之道上的種種血淚滄桑。

正是如此，我們也才恍然發現：儘管千百年來，中華文明素有「重老輕少」的傾向——「少年老成」、「老成持重」每每意味著讚許；「少不更事」、「少年輕狂」則難掩貶抑；「敬老尊賢」、「長幼有序」，更是千百年教化倫常中的基本共識——晚清的變局，卻驟然間促使老少易位，從此，老大者成為衰朽落後的代稱，少年，則不僅被賦予了空前的重要性，甚且還要對老者撻之伐之、取而代之，一躍而為新興國族的唯一希望所繫。

而令人好奇的是：這一「少年論述」究竟是如何醞釀成形的？如何與新興的國族論述發生關聯？在生成過程中，它果真能斷然揮別老大，日新又新？抑或是欲少還老，總也與老大者錯綜牽纏，藕斷絲連？特別是，在此「少年」不僅實指現實人生中最富活潑朝氣的特定階段，更是涵涉一切青春希望的修辭策略，所謂的「少年中國」，其實乃是一重新「自我命名」的召喚行動。也因此，落實在文學實踐與國族／文化想像之中，它遂在現代性、啟蒙思想與國族想像的交相錯綜下，體現出前所未有的駁雜性格：基本上，標舉「少年」以頡抗傳統文化所意喻的「老大」，以「中國」取代數千年居之不疑的「天下」，原就是中國現代性追求過程之重點，標識著傳統與現代的斷裂。它所涉及的，一方面是時間觀念與空間意識的重構；另方面，如何發現少年與怎樣想像中國，又開展出啟蒙與國族論述的思辨論域。然而，單一線性式時間觀與全球化空間想像的成形，是否足以完整解釋彼時「現代性」的各重複雜面向？老少新舊對立的表象之下，是否，以及如何，偷渡著少年們對老大者欲拒還迎的欲望與焦慮？浮游於老少新舊中西內外盤結交錯的繁複論域之中，所謂的「少年」與「中國」，該如何定義自我的主體性？

就晚清文化與文學研究而言，這些都是值得一再思辨的重要論題，經緯萬端，彼此生發，對它們的研析，因此每有掛一漏萬之虞。然而，梁啟超（一八七三—一九二九）關乎「少年中國」的論述，卻恰巧提供了一個具體而微的討論起點。

一九〇〇年，流亡海外的梁啟超在《清議報》上公開發表〈少年中國說〉一文，正式為「少年中國」相關論述張目。追本溯源，此說原未必肇始於梁啟超，但在此之前，僅僅為時人朦朧的理念與憧憬，未嘗具體形諸文字；梁的文章，則不唯從多方面辨析「老大帝國」與「少年中國」的關係，更藉由多種鮮明的意象對比，熱情洋溢地標舉出其間的絕大差異，如：「老年人如夕照，少年人如朝陽；老年人如瘠牛，少年人如乳虎」，「老年人如鴉片煙，少年人如潑蘭地酒」，「老年人如秋後之柳，少年人如春前之草；老年人如死海之瀦為澤，少年人如長江之初發源」，正是以「人之老少」喻擬「國之老少」，高度肯定「少年」的進取前瞻意義。而「美哉我少年中國，與天不老，壯哉我少年中國，與國無疆」[1]的贊辭，亦正是時人的共同憧憬，以之為討論起點，適可見其理念基礎。

再者，兩年後，鼓吹小說界革命的《新小說》一九〇二年創刊於橫濱；創刊號中，梁除以

〈論小說與群治之關係〉倡言「欲新一國之民，不可不新一國之小說」的小說理論外[2]，另有自己創作的政治小說〈新中國未來記〉同時刊出。此前不久，《新民叢報》更早已刊載過梁親自譯述的法國小說《十五小豪傑》。而這些，其實都可視為先前「少年中國論」的不同表述方式。比合而觀，其間「現代性」、「啟蒙論述」與「國族想像」的辯證，遂更因文學實踐與翻譯政治介入，共同彩繪出彼時文化場域中的繁複動畫，晚清文學與文化研究，亦得以此開顯出較全面的觀照視景。因此，以下便以〈少年中國說〉與梁為新民教民而作的〈新中國未來記〉為主，其他相關論述為輔，探勘「少年／啟蒙論述」形成的原委，以及其所內蘊的矛盾與複雜性[3]。最後，並試圖就「少年中國」之說所導引出的後續實踐略作釐析，以見其啟發性與影響力。

二、「西」風一夜催人老：老大帝國？抑是少年中國？

閱讀〈少年中國說〉，首先面對的，當是「少年．中國」與「老大．帝國」間既錯綜盤結，又頡抗對立的糾葛，以及，「中國」在多重時空座標間的飄盪游移。文前所摘錄的一段文字，是為〈少年中國說〉全文開篇之論，其曖昧性已顯然可見：「老大帝國」，是「日本」與「歐西」對「我中國」的稱謂，但「吾心目中」，卻自「有一少年中國在」。

在此，來自他者的命名，與「吾心目中」自我定位間的落差，本身即已形成「中國」的不穩定結構。更何況，隨著梁啟超論述策略的一再翻轉，「吾心目中」的「少年中國」，也就因此不斷流動遷化，因「時」制宜。如：欲肯定過去唐虞三代以迄康乾盛世的文治武功時，可以視其為「我國民少年時代良辰美景賞心樂事之陳跡」（即「少年中國」為「過去」之陳跡，「而今頹然老矣」）；為了要與昔本有之「老大」相區別，則必須強調「地球上昔未現此國，而今漸發達，他日之前程方長也」（是「中國為『未來』之國」，「前此尚未出現於世界，而今乃始萌芽云爾」）；而若要著眼於「現代國家」的形成次第，與已為「壯年國」的「歐洲列邦」相對照，則中國便處於「未能完全成立而漸進於完全成立」階段，為「少年之事也」（即「我中國在『今日』為少年國」）[4]。

游移於「過去」、「未來」、「今日」，構成的是時間座標的滑動；為求對比於往昔中國之「老大」及今日歐洲之「壯年」，遂緣文化想像與實際地理認知，分別自時間軸上分裂、延展出不同質性的空間座標重整。而伴隨「少年中國」飄盪於多重時空座標之間的，正是「中國」不知何去何從的躁鬱與焦慮。它潛隱著一連串圍繞「定義」而生的自我詰問：「少年」是什麼？「中國」是什麼？以及，為什麼需要不斷去思辨、改寫它們的定義？

「西風一夜催人老，凋盡朱顏盡白頭」——〈少年中國說〉中，這曾是為悼痛中國之老大而生的抒情式慨嘆；在此，卻不妨以雙關方式解讀：「老大帝國」之名，不正是襲自於歐「西」麼？如是，則原來帝國之「老大」，並非緣於生理自然之漸次衰頹，而是來自於歐日帝國對它的催迫；是在他者的凝視命名下，一夕間朱顏盡凋，頹然老去了[5]。

從這一意義上看來，發現少年與想像中國，遂成為互為表裡，也互為因果的論述體系。曾有論者早已指出：「中國」意識的出現，乃是源自傳統天下觀的解體與現代國家觀的興起[6]。當西潮衝擊下，「中國」意識到自己不再只是唯我獨尊的「天朝」，當它必須被放置在世界性全球性的地理場景之中，成為外人眼中的「震旦」或「支那」時，以「國家」自我命名與定位的意識，遂油然而生。相應而起的，既有政治方面關乎「國民」意識的思辨，也有學術方面對「**中國**歷史」、「**中國**文學」的重新觀照，以及圍繞於「革命」議題的種種論辯產生[7]。其終極關懷，皆不外乎於對「新中國」的殷切期待。落實於〈少年中國說〉，此一現代國家觀，正是「少年」啟蒙論述所以被召喚的契機。如在辨析中國究竟是老大抑或少年時，梁啟超即如是說：

> 欲斷今日之中國為老大耶，為少年耶，則不可不先明「國」字之意義。夫國也者何物也？有土地，有人民，以居於其土地之人民，而治其所居之土地之事，自制法律而自守之。有主權，有服從，人人皆主權者，人人皆服從者。……
>
> 且我中國疇昔豈嘗有國家哉？不過有朝廷耳。我黃帝子孫，聚族而居，立於此地球上者既數千年而問其國之為何名？則無有也。夫所謂唐虞夏商周秦漢魏晉宋齊梁陳隋唐宋元明清

者，則皆朝名耳。朝也者，一家之私產也；國也者，人民之公產也。……然則吾中國者，前此尚未出現於世界，而今乃始萌芽云爾。天地大矣，前途遼矣，美哉我少年中國乎[8]！

準此，則「少年」的發現，實與「前此尚未出現於世界」的「中國」國族意識相表裡；它無關乎實際的生理年齡，純粹視「國民」心力之消長而定。所謂「我國民而自謂其國之老大也，斯果老大矣。我國民而自知其國之少年也，斯乃少年矣。西諺有之曰：有三歲之翁，有百歲之童，然則國之老少，又無定形，而實隨國民之心力以為消長者也」，即此之謂。不僅於此，此一「人民之公產」的現代「國家」，既與「一家之私產」的陳腐「朝廷」迥不相侔，則追根究柢，造成國之老大的關鍵，遂落在帝國朝廷的老朽官僚與教育制度之上。所謂「吾見乎瑪志尼之能令國少年也，吾又見乎我國之官吏士民能令國老大也，吾為此懼。夫以如此壯麗濃郁翩翩絕世之少年中國，而使歐西日本人謂我為老大者何也？則以握國權者皆老朽之人也」，這些老朽之人，不僅自己「非哦幾十年八股，非寫幾十年白摺，非當幾十年差，非捱幾十年俸，非遞幾十年手本，非唱幾十年諾，非磕幾十年頭，非請幾十年安則必不能得一官，進一職，……待其腦髓已涸，血管已塞，氣息奄奄，與鬼為鄰之時，然後將我二萬里山河，四萬萬人命，一舉而畀於其手」[9]，以致造成帝國之老大；更在以同樣方式教育下一代的同時，使「英穎之青年，化為八十老翁」[10]。

值得注意的是，在這樣的論述架構下，「少年中國」遂無可避免地要與「老大帝國」產生既糾纏盤結，又頡抗對立的複雜關係——它的糾纏盤結，來自於國民心力的一念之轉，這使得「少年—老大」之間無法壁壘分明，反而可以相互流動游移；它的頡抗對立，緣於「老大—少年」不僅要被分置在時間軸的不同定點，成就時序上的以少代老、以今代昔；更要在空間上作為與老大者的共時性對立面，凸顯其有別於傳統的異質性格與頡抗姿態。所謂：

造成今日之老大中國者，則中國老朽之冤業也，製出將來之少年中國者，則中國少年之責任也。彼老朽者何足道？彼與此世界作別之日不遠矣，而我少年乃新來而與世界為緣[11]。

即指此而言。這一點，梁啟超在〈十種德性相反相成義〉一文中，有進一步說明：

嗚呼！老朽不足道矣，今日以天下自任而為天下人所屬望者，實惟中國之少年。我少年既以其所研究之新理新說公諸天下，將以一洗數千年之舊毒。……天下大矣，前途遠矣，行百里者半九十，是在少年，是在吾黨[12]。

正是要「以其所研究之新理新說公諸天下，將以一洗數千年之舊毒」，「少年中國」的「少年」，便頓時脫離於原先「老少相繼」的貫時性時間序列，轉而成為與老大者處於同一時空的對抗性存在。也因此，即或在過去的文化文學中，同樣不乏謳歌青春年少的〈少年行〉、〈少年遊〉等詩作，同樣有肯定少年豪俠的《小五義》等章回小說，其中「少年」的所作所為，即使偶有與傳統社會家國扞格處，其終極指向，仍是要回歸並效命於既有之政治文化體制，成為體制的承繼者。而「少年中國」之說，卻是在肯定少年原先即具有的「青春」、「進取」、「希望」等意義的同時，更視其為體現「現代性」的表徵，對他投射了大量「革新」、「進步」、「光明的開端」等關乎「**新**國家」的憧憬想像。透過此一想像，少年作為過去傳統老舊中國的對立面，不僅理直氣壯，順理成章，甚至於，還應當以初生新發之姿，捨老舊中國而另締新猷，其絕決斷裂處，顯然可見。職是，「少年」的重新發現與意義重估，當是晚清以降，新文化文學運動中最值得注意的關目之一。

然而，曖昧的是，如果說，「老大帝國」已是他者（歐西日本）及自我（心目中的「少年中國」）眼中共同的資產負數；如果說，寄情於「少年」的線性式時間觀與烏托邦式的前瞻憧憬，是「現代性」的重要表徵之一，那麼，特別耐人尋味的是：為什麼梁啟超在頻頻痛心於「造成今日之老大中國者，則中國老朽之冤業也」的同時，仍不能忘情於唐虞三代等「我國民少年時代良辰美景賞心樂事之陳跡」，仍然要對它「三薰三沐，仰天百拜」，興嘆「吾愛我祖國，吾愛我同胞之國民」，「謝其生我於此至美之國，而為此偉大國民之一分子」[13]？為什麼，他要諄諄期勉「我青年同胞諸君」，以「**恢復乃祖乃宗**所處最高尚最榮譽之位置，而更執牛耳於全世界之學術思想界」[14]，為努力之鵠的？

這些問題的複雜性，自難以一言蔽之。正是如此，相對於「老大帝國」而生的「少年中國」，便成為一充滿尷尬矛盾的存在：它在全球化的空間想像中同時認同並欲望現時的歐日強國，以致於將它挪移至時間軸的前端，作為自己「未來」的行進目標；但另一方面，三代唐虞，漢唐康乾，又以其曾經輝煌燦爛過的文治武功，在時間軸的「過去」形成另一魅惑，召喚它殷勤回首，溯洄從之。甚至於，儼然成為另一形式的「未來」。也因此，如何由「帝國」而「中國」，由「老大」而「少年」，遂不能止於一往無回的單行進程，而是不得不在一再瞻前顧後之中，盤旋迂迴，游移趑趄。

三、發現少年：從啟蒙論述到國族想像

「少年中國」於時空座標上的飄盪游移，不僅顯示了「中國」於現代性追求之途上的步履躊躇，也在制式現代時間觀的線性軌跡之外，塗抹出既歧出、又迂迴的紛亂圖譜；其始欲追步歐西，卻終究另有曲折。而老少間剪不斷，理還亂的重重糾葛，正是箇中關鍵。前曾述及，「少年」的重新發現與意義重估，是晚清以降，新文化文學運動中最值得注意的關目。然而，既然中華文明嘗不免於「重老輕少」，那麼，少年是「如何」被發現的？發現之後，又是如何被融匯至新民教民的文化實踐之中，成為「想像中國」時的源頭活水？這一節，便試圖追索梁啟超少年

中國之說的源頭，進而以相關於「新小說」理論的種種啟蒙實踐為例，論析其想像中國時，老少新舊因多方頡抗與相互糾結而產生的諸多問題。

事實上，〈少年中國說〉一文中，梁啟超已曾明言：「龔自珍氏之集有詩一章，題曰〈能令公少年行〉，吾嘗愛讀之，而有味乎其用意之所存」；這似乎意味了至少在梁之前，龔氏已先一步對少年精神做出肯定，並成為「少年中國說」的想像源頭之一。此外，梁在其他論述中，還不時使用「少年德意志」、「少年義大利」、「少年瑪志尼」等詞語。此一將「少年」冠於特定國名或人名之上，藉以肯定少年精神及新興國族的作法，也顯示出它與西方政治文化思想間的淵源[15]。不過，不同的是，無論是龔氏抑或歐西，其於肯定少年精神、重視少年想像的同時，並不曾以此而敵視或否定自己過去的歷史文化。但梁啟超的「少年中國」之說，卻是對過去充滿了愛恨交織的複雜情感——雖說未曾忘情於三代康乾，卻也因「造成今日之老大中國者，則中國老朽之冤業也」，而欲「以其所研究之新理新說公諸天下，將以一洗數千年之舊毒」。這樣一種對自我過去的反叛及敵視，顯然於前二者之外，另有來歷；而梁啟超對日本青／少年論述的挪移，或許正是箇中關鍵。

梁啟超與日本學政界的密切往還，及對其維新之道的蹈襲挪用，早經方家論及[16]；但其「少年中國說」與日本少年論述間的淵源，卻尚鮮有學者能詳其究竟。事實上，儘管自浪漫時期以來，西方即不乏各式的少年論述，其後更有少年救國說之演義，但「少年」所以會被嫁接於中國國族論述之上，關鍵實在於日本學者的轉介。一九〇二年《新民叢報》第二號《棒喝集》[17]，曾刊載日人志賀重昂的〈日本少年歌〉，其「少年」與「新日本」之國族想像間的關係，便極為值得注意：

> 霹靂墜地忽一聲，桃源之人夢魂驚。瞢騰睡眼百磨擦，初認西方有光明。須臾光明如霞電，燭天蔽空眼欲眩。驀也迸來東洋天，焚盡日本全局面。老人狼狽望影奔，少年抵掌笑欣欣。天荒破得舊天地，鮮血染出新乾坤。新日本，新日本，滔滔大勢如決堰。新日本來兮舊日本去，少年起兮老人遯。嗟吁少年風雲正逢遭，活天活地屬吾曹。歌成昂然仰天望，富士山頭旭日高[18]。

從霹靂墜地，桃源驚夢，到「初認西方有光明」，「鮮血染出新乾坤」，明顯是日本維新變革前後的意象化喻示；「老人狼狽望影奔，少年抵掌笑欣欣」、「新日本來兮舊日本去，少年起兮老人遯」，則不僅明白表示要以少代老，以新去舊，成就新乾坤新天地，「少年」與「新日本」，在此也被賦予了表裡因依的想像關係。「少年成長」與「國族想像」，遂由此接榫。志賀氏為日本地理學大家兼政治家，曾以日本外務大臣大隈重信代表身分，與抵日之初的梁啟超筆談；《清議報》並前後譯載其政論文多篇[19]。梁甚且還曾坦承：自己的〈亞州地理大勢論〉、〈歐州地理大勢論〉等作，皆是以志賀《地理學講義》為藍本而「略加己意」[20]。〈日本少年歌〉為志賀「少作」，《叢報》之轉載，雖已在〈少年中國說〉成文之後，但梁對它的閱讀接受，卻極可能早在其抵日之初。將它刊載在意欲「新民」的《叢報》之上，遂在「為發揚志氣之一助也」的表象下，同時透露中國之少年想像的淵源所自[21]。

不僅於此，梁啟超所最敬仰且深受其影響的日本文化界另一重要人物德富蘇峰，更是早在一八八五年（日本明治十八年）年，便以〈新日本之青年〉為題，於大江義塾第二學期開學典禮時公開演說，隨後發表〈第十九世紀日本青年及其教育〉等系列論文，大力強調「新青年」與「新日本」之關係。鼓吹新式教育之餘，且諄諄期勉日本青年：「諸君今日之大敵為彼老人輩」，「老人為過去世界之遺物，諸君為將來世界之主人」[22]。（梁啟超不也說：「彼老朽者何足道？彼與此世界作別之日不遠矣，而我少年乃新來而與世界為緣」？）一八八七年，德富創辦《國民之友》，創刊號卷頭語即為「舊日本之老人漸去，新日本之少年將來」，發刊詞〈嗟乎！《國民之友》誕生矣〉，進一步明文指出：

> 所謂破壞的時代漸去，建設的時代將來；東洋的現象漸去，泰西的現象將來；舊日本之故老乘去日之車漸退出舞臺，新日本之青年駕來日之馬漸進入舞臺：是實可謂明治二十年之今日，我社會于冥冥之中而一變[23]。

德富的文章情感洋溢且富於煽動性，他與民友社鼓倡青年運動，一時風起雲湧，影響明治文化思想界甚鉅。梁與德富的淵源，學者早有定論[24]，〈新日本之青年〉等系列論述，自當對「少年中國」之說，具有一定啟發性。而無論是志賀抑是德富，將老少二分，新舊對立，欲以泰西代東洋、以新日本青年之來日，取代舊日本故老之去日的中心意識，始終是一以貫之。它所體現的，皆為彼時日本知識分子戮力於以新去舊的共同關懷。而青／少年，便以其深具發展性、可塑性與開創性，被用以為新興國族想像的寓託，成為新日本的希望所繫。但另一方面，既然青／少年的意義，主要是被用以投射國族想像，那麼，二者也就不必然要有實質年齡層的區別，而是可以在分享一切「新」的意涵下，相通互用。梁倡言「少年中國說」的同時，亦頻頻為文期勉「我青年同胞諸君」，即此之故。

據此，則晚清對「少年」的發現與意義重估，實有鑒於日本之藉「少年」以想像「國族」，憧憬「未來」。經由挪移轉嫁，「中國」遂同樣對「少年」充滿了憧憬渴盼。它具體成文於〈少年中國說〉，也落實於梁當下表示要更名為「少年中國之少年」的許諾之中[25]。自此之後，以「少年」自命，在中國乃成一時風潮。如《清議報》隨即出現了不少以「同是少年」、「鐵血少年」、「濠鏡少年」、「突飛少年」等為名的作者群，或抒發壯懷，或吟歌勵志[26]。梁〈新民說〉「論進取冒險」一節，憂心國之老大病弱，因而以「君夢如何？我憂孔多。撫弦慷慨，為〈少年進步之歌〉」作結[27]。甚且連晚清四大小說家之一的吳趼人，都一度以「中國老少年」為筆名，

「少年」的魅力，至此可見一斑。

然則，倘若「啟蒙」的意義，並不止於少年的自我發現（所謂「我國民而自知其國之少年也」）。同時還要自覺覺人，己立立人，使一國之民皆能成其為少年（如「瑪志尼之能令國少年也」），那麼，對亟欲由「老大」走向「少年」的「中國」而言，如何新民教民，以謀國之少年，毋寧更為當務之急。其實踐之道，便是既要藉各種方式，不斷提升「少年」意象及意義，又要憑藉此一少年想像，去教育新中國的少年學子，以及年齡上雖非少年，心態上卻可被啟蒙為少年的一般大眾，成就新興的少年中國。如此，「少年—啟蒙—新中國」之間，遂得一氣相通，具有可以相互嫁接、彼此轉喻的密切關聯。

而文學想像，自當是運作此一流轉歷程的首要憑藉。如《新民叢報》第二號，除轉載志賀〈日本少年歌〉外，同期並開始連載梁啟超以「少年中國之少年」為筆名重譯的法國小說《十五小豪傑》，第一回文後識語，即殊堪玩味：

> 此書為法國人焦士威爾奴所著，原名《兩年間學校暑假》。英人某譯為英文，日本大文家森田思軒，又由英文譯為日本文，名曰《十五少年》。此編由日本文重譯者也[28]。

往往，書名的作用之一，乃是讓讀者得以顧「名」思「義」，掌握全書要旨。該書旨在敘寫十五位少年童子的海上漂流及荒島歷險記，舊題《兩年間學校暑假》，被日人易以為《十五少年》，本身已是對「少年」主題的刻意凸顯。梁再據以更名為《十五小豪傑》，益發強調了少年冒險犯難的「豪傑」性格。雖然此書的翻譯工作，梁本人未能克竟全功[29]，但續譯者「披髮生」蕭規曹隨，於全書結束前不忘藉題發揮，交代所以翻譯之始末，亦可視為當時《叢報》之一貫立場：

> 各國的新聞記者，日日都來訊問那漂流始末，童子們不勝其擾，因訂明派人在那市會議場演說一番，還怕各國新聞，沒還知道底蘊，因此索性把巴士他每日留心箚記的日記刻了出來。初次刻了五千部，不上三兩日都賣完了，再刊了五千部，也是轉眼就都賣得乾乾淨淨。因此棄了版權，任人隨意翻刻。自此各國莫不有了這本《十五小豪傑》的譯本。只是東洋有一老大帝國，從來還沒有把他那本書譯出來。後來到《新民叢報》發刊，社主見這本書可以開發本國學生的志趣智識，因此也就把他從頭譯出，這就是《十五小豪傑》這部書流入中國的因果了[30]。

此即表明該小說的翻譯，是為了「可以開發本國學生的志趣智識」，這當然也是梁啟超小說理念的重要實踐方式之一。一九〇二年，梁在橫濱創刊《新小說》，之前便揭櫫其宗旨為「專在借小說家言，以發起國民政治思想，激勵其愛國精神」，尤其希望「**新世界之青年**，亦在所不棄歟」[31]。因而兼從理論與實踐兩方面著手，標榜小說的啟蒙意義及其對國族建構的重要作用，落實新民教民之道。以創刊號為例，除藉〈論小說與群治之關係〉闡述理論，以創作〈新中國未來記〉親自演示小說政治外，另刊載南野浣白子據日人櫻井鷗村譯本譯述的小說《二勇少年》，敘述歐西新舊教派及國族之爭中，兩位少年的英勇事蹟與亦敵亦友的情誼。較諸《十五小豪傑》，它所呈現的，當不僅止於少年冒險精神，而已是「少年」與政教國族關係的更進一步聯繫了。其後，標榜為啟蒙青少年而或譯或作的小說紛紛問世，如《新新小說》創刊號刊載冷血《俠客談》，〈敘言〉便明言：「非初通文理略解人事之十四五歲少年，無閱我《俠客談》之價值」；「《俠客談》之作，為改良人心，社會之腐敗也，……《俠客談》之作，為少年而作也」[32]。林紓譯《愛國二童子傳》書竟，自謂要「焚香於几，盥滌再拜」，殷殷「敬告海內至寶至貴、親如骨肉、尊若聖賢之青年有志學生」，為的即是希冀大家能效法愛國二童子，「讀之以振動愛國之志氣」。因為，「此時非吾青年有用之學生，人人先自任其實業，則萬萬無濟」[33]。

然而，仔細推敲，這些啟蒙小說的譯作者，本身是否具有「少年」心態？其所以欲「啟蒙」少年，果真是為了革故鼎新，頡抗老大？抑是似少還老，另有曲折？回到林紓的例子，林以典雅古文譯述西文，逕以己意予以轉化改寫原文的做法，早為眾所周知。他的《巴黎茶花女遺事》、《迦茵小傳》等譯作，從內容到文字，其實都不脫才子佳人、鴛鴦蝴蝶氣息。即或是意欲振動青年愛國志氣而譯的《愛國二童子》，也不免是為了要藉青年以賡續老朽之我未盡的志業而已。細看他的序言，所謂：

> 畏廬焉有業？果能如稱我之言，使海內摯愛之青年學生人人歸本於實業，則畏廬赤心為國之志，微微得伸，此或可謂實業爾。謹稽首頓首，望海內青年之學生憐我老朽，哀而聽之……[34]

由此看來，姑不論其少年觀國家觀如何，其雖看重青年，倡言愛國，但無意於老少決裂、以少去老，反欲以少繼老，前承後續的心態，實則呼之欲出。如此一來，原本挪移而來的、頡抗於傳統的少年／國族想像，遂又因與傳統共處於「愛國」大纛之下，分享了「教化」、「啟蒙」的資源，再次糾結難分。

以是，從新日本到新中國，從重老輕少到以少去老、以少年中國革新老大帝國，再到「老大」對「少年」的召喚收編，「中國」對「少年」的發現歷程，原是如此迂迴周折。而「老大」與「少年」對教化啟蒙權的共享（或爭奪？），正好提醒我們：老大帝國，從來也不乏風行草偃、以上化下、以長化少的「啟蒙」實踐——且不說明清以來，無論是民間的善書寶卷，抑是如康熙雍正以降，各種官方版本的《聖諭廣訓》，它們早就或以歌訣、或據圖像、或援引故事傳說，向庶民廣為布達勸善教化理念，以期端風正俗[35]。可見以故事傳說闡示教化理念，啟蒙大眾的做法，實則源遠流長，其來有自。再就晚清蒙學發展而言，《蒙學報》、《小孩月報》等純為幼學而設的報刊，更是早在《新小說》之前，便以演義小說教育童蒙。如前者的《中朝歷史演義》，即從「激民亂秦胡亥亡國，啟真人陳楚王起兵」開始，講述中朝歷史[36]；後者為向孩童宣示教統神蹟，根本就仿擬通俗的白話章回小說形式，將聖教天主神蹟，改寫成《新編天道傳》。上帝與魔鬼之爭，寫來於是與明清小說中的平妖伏魔情節，幾無二致[37]。如此，則「啟童蒙之知識，引之以正道，俾其歡欣樂讀，莫小說若也」[38]的操作實驗，實已為當時有識者普遍應用，康、梁的說法，只不過是當時的實況反映而已，未必具有新意。

也因此，梁啟超力圖以小說啟蒙少年中國，新國新民，其意義所以殊異於過往，當並不只是因為改造了「文以載道」的傳統，將原先用以載道的經史文章置換為小說而已；而是將所載之「道」的重點，由原先的義理倫常教化，轉移為對新興國族的憧憬想像，使小說成為串接「少年—啟蒙—新中國」之間的重要鏈鎖。正是在這一層面，梁大力引介歐日政治小說，並藉《新小說》倡導小說界革命，才益發顯示出特別的意義。尤其，儘管「少年」的價值已被重新肯定，但畢竟如同當時的「中國」一般，仍僅止於一個可被多方想像，卻並未落實的空疏概念，猶需藉由不斷勾繪演示，才得以釐清並落實它的意義。《新小說》旨在新民教民，所刊載的小說，自當具有一定的宣示性質。在此情況下，由「少年—啟蒙—新中國」之角度切入，去解讀梁親自創作的唯一政治小說〈新中國未來記〉，進而探勘其間「少年／啟蒙」與「中國」主體性的相關問題，遂有其必要性。

四、想像中國：〈新中國未來記〉與「少年—啟蒙—新中國」

〈新中國未來記〉自《新小說》創刊號開始，以連載方式發表，前後僅得五回，實為一未盡之作。過去學者對它的討論，多集中於它與歐日小說的淵源，其敘事手法、時間觀念的殊異性等層面上[39]。但作為中國最早的一部政治小說，又是梁啟超覃思五年，並「確信此類之書，於中國前途大有俾益」，欲藉以「發表區區政見，就正於愛國達識之君子」[40]的有心之作，再加上以「新·中國·未來」名篇，則它為「發現少年」與「想像中國」所擬想出的種種具體情節，尤其值得探析。所關涉的問題，包括：「新中國」的未來，將會與「少年中國」理想的實踐發生何種關係？其中的「新少年」，將要以怎樣的形象及作為，為「新中國」重塑新貌？由他們所體現的，又會是什麼樣的啟蒙實踐、國族想像，以及現代性追求？

承前所述，「發現少年」與「想像中國」，原是「少年中國」論述的一體兩面。顧名思義，〈新中國未來記〉乃是標示了對一新興國族未來的憧憬；「新」及「未來」，亦是「少年」想像投射的主要標的。無獨有偶的是，正有如先前〈少年中國說〉中，老少新舊過去現在未來之間，總也有剪不斷，理還亂的糾葛；〈新中國未來記〉則無論是敘事策略，抑是思辨徑路，亦無不披露出相同的關懷指向；其繁複糾結處，甚且尤有過之。何況，其間的「少年」們，還每因「中西文明聯姻」的文化想像，呈現出一定的「雜種性」，由之而生的國族主體，便也因此不斷於中外古今間混血雜交，曖昧不明。對它的解讀，或可由孔弘道（覺民）講述「建國六十年史」一事所涉及的相關問題開始。

「孔覺民演說近世史」，是〈新中國未來記〉開場的重頭戲。小說名為「未來」，卻以「過去完成式」回溯既往，同時藉人物闡述一己政治理念，這些敘事手法及其與歐日小說的淵源，已有學者論之甚詳，茲不贅。在此，本文所要指出的是：若將觀照焦點轉向人物及事件本身，則不僅孔氏講史一事，本身已有啟蒙論述與國族想像的豐富象徵意義；以之再聯繫到關乎現代性問題的討論，至少還有以下兩方面的問題值得注意：（一）孔氏講史的駁雜性格；（二）雜種少年．混血中國．多元頡抗的現代性。

（一）孔氏講史的駁雜性格

〈新中國未來記〉第一回「楔子」，是這樣開始的：

話表孔子降生後二千五百一十三年，即西曆二千零六十二年，歲次壬寅，正月初一，正係我中國全國人民舉行維新五十年大祝典之日。其時正值萬太平會議新成，……我國民決議在上海地方開設大博覽會，……處處有演說壇，日日開講論會，竟把偌大一箇上海，連江北連吳淞口連崇明縣都變作博覽會場了。這也不能盡表。單表內中一個團體，卻是我國京師大學校文學科內之史學部，因欲將我中國歷史的特質發表出來，一則激勵本國人民的愛國心，一則令外國人都知道我黃帝子孫變遷發達之跡，因此在博覽會場中央，占了一箇大大講座，公舉博士三十餘人分類講演。

而各類講演品目繁多，不能盡表，只能單表內中最重要的一科，

卻是現任全國教育會會長文學大博士孔老先生所講。這位孔老先生名弘道，字覺民，山東曲阜縣人，乃孔夫子旁支裔孫，學者稱為曲阜先生，今年已經七十六歲。從小自備資斧，游學日本美英德法諸國，當維新時代，曾與民間各志士奔走國事，下獄兩次，新政府立，任國憲局起草委員，轉學部次官，後以病辭職，專盡力於民間教育事業，因此公舉為教育會長。……言歸正傳，卻說這位老博士今回所講的什麼史呢？非是他書，乃係我們所最喜歡聽的，叫做「中國近六十年史」。就從光緒二十八年壬寅講起，講到今年壬寅，可不是剛足

六十年嗎？這六十年中算是中國存亡絕續的大關頭，龍拏虎擲的大活劇，其中可驚可惱可悲可喜之事，不知道多少，就是官局私家各著述零零碎碎，也講得不少，卻未曾有一部真正詳細圓滿的好書出來，這位孔老先生學問文章既已冠絕一時，況且又事事皆曾親歷，講來一定越發親切有味[41]。

孔子是中華文明中的「至聖先師」，刪詩書，訂禮樂，述春秋，數千年來，其於教化啟蒙方面的重要性，無與倫比。〈新中國未來記〉以孔子後裔孔弘道登壇講史開篇，不僅是以一「啟蒙」的架勢，將（「新中國」原欲擺脫的）過去傳統，持續延展到所欲走去的未來，更有進者，他以「回顧」的姿態講史，本身已是對「現代性」前瞻動向的背離。但另一方面，這位孔「老」先生雖名為「弘道」，擔負了「弘」揚傳承聖賢之「道」的重責大任，然而「覺民」的字號，年少時曾游學日本美英德法諸國、參與新政立憲的經歷，卻又在在使他具備自「覺」（或「覺」人）的新中國國「民」意識。也因此，孔老先生其人，本身即是集中外老少新舊過去未來於一身的駁雜主體。於是，當這位身為「教育會長」，在新中國從事教育事業的「曲阜先生」，「身穿國家制定的大禮服，胸前懸掛國民所賜的勳章，與調查憲法時各國所贈勳章，及教育會所呈勳章」，登壇講史時，我們不禁要問：他究竟是要「弘道」，還是要「覺民」？是要再現以孔子為中心的「素王改制」？還是一切向「西」看，以成就新國家新國民為己任？依違於弘道與覺民之間，他所講的「中國近六十年史」，是否，以及如何，體現出「中國」徘徊於中外老少新舊、躊躇於過去未來之際的蹣跚行跡？

不止於此，由於歷史乃是一遞時而進的活動歷程，以何種體系紀時紀年，其實涉及了複雜的認同問題。〈新中國未來記〉開篇第一句話是：「話表孔子降生後二千五百一十三年，即西曆二千零六十二年，歲次壬寅，正月初一」，便在傳統干支紀年法之外，同時使用了孔子紀年與西曆紀年兩種不同體系。事實上，「孔子紀年」乃康有為於甲午戰後所首倡的紀年體系，不唯是其「孔教」思想的一以貫之，也與「素王改制」理念和保皇主張一氣相通。它所意謂的，是特定道德文化秩序的穩定發展，並且由「夷狄入中國則中國之」推衍出「文化國族主義」——即境內不同族裔者，皆可因對中華文明的服膺與認同，成就共同的國族想像，不必相互排斥，非此即彼。相對地，晚清革命黨人刻意以「黃帝子孫」號召群眾，倡導「黃帝紀年」，卻是由「保種」理念出發，目的在強調漢族血緣正統性，以便「驅逐韃虜，恢復中華」[42]。而如果說，保皇派力主「孔子紀年」，其認同重點在強調「文化」而非「血緣」；那麼，「西曆紀年」，便是進一步將中國投向世界性（或者說，以「西」方為主）的空間場域之中，宣告了對西方（教會）文明的另一種認同。至此，血緣性、地域性的國族畛界，似乎也將消泯於世界性的場域之中，失去必然的堅持。

然而，曖昧的是，孔老先生「講史」活動之所以舉行，卻是在一極其「中國」、極其「黃帝」的國族本位考慮下進行的——「我國京師大學校文學科內之史學部，因欲將我中國歷史的特質發表出來，一則激勵本國人民的愛國心，一則令外國人都知道我黃帝子孫變遷發達之跡，因此在博覽會場中央，占了一箇大大講座，公舉博士三十餘人分類講演」——在此，「我中國歷史」、「我黃帝子孫」、「愛國心」等用語連續出現，在在標識著「中國」國族想像的專利性。它不僅因為想要「令外國人知道」中國史，強調了中外之別，也在「我黃帝子孫」的自命之中，再度揭示出血緣種族因素之於國族建構的不可或缺。更何況，這六十年史的主角之一「黃克強」，其名即取「黃帝子孫能自立自強」之意[43]。如此，所謂的「新中國」，究竟是文化中國？抑是種族中國？它應該堅持血緣血統的純正？還是必須（至少在文化上）與他者認同，甚至彼此交媾再生，以圖日新又新？

「孔氏講史」一事的駁雜性格，由此可見端倪。它再次提醒我們：不僅在啟蒙實踐上，老少新舊原難以斷然二分；即或是國族想像，「中國」的主體性，同樣因中西文化的交媾混血，而曖昧不明。更何況，若再細究「中國近六十年史」，又會發現：在一切向新中國載欣載奔而去的同時，無論是其中的人物互動，發展進程，抑是它的結構形式，竟然也同樣流露出不能自已的自我質疑。

（二）雜種少年・混血中國・多元頡抗的現代性

〈新中國未來記〉以曲阜先生登壇講史開場，此後，內容即被框限於所講的「中國近六十年史」之中。在七十六歲的孔老先生而言，所述者既「事事皆曾親歷」，這六十年歷史，自然也就是他，以及他的少年同輩同志們，自少及老的成長歷程。這些「少年」相同而又不同，由他們所打造的「新中國」，是以特堪玩味。

無疑地，在孔氏所述的六十年史中，少年黃克強與李去病數十番往還論辯，是為開場不久後的一大高潮。其間關乎政治改良抑或革命的論爭，既是時論重點，也是梁本人不同思想面向的反映，向來多為論者關注[44]。二人以憂國救國為己任，誠然是「新中國」之希望所繫。但除此之外，黃李二人日後在旅次所見所遇的各路少年們，卻是以華洋混血，狎邪嬉鬧的姿態，成為黃李兩位「黃帝子孫」的對立面，為新中國未來的論辯，釋放出另類喧嚷雜音。

即以二人旅順所遇之「少年中國的美少年」（？）陳仲滂為例，他以蒼涼渾雄之音，「用英國話在那裡唱歌」，表達的正是拜倫詩篇的雄壯激憤之情——「這唱歌的到底是甚麼人呢？說是中國人，為何有這種學問，卻又長住在這裡。說是外國人，他胸中卻又有什麼不平的事，好像要借這詩來發牢騷似的」——黃君的疑惑好奇，恰恰說明了這位少年中外情質兼具的雜種性，它潛藏的預設，似乎是：中外有別，且總也有外高中低的立足點不平等。以至於，若是「中國人」，則不該「有這種學問」；若是「外國人」，胸中便不宜「有什麼不平的事」。少年陳仲滂引拜倫英詩歌而詠之，已使黃李大為傾倒，後來得知他最愛拜倫．彌兒敦，是因為「彌兒敦贊助克林威爾，做英國革命的大事業，拜倫入意大利祕密黨，為著希臘獨立，舍身幫它」，遂對陳「越發敬重起來」[45]。歐西文明政治對炎黃子孫的魅惑，於此宛然可見。而這位「少年中國的美少年」兼具中外之美，莫不就是梁啟超理想中的，由中西文明聯姻而孕育出的「寧馨兒」？——一九〇二年三月，梁在《新民叢報》第三號上發表〈論學術思想變遷之大勢〉，曾由優生學角度，倡議中西文明聯姻以孕育「（少年）寧馨兒」，開展出兼具科學性與欲望性的（中國）文化／國族想像。首先，他援引「生理學之公例」，指出：

> 凡兩異性相合者，其所得結果必加良：種植家常以梨接杏，以李接桃；牧畜家常以亞美利加之牡馬，交歐亞之牝駒，皆利用此例也。男女同姓，其生不蕃，兩緯度不同之男女相配，所生子必較聰慧，皆緣此理。此例殆推諸各種事物而皆同者也。

隨即，又以過去埃及與安息兩文明交媾而產出歐洲之璀燦文明、中華戰國時因南北文明交媾而有全盛之學術思想等事實為例，強調不同文明聯姻的重要性。而最後的結論居然是：

> 蓋大地今日只有兩文明，一泰西文明，歐美是也；二泰東文明，中華是也。二十世紀則兩文明結婚之時代也，吾欲我同胞張燈置酒，迓輪俟門，三揖三讓，以行親迎之大典，彼西方美人必能為我家育寧馨兒，以亢我宗也[46]。

以生理學公例言種族之加良，明顯是晚清天演進化之論的推而廣之；主張東西「兩文明結婚」，期使「彼西方美人必能為我家育寧馨兒，以亢我宗」，則是在認同於泰西強權的同時，將其女性化為可欲望的「美人」，以遂其父權意識下的強種延嗣想望。在此，它一方面事涉「性別」，隱現著男／女、中／西、強／弱間的多重欲望流動與主體位移[47]；另一方面，憑藉「西方美人」以孕育「寧馨兒」的文化想像，實已在將生物交配公例挪移至文化生成的同時，暗示了中西二元由對立而交媾後，雜種本質之不可或免。〈新中國未來記〉中的陳仲滂，師法西人而戮力於新中國之再造，大概算得上是梁理想中的，中西文明交媾成功的寧馨兒，但其他的少年們呢？華洋混血之下，他們也會是新中國的棟樑之材嗎？

先看「宗明」。黃李二人抵滬之初，此人即主動造訪。但看他「辮子是剪去了，頭上披著四五寸長的頭髮，前面連額蓋住，兩邊差不多垂到肩膀。身上穿的卻是件藍布長衫，腳下登的是一雙洋式半截的皮靴，洋紗黑襪」，遞出的名片上自稱「字子革，支那帝國人」，「南京高等學堂退學生，民意公會招待員」，開口閉口，總不離「支那」兩字。如此言行，已使李去病好生不悅

（「怎麼連名從主人的道理都不懂？」[48]）。偏偏此人又熱衷運動，高倡革命，激進處，「連箇黑旋風性子的李爺爺也被他嚇著半晌，答應不出一個字來」。再如茶樓所見「西裝打扮之少年」，二十來歲，丰姿瀟洒，與姐兒們打情罵俏，頻頻宣稱「我們卻是從外國讀書回來的人，生成是看勿起那滿州政府的功名」，實際上仍忙不迭地要趕回河南，參加鄉試。他可以巴結攀附（華洋雜種所生的）買辦胡十一，也能在愛國拒俄會議上慷慨陳詞，「演得伶牙俐齒，有條有理，除了鄭伯才之外，便算他會講」。這類少年，或猖狂激進，或浮薄輕佻，言行不一，出現於〈新中國未來記〉中，實不啻為「少年中國」的一大反諷。他們似中似西，卻又不中不西，其滑稽丑態，同樣質疑了中西文明聯姻的一廂情願。

相對地，另一與黃李二人頗相投契的上海國民學堂「國學教習」鄭伯才，年踰四十，早年「是箇講宋學的，方領矩步，不苟言笑」，在湖北武備學堂當教習時，曾有學生「引那《時務報》上的〈民權論〉，他還加了一片子的批語，著實辯斥了一番，因此滿堂的學生都叫他守舊鬼」。然而，「後來經過戊戌之後，不知為什麼，忽然思想大變，往後便一天激烈一天」，近一兩年更把心血都傾到革命來，致使「真替革命主義盡忠的，也沒有幾箇能彀比得上這位守舊鬼」[49]。他的思想言行轉變，可謂印證了〈少年中國說〉所說的「國之老少，又無定形，而實隨國民之心力以為消長者也」。然而，老者可以為新民，為少年；少者則儘管向歐西看齊，與老大傳統脫軌，卻未必確保可以為新中國擔當重任；欲藉少年成就「黃帝」本位的「新中國」，卻在為強種強國而進行的中西聯姻下，喪失黃帝子孫的純正性，這真是老／少中國、中／外歷史辯證中的最大弔詭了。

更諷刺的是，前一天，少年們還在「張園」設壇開講，慷慨陳詞，侈言革命；第二天則搖身一變，成為張園「品花會」的座上嘉賓，熱情洋溢，較演講時尤有過之：

> 只見滿座裡客人，男男女女，已有好幾百，比昨天還要熱鬧得多。……有一大半像是很面善的，原來昨日拒俄會議到場的人，今日差不多也都到了。昨日個個都是衝冠怒髮，戰士軍前話死生；今日個個都是洒落歡腸，美人帳下評歌舞，真是提得起放得下，安閒儒雅，沒有一毫臨事倉皇，大驚小怪的氣象[50]。

斯情斯景，它所引發的，當還不只是讓黃李二人「看了滿腹疑團，萬分詫異」而已。更重要的是，在新中國的建構過程中，少年們所表現出的「昨是今非」，其實已暗自調侃了一切向未來載欣載奔而去的合理性與必須性——未來未必比過去更好，革命過後，怎見得就一定不會紙醉金迷？

於是，這就又回到現代性及其時間觀的問題。先前曾討論過〈少年中國說〉，儘管它熱情洋溢，對少年未來歌之頌之，但一言及唐虞康乾，仍不免要頻頻回首，溯洄流連。老少新舊糾纏，過去未來拉鋸，現代的線性進化時間，在此實已悄悄被錯亂扭曲。而當它意欲「**恢復乃祖乃宗**所處最高尚最榮譽之位置」，將時間軸之「過去」挪移至「未來」時，更像是過去「循環式」時間觀的復辟。〈新中國未來記〉由未來回顧過去，敘事法雖明顯受到歐日小說影響，但「中國近六十年史」以干支紀年，「就從光緒二十八年壬寅講起，講到今年壬寅，可不是剛足六十年嗎？」，六十年一甲子，千百年來，反覆輪迴，終點（壬寅）也是起點（壬寅），同樣有一循環而且封閉的時間意識，暗蘊其中。然而，孔老開宗明義即表明：這部六十年史講義，共分為預備、分治、統一、殖產、外競、雄飛六時代，又明顯延展出一往直前的進化態勢。即或如此，全書僅得五回，從「雄飛」回顧「預備」，還未進入「分治」，便已戛然而止。這一來，無論時間是線性發展，抑是循環輪迴，都不得不以斷裂的姿態，浮懸於想像的歷史時空之中，徒然投映出老少新舊既相互糾結，又多元頡抗的雜遝餘影。

五、結語：少年餘波——從少年中國到少年臺灣

老大帝國？抑是少年中國？晚清以來，有識之士對新中國的追求，原就是不斷於老少新舊間瞻前顧後，依違掙扎。晚清少年論述的出現，為的正是要藉此成就嶄新的國族想像。它取鑒日本，強調以新去舊，以少代老；其老少抗爭的態勢，自迥異於傳統的以老化少，老少相繼。然

而，無論是〈少年中國說〉的理念鋪陳，抑是〈新中國未來記〉的小說想像，卻又循由迂曲縈迴的徑路，在在質疑了自我原先的樂觀憧憬——這是「老大帝國」陰魂不散？還是「少年中國」氣候未成？

正因「新中國」總也虛懸於可想像、可盼望，卻從來不知要如何去企及的未來，由〈少年中國說〉所揭櫫的少年／啟蒙／國族論述，所召喚出的，於是便不止於晚清一時一地的文學想像而已。當青少年的啟蒙被想像為國家的啟蒙，青少年不同的自我追求，遂不免要為「國家」一詞，演述出多音複義的不同義界。民國以後，各類以「少年」、「青年」為號召的社群及刊物非但不絕如縷，甚且影響深遠。《新青年》之於五四新文化運動，固為犖犖大者；其後，以《少年中國》與《少年臺灣》為名的刊物相繼問世，其於國族想像與政治實踐方面的意義，尤其不可忽視。其間曲折，本書〈導論：青春的文化政治學〉中已曾詳述，此處不贅。

然而，二十一世紀的今天呢？走過五四六四，走過抗戰文革，走過日本殖民兩岸分治，一百年來，無數的中國（與臺灣）少年，已在上下求索中漸次老去；但猶未（或不願？或無法？）長成的「少年中國」與「少年臺灣」，將要何去何從？以及，是否仍會是新一代青少年們念茲在茲、戮力以赴的關懷焦點？一世紀忽焉已過，「新中國未來記」卻完而未完。回顧二十世紀，在對新興國族的戮力追求過程中，中國與臺灣的文學想像，亦曾藉由無數青少年的成長啟蒙與自我實踐，喻託了對新國家的期盼與幻滅，追求與失落。少年論述與現代性、啟蒙論述及國族想像間的繁複互動，更在多樣化的關懷角度與書寫策略中，一再被繪圖塑像，留下見證。也因此，無論是政治實踐抑是文化想像，作為少年論述與國族想像的起始點，梁啟超「少年中國說」的後續影響及所開展出的研究面向，都堪稱無限寬廣。而現代文學，也將因為此一少年／國族之想像源頭的追索，開顯出更形深廣的意義——五四新文化與新文學運動並非開天闢地，前無古人；而是前有所承，其來有自。明乎此，現代文學才得以在避免與古典文學斷裂的孤立研究中，擁有更為客觀而且宏觀的觀照視野。

註釋

1　俱見梁啟超，〈少年中國說〉，《清議報》第三十五冊（光緒二十六年正月十一日，一九〇〇年）。又見《飲冰室文集》第二冊（臺北：中華書局，一九六〇），「文集之五」，頁七—一二。

2　原載於《新小說》第一號（光緒二十八年十月十五日，一九〇二年），後收於《飲冰室文集》第四冊（臺北：中華書局，一九六〇），「文集之十」，頁六—一〇。

3　梁啟超曾坦承，自己的思想觀念經常因時因地而多所轉折遷變，「少年中國」之論，或許不足以綜貫其人一生所有的思想發展，但發表於一九〇〇年的〈少年中國說〉，與一九〇二年《新民叢報》、《新小說》所倡議的「新民」、「新小說」諸論之間，卻多有相通互證之處。故本文取材，即以此一階段為主。而以〈少年中國說〉與〈新中國未來記〉相參互證，更可見其論述理念與文學想像間的互動關係。

4 「少年中國」在時間座標上飄移不定的現象，劉人鵬〈「西方美人」慾望裡的「中國」與「二萬萬女子」〉一文中曾有詳細論述，見劉著《近代中國女權論述——國族、翻譯與性別政治》（臺北：學生書局，二〇〇〇），頁一二九—一九七。

5 證諸當時一般時論，類似的論述所在多有。如一九〇二年《外交報》〈審勢篇〉中即有這樣一段文字：「吾聞泰西人詬吾國者，曰亞東病夫，曰老大帝國；又聞其所以待我者，曰瓜分，曰開通，曰保全。嘗持此以叩吾國人，曰：是誠然，是誠然，吾固病，吾固老大。」轉引自張枬、王忍之編，《辛亥革命前十年間時論選集》第一卷上冊（香港：三聯書店，一九六二），頁一〇三。

6 參見Joseph R. Levenson, *Liang Ch'i-ch'ao and the Mind of Modern China*. 2d ed. (Cambridge, Mass.: Harvard University Press, 1959); Hao Chang, *Liang Ch'i-ch'ao and intellectual Transition in China, 1890-1907* (Cambridge, Mass.: Harvard University Press, 1971); Xiaobing Tang, *Global Space and the Nationalist Discourse of Modernity: The Historical Thinking of Liang Qichao*(Stanford: Standford University Press, 1996).

7 有關當時「國民」意識之興起的相關討論，請參見村田雄二郎，〈近代中國「國民」的誕生〉，收入國分良成等編，《日中徹底對論——中日全球化の行方》（東京：新書館，二〇〇〇），頁一七二—一九八；Sung-chiao Shen（沈松僑）& Sechin Y. S. Chien（錢永祥），"Delimiting China: Discourse of 'Guomin'（國民）and the construction of Chinese Nationality in Late Qing", Paper to be read at the conference on Nationalism: The East Asia Experience, May 25-27, 1999, ISSP, Academia Sinica, Taipei, Taiwan。論國家意識與梁啟超史學文學觀念之形成者，參見松尾洋二，〈梁啟超と史伝——東アジアにおける近代精神史の奔流〉，齋藤希史，〈近代文學觀念形成期における梁啟超〉，俱收入狹間直樹編，《共同研究梁啟超——西洋近代思想受容と明治日本》

（東京：株式會社たみすず書房，一九九九年），頁二九七—二九五、二九六—三三〇。有關「革命」的相關討論，參見陳建華，〈現代中國革命話語之源〉，《二十一世紀雙月刊》四十期（一九九七年四月），頁八三—九六。

8 梁啟超，〈少年中國說〉，《飲冰室文集》第二冊，「文集之五」，頁九—一〇。

9 同前註，頁一〇—一一。

10 這一點，早在《新民叢報》第一號（光緒二十八年正月一日，一九〇二年）〈軍國民篇〉論教育之文中，即有所論述：「夫自孩提以至成人之間，此中十年之頃，為體魄與腦筋發達之時代，俗師鄉儒，乃授以仁義禮智三綱五常之高義，強以龜行鼃步之禮節，或讀以靡靡無謂之詞章，不數年，遂使英穎之青年，化為八十老翁。形同槁木，心如死灰，受病最深者，愈為世所推崇。乃復將類我之技，遺毒來者，代代相承，無有已時。嗚呼！西人謂中國為老大帝國，夫中國既無青年之人，烏復有青年之國家哉！歐美諸邦之教育在陶鑄青年之才力使之將來足備一軍國民之資格；中國之教育，在摧殘青年之才力，使之將來足備一奴隸之資格，以腐壞不堪之奴隸，戰彼勇悍不羈國民，烏見其不敗耶！烏見其不敗耶！」（引自該號頁八四）。

11 梁啟超，〈少年中國說〉，《飲冰室文集》第二冊，「文集之五」，頁一一。

12 原刊《清議報》第八十二冊（光緒二十七年五月一日，一九〇一年），收入《飲冰室文集》第二冊，「文集之五」，頁五一。

13 這是不久之後，梁啟超在〈論中國學術思想變遷之大勢〉一文中的文字，見《新民叢報》第三號（光緒二十八年二月一日，一九〇二年），頁四一—五六。

14 同前註。

15 梁啟超曾經由日文譯本，譯述《意大利建國三傑傳》，文中即多有「少年意大利」、「少年瑪志尼」等語。而此類用語，亦頗多見於晚清報刊，可見將「少年」與「國族」接軌，已漸蔚為風潮。

16 相關研究可參見夏曉虹，《覺世與傳世——梁啟超的文學道路》（上海：上海人民，一九九一）、狹間直樹編，《共同研究梁啟超——西洋近代思想受容と明治日本》等論著。

17 據編者識云：《棒喝集》乃師法張茂先〈厲志詩〉、崔子玉〈座右銘〉，意在諷勸。故「譯錄中外哲人愛國之歌，進德之篇，俾國民諷之如晨鐘暮鼓，發深省焉」。除志賀之作外，集中同時收有德人格拿活〈日耳曼祖國歌〉、日人中村正直〈題進步圖〉、日人內田周平譯〈德國男兒歌〉等。而「其所裒集者，或由重譯，或採語錄其詞句，或毗于拙樸焉」，因而詞句或與原文有所出入。見《新民叢報》第二號（光緒二十八年正月十五日，一九〇二年），頁一〇一—一〇五。

18 同前註，頁一〇三—一〇四。

19 梁與志賀筆談為一八九八年事，見〈志賀重昂與梁啟超的筆談〉，載於《光明日報》一九五九年七月九日另外，《清議報》譯載之志賀政論文包括〈北清事變後處分議〉（第五十五冊）、〈論經營閩浙〉（第五十七—五十八冊）等，見一九六七年臺北成文書局重印本《清議報》第七輯。

20 二文識語，分見《新民叢報》第四號（光緒二十八年二月十五日，一九〇二年），頁四五；第一〇號（光緒二十八年五月十五日，一九〇二年），頁六二。

21 《叢報》編者刊載此作的同時，曾如此簡介：「志賀氏為日本志理學大家，政客中之錚錚者也。此篇殆其少作，不免有叫囂之語，然亦可為發揚志氣之一助也，故錄之」，見《新民叢報》第二號（光緒二十八年正月十五日，一九〇二年），頁一〇三。今查核志賀全集，未見收有此作，其成文年代亦不可考。然既謂之「少作」，則寫作時間，當至少在〈少年中國說〉之前，並對中國的少年想像，具有一定影響。而若此作果如編者所言，是為重譯之作，則刊載於《叢報》的此一版本，便極可能已經過編者（梁啟超？）的改寫，反映了志賀與梁二人的共同理念。

22 見東京改造社編，《現代日本文學全集》第四編《德富蘇峰集》（東京：改造社，一九三〇），頁四六。

23 同前註，頁五四〇。按，德富此文，對此後中國知識界的「青春想像」影響極為深遠，除梁啟超之外，五四時陳獨秀、李大釗等人的論述，都多有追步德富之處。即以李大釗為《晨鐘報》所撰寫的發刊詞〈青春中華之創造〉為例，其開篇語即謂「今者，白髮之中華垂亡，青春之中華未孕，舊稘之黃昏已去，新稘之黎明將來」，無論是精神內涵抑是修辭造句，都可看出它與德富此文的內在淵源。

24 參見馮自由，〈日人德富蘇峰與梁啟超〉，《革命逸史》第四集（北京：中華書局，一九八一）；夏曉虹，《覺世與傳世——梁啟超的文學道路》（上海：上海人民，一九九一），第九章，頁二三七—二七〇。

25 〈少年中國說〉文後作者附識云：「自今以往，棄『哀時客』之名，更自名曰『少年中國之少年』。」見《飲冰室文集》第二冊，「文集之五」，頁一二。

26 如《清議報》第三十九冊刊有「同是少年」之〈寄少年中國之少年〉；第四十四冊刊有「鐵血少年」之〈壯志〉；第八十九冊有「突飛少年」之〈勵志歌十首〉。餘以「少年」為名者，分見五十七、八十六、八十八等冊。各冊分見一九六七年臺北成文書局重印本《清議報》第五、六、十一、十二輯。

27 見《新民叢報》第五號（光緒二十八年三月一日，一九〇二年），頁一一。又，〈少年進步之歌〉為一淺近英文歌詩，以梁當時英文程度，似乎未必有能力自作英詩，其歌詩來源，猶待考證。

28 原刊《新民叢報》第二號（光緒二十八年正月十五日，一九〇二年），頁八。

29 全書凡十八回，第十回起，由「披髮生」續譯。

30 見《新民叢報》第二十四號（光緒二十八年十二月十五日，一九〇二年），頁六二—六三。

31 引自梁啟超，〈中國之唯一文學報《新小說》〉，《新民叢報》第一四號（光緒二十八年七月十五日，一九〇二年），拉頁廣告。又見夏曉虹編，《飲冰室合集．集外文》上冊（北京：北京大學，二〇〇五），頁一二一。

32 《新新小說》第一年第一號（一九〇四年九月），轉引自陳平原、夏曉虹編，《二十世紀中國小說理論資料》第一卷（北京：北京大學，一九九七），頁一四三—一四四。

33 林紓，〈愛國二童子傳達旨〉，見林譯《愛國二童子傳》，轉引自陳平原、夏曉虹編，《二十世紀中國小說理論資料》第一卷，頁二八八—二九一。

34 同前註。

35 善書寶卷為民間宗教性勸善之作；《聖諭廣訓》則為清康熙帝頒布的教化理念，原僅為十六條大原則（如「敦孝悌以重人倫」、「黜異端以崇正學」等），為能向庶民廣為布達，隨即由朝臣敷衍出各種形式的詮解衍義，並在各地方定期宣講。如成於康熙二〇年的《聖諭像解》，即在每條聖諭之後，先繪示故事性之圖像，再援引傳說故事，以為說解。康熙四二年李來章撰《聖諭圖像衍義》，則分就圖像、演說、俗歌、事宜等不同形式，從不同方面闡述十六條聖諭之理，詳見李來章，《禮山園文集》（清乾隆十七年〔一七五二年〕刊本，烏石文庫）。

36 該報係於光緒二十三年（一八九七），由梁啟超友人葉浩吾、汪甘卿所辦，梁曾為其敘曰：「吾恆言他日救天下者，其在今日十五歲以下之童子乎！西國教科之書最盛，而出以遊戲小說尤夥，日本之變法，賴俚歌與小說之力，蓋以悅童子，以導愚氓，未有善於是者也。他國且然，況我支那之民，不識字者，十人而六，其僅識字而未解文法者，又四人而三乎。故教小學教愚民，實為今日救中國第一義。……友人葉君浩吾，汪君甘卿有《蒙學報》之舉，……聞之且抃且舞，且喜不寐。……自今以往，而光方烏釣渡挽之凶焰，或可以少熄，中國之人，亦漸可教矣。」見〈蒙學報演義報合敘〉，收入《飲冰室文集》第二冊，「文集之二」，頁五六—五七。據撰者葉瀚敘例所言，其撰著動機，乃有鑒於「日本二十年來，維新之道迴越尋常」，「我中國人士幼童，尤宜知其種別新政之詳情也」，故依據黃公度《日本國志》之例，「均分章回，用白話演說，令幼童易解為主」。見〈古今中外通史演義敘例〉，《蒙學報》第十冊（哈佛燕京圖書館微捲）。

37 該報於光緒元年（一八七五）出版於上海，為范約翰（J. M. W. Farnham）所編輯，連史紙印，文字極淺近易讀，有詩歌、故事、名人傳記、博物、科學等。其中刊於光緒九年癸未五月（一八八四）的一期，有名為「墨樵葆真子」者所編撰的白話章回小說《新編天道傳》第一六回，該回目為「收門徒三教歸一主，普天下忠奸大報仇」。這當是在康梁等倡議以小說教育童蒙之前，即已以具體作法進行之一例。見《小孩月報》，第九年第二卷（哈佛燕京圖書館微捲）。

38 見康有為，《日本書目志》（上海：大同譯書局版《日本書目志》，一八九七）「識語」，轉引自陳平原、夏曉虹編，《二十世紀中國小說理論資料》第一卷，頁二九。此說或為梁啟超新小說理論之所本，參見夏曉虹，《覺世與傳世》，第二章，頁一三—三九。

39 〈新中國未來記〉的寫作，深受日本小說《雪中梅》、《花間鶯》及英國小說《回頭看》（又名《百年一覺》的影響，其敘事採多重觀點，並以「未來完成式」回顧既往，此均為迥異於傳統說部之處。相關討論請分別參見夏曉虹，《覺世與傳世》；王德威，〈翻譯現代性〉，收入王德威，《如何現代，怎樣文學》（臺北：麥田，一九九八），頁四三—七六。清水賢一郎，〈傳播空間的開創——梁啟超「新文體」的誕生與明治東京的傳媒文化〉，第四四回國際東方學者會議「中國作家的『帝都』東京體驗」學術研討會論文（東京，一九九九年六月五日）。

40 見梁啟超，〈新中國未來記．緒言〉，《新小說》第一號（光緒二十八年十月十五日，一九〇二年）。後收入《飲冰室合集．專集八十八—九十五》（北京：中華書局，一九八九），「專集之八十九」，頁一。

41 同前註，頁二—三。

42 黃帝紀年與孔子紀年的相關問題，詳見村田雄二郎，〈康有為與孔子紀年〉，收入王守常主編，《學人》第二輯（南京：江蘇文藝，一九九二）。沈松僑，〈我以我血薦軒轅——黃帝神話與晚清的國族建構〉，《臺灣社會研究季刊》二八期（一九九七年十二月），頁一—七七。

43 見梁啟超，〈初歸國演說辭——鄙人對於言論界之過去及將來〉，原載《庸言》第一卷第一期（一九一二年十二月），收入《飲冰室文集》第十一冊（上海：中華書局，一九六〇），「文集之二十九」，頁三。

44 見馮自由，〈未入革命黨前之胡漢民〉，《革命逸史》初集，頁一八五—一八八；夏曉虹，《傳世與覺世》，第三章，頁四〇—七七。

45 見梁啟超，〈新中國未來記〉，「第四回：旅順鳴琴名士合併，榆關題壁美人遠游」，原載於《新小說》第三號（光緒二十八年十二月十五日，一九〇三年）。後收於《飲冰室合集．專集八十八—九十五》，「專集之八十九」，頁四一—五一。

46 以上引文見梁啟超，〈論中國學術思想變遷之大勢〉，《新民叢報》第三號（光緒二十八年二月一日，一九〇二年），頁四六。

47 關於這方面的論述，請參見劉人鵬，〈「西方美人」欲望裡的「中國」與「二萬萬女子」〉，《近代中國女權論述——國族、翻譯與性別政治》，頁一二九—一九七。

48 「名從主人」之說，語出梁啟超，〈中國史敘論〉，《清議報》第九十冊（光緒二十七年七月二十一日，一九〇一年），第三節「中國史之命名」。所謂「吾人所最慚愧者，莫如我國無國名一事。尋常通稱或曰諸夏，或曰漢人，或曰唐人，皆朝名也；外人所稱，或曰震旦，或曰支那，皆非我所自命之名也。以夏漢唐等名吾史，則戾尊重國民之宗旨；以震旦、支那等名吾史，則失名從主人之公理。」見《飲冰室文集》第三冊（上海：中華書局，一九六〇），「文集之六」，頁三。宗明自稱「支那」，實已在服膺於他者對中國的命名之中，喪失自我的主體性。

49 梁啟超，〈新中國未來記〉，「第五回：奔喪阻船兩覩怪象，對並論藥獨契微言」，原載於《新小說》第七號（光緒二十九年七月十五日，一九〇三年）。後收入夏曉虹編，《飲冰室合集．集外文》，頁一二八〇。

50 同前註，頁一二八二—一二八三。

小說教育

——包天笑與清末民初的教育小說

自從梁啟超倡言「欲新一國之民，不可不新一國之小說」以來，不僅引發小說界革命、激發以小說教育啟蒙大眾的思潮，時人大量引介並取法外國翻譯小說的做法，也因此盛極一時。在品目繁多的各類翻譯小說中，「教育小說」無疑極為特殊且值得關注。原因是，它是在政治、偵探、科幻小說之外，另一不同於傳統說部之作的類型小說，為當時中國讀者開啟了迴異的閱讀視界[1]；另方面，它的敘事重在體現青少年的奮鬥成長及學校教育生活，恰恰呼應了當時憧憬「少年精神」、強調教育啟蒙的社會現實，並為青少年的學習成長，提供具體的參考範式。然而，在引進西方「教育小說」的同時，晚清文人原也不乏著眼於教育問題、投射種種「教育想像」的小說書寫。從晚清小說家自撰的白話「教育」小說，到以文言引介翻譯的歐西「教育小說」，所涉及的，不僅是中西新舊文白等問題的糾結互動，也是時空論述與少年想像的翻新，是文學傳統與現代性的往來交鋒。其間，更因文化生產工業介入，導致諸多複雜互動，因之而體現的各種問題，值得深究。而包天笑（一八七八—一九七三）的翻譯及創作文本，以及個人從事的文化活動，恰巧為清末民初「教育」與「小說」之間的相關問題，提供了極佳的研究切入點。

包天笑是清末民初最重要的文化人之一。他不僅先後從事《小說林》、《小說時報》、《小說大觀》、《小說畫報》等多種雜誌的編輯工作，親自翻譯並創作了大量不同類型的小說，更受邀在《教育雜誌》、《中華教育界》、《教育研究》等教育性雜誌上譯述各國的教育小說，影響當代青年學子甚鉅。其中最著名的「三記」：《馨兒就學記》（即後來由夏丏尊重譯的《愛的教育》）[2]、《埋石棄石記》、《苦兒流浪記》[3]，皆曾榮獲國民政府教育部頒發獎狀表揚；《馨兒就學記》中的〈掃墓〉一節，更被選入民初「商務版」高小國文課本，作為教材[4]，堪稱真正落實了梁啟超等人意欲以「小說」來啟蒙大眾，「教育」童蒙的理想。而在譯述外國教育小說的同時，他同樣不忘以傳統白話章回形式，自撰了一部著眼於新舊教育問題的長篇小說《青燈回味錄》，在《教育雜誌》上分期連載。其於推展「教育小說」之體類的貢獻，向來為各界公認。

也正是如此，包天笑的譯著活動，可說是以「集大成」的姿態，體現了清末民初「教育」與「小說」、「傳統」與「現代」，以及因文化生產而引發的「商業」與「啟蒙」等問題的多重對話。對它的探討，將循由以下四部分進行：一、「少年／教育／小說」的糾葛；二、包天笑與「教育小說」的譯介；三、「教育小說」中的「教育視界」；四、小說．教育——文化生產工業中的商業與啟蒙。

一、「少年／教育／小說」的糾葛

晚清的政治變局，促發時人種種救國新民之思。在各類革新之道中，「教育」無疑是最受重視的一環。從十九世紀中葉的洋務教育開始，舉凡廢科舉、興學校、提倡女子教育、派遣幼童赴美留學、發行報刊以傳播新知、普及演說以啟廸民智等等，這些作為，或經由官方強制推動，或出自民間自發自為；或基於現實考量，以求現學現用；或著眼於百年大計，意圖從根本上引進文明氣象，提升國民素質，無一不引起重大震撼，影響並改變了千百年來中國知識分子的價值觀念和思維模式[5]。

這些教育的革新實踐原本就經緯萬端，在梁啟超倡言「少年中國」之說，力主以「少年中國」取代「老大帝國」，以及提倡「新小說」進行新民啟蒙之下，「教育」、「少年」與「小說」三者之間，更因此產生了十分複雜的糾葛。基本上，「少年中國」的想望，就是要落實於革新的少年教育，而此一少年教育，又得要憑藉小說來完成。康有為（一八五八—一九二七）〈《日本書目志》識語〉中，便曾提到：

> 天下讀小說者最多也。啟童蒙之知識，引之以正道，俾其歡欣樂讀，莫小說若也[6]。……

梁啟超〈蒙學報演義報合敘〉更明確指出：

人莫不由少而壯，由愚而智。壯歲者，童孺之積進也，士夫者，愚民之積進也。故遠古及泰西為善為教者，教小學急於教大學，教愚民急於教士夫。……故吾恆言他日救天下者，其在今日十五歲之童子乎！西國教科之書最盛，而出以遊戲小說者尤夥，故日本之變法，賴俚歌與小說之力；蓋以悅童子，以導愚氓，未有善於是者也。他國且然，況我支那之民，不識字者十人而六，其僅識字而未解文法者，又四人而三乎？故教小學教愚民實為今日救中國第一義[7]。

此外，在倡言「政治小說」之重要性時，也不忘強調它與「少年教育」的關係：「彼中綴之學子，黌塾之暇，手之口之，……而婦女，而童孺，靡不手之口之，往往每一書出，而全國之議論為之一變」[8]。在此，梁啟超強調了小說對於婦人孺子等智識程度不高者的教育功能，至於什麼樣的小說才能發揮此一功能，「童孺」所閱讀的小說，是否必須與其他人區隔，則並未詳述。其後，東海覺我（徐念慈，一八七四—一九〇八）的〈余之小說觀〉則進一步提出「宜專出一種小說，足備學生之觀摹」的說法：

> 今謂今後著譯家，所當留意，宜專出一種小說，足備學生之觀摹。……其旨趣，則取積極的，毋取消極的，以足鼓舞兒童之興趣，啟發兒童之智識，培養兒童之德性為主。……如是則足輔教育之不及，而學校中購之，平時可為講談用，大考可為獎賞用[9]。

據此，則不但以小說教育少年童子，已成為當時有識之士的共識，而且，為教育少年童子而作的小說，顯然還必須與一般的成人小說有所不同。然而，究竟什麼樣的小說才真正適合學生閱讀？是否主角必得為少年學生？而又是怎樣的內容，才堪稱具有教育性質？

回顧傳統文學，原無專為少年學生而作的小說。晚清以來，即或是力倡以「少年中國」取代「老大帝國」、強調小說之於少年教育的重要性的梁啟超，都不曾，也不能，真正為少年們書寫少年教育或自我成長的小說。只有如《十五小豪傑》之類的譯作，算是多少符應了「足備學生之觀摹」的要求。其原因，當係「新小說」的理念，乃是希望普遍應用於「群治」；「少年／教育」小說，遂不會是唯一訴求（故另有對「政治小說」的鼓吹）。然則，在以「少年中國說」凸顯「少年」之於新國家建構的必要性之際，「少年」已成青春希望的修辭符號，如何經由小說中的「少年成長」來憧憬新中國、為國家成長提供可資期待的新範式，是為眾所關注的焦點。此時，徐念慈「宜專出一種小說」的理念，遂在強化「少年／教育」與「小說」之關係的同時，已隱隱將此類小說的主人公身分及整體質性導向特定的規範——既是「少年」人物，且具有「教育」性質。

但事實上，檢視當時各類譯作，卻會發現：嚴格說來，具有「少年教育」意義的小說，與「以少年為主人公」的小說，實分屬兩個不同範疇：前者旨在提供少年童子閱讀，發揮教育功能，但主角不必然是少年人物，內容也無需聚焦於學校／學習生活，體類接近現今所謂的「兒童／少年文學」。胡從經《晚清兒童文學鉤沉》一書，曾從「愛國主題的高揚」、「民主思潮的啟廸」、「科學小說的濫觴」、「冒險小說的勃興」、「教育小說的萌發」幾方面，鉤沉晚清小說中的各類兒童文學，所著眼者，正是少兒教育[10]。

至於後者，雖以少年學生為主人公，但旨在體現少年的成長學習經驗與各種青春的騷動，具備一般觀念中的教育意義與否，並非唯一考慮重點。也因此，它更接近於歐西的「成長／教育／啟蒙小說」（Bildungsroman）：主旨在於描繪書中主人翁的人格與世界觀之成長與定形的過程。此類小說始於十八世紀中葉，以德國歌德（Goethe）的《威廉・麥斯特的學習年代》（*Wilhelm Meisters Lehrjahre*, 1796）以及法國伏爾泰（Voltaire）的小說《憨第德》（*Candide*, 1758）等為代表性作品；此後，以少年人物為主角，泛指「關於有『成長意義』的成長經驗之描述」的小說，遂被名為「成長小說」或「教育小說」。而隨著地域、時期不同，少年成長經驗乃互有參差，其中或著重少年生命中的自我啟蒙過程，或偏於學校生活中的師生互動、教育學習，因此也常與「educational novel」、「apprenticeship novel」或「initiation novel」等名詞交互通用[11]。

然而，聚焦於少年成長經驗的「成長／教育」小說所以於歐西出現，實有其「現代性」因素，少年人物的成長，每每伴隨著對既有體制的反叛[12]。如此一來，此類小說雖具有聚焦於少年人物成長經驗的書寫特色，兼及學校生活之呈現，但是否適合晚清中國的需要？譯者將如何引進？譯介過程中，它如何與前述的「兒童／少年文學」發生關聯？又將如何發揮它的「教育」功能？

而包天笑對於「教育小說」的譯著工作，恰可為前述問題，提供不少值得探討的面向。

二、包天笑與「教育小說」的譯介

晚清小說品目繁多，隨著報刊雜誌業的蓬勃發展，舉凡言情、哀情、偵探、社會、冒險、科學、愛國等名類紛紛出爐，並散見於各報刊之中，琳琅滿目，每每令人眼花撩亂。相對於其他類型，「教育小說」的名目不但出現較晚，而且刊布發表，也多集中於教育性的雜誌。它的正式引進與譯介，始於由羅振玉所創辦的《教育世界》——一九〇三年，該刊以「教育小說」的名目，連續五期，譯載了小說《愛美耳鈔》（即盧梭《愛彌兒》）[13]，是為西方教育小說的譯介之始。其後，又以同樣欄目，陸續連載了英國哥德斯密的《姐妹花》[14]、瑞士貝斯達祿奇的《醉人妻》[15]，以及不著撰人的《迷津筏》[16]等。此後不久，上海文明書局也以單行本形式，出版了《兒童修身之感情》、《兒童教育鑑》等[17]。這一系列譯著的出現，固然有一定意義，但真正能夠讓「教育小說」引起注意並產生影響，卻不得不歸功於包天笑與《教育雜誌》。

包天笑，原名清柱，又名公毅，字朗孫，號包山。筆名有天笑、天笑生、微妙、迦葉、秋星、釧影樓主等。他早年曾經過科舉洗禮，十四歲開始參加「小考」，十九歲即進學，成為秀才。與此同時，也留心種種「新學」。一九〇〇年，與友人同組「勵學會」，辦東來書莊，出版《勵學譯編》，譯介新思想新文學；一九〇一年，與楊紫麟合作翻譯《迦因小傳》，是為繼林紓譯《巴黎茶花女遺事》之後，最為風行的小說，他個人的小說翻譯事業，遂從此發端。之後，包先後進入啟秀編譯局、廣智書局、珠樹園譯書處從事譯書工作。一九〇六年赴上海《時報》館，任《時報》外埠編輯，並兼任《小說林》編輯，同時在上海女子蠶業學校、城東女子學校、民立女中等處兼課或任教。一九一二年，應張元濟之邀，至商務印書館編輯所任職，主編國文教材和課外讀物《新社會》。一九一五年，由他主編的《小說大觀》創刊，小說雜誌而有季刊，此為首創。一九一七年，又主編《小說畫報》，專發白話小說，圖文並行，風行一時。除大量譯作外，自己還寫作了許多小說、雜文、電影劇本等，畢生著述不輟，發表刊行的作品，不下百餘種之多[18]，在清末民初的文化界，具有一定的影響力。

然則，儘管包天笑各類著述甚豐，但其中最受矚目並最具特色的，無疑還是「教育小說」。據《釧影樓回憶錄》所述，包對此類小說的譯介，始於一九〇五年的《三千里尋親記》（後易名為《兒童修身之感情》）。該書敘述一個孩子不畏艱危，往三千里外尋找母親，「是教育兒童的倫理小說」，總共不過一萬字左右，原為意大利文，原文並附插圖，以引動兒童興趣。後來譯為日文，包則根據日文本轉譯後，售予上海文明書局出版[19]。

此書出版後，顯然甚受好評，兼以包天笑同時有新式學校的教學經驗，因此商務印書館在籌辦出版《教育雜誌》之初，便與當時猶在青州任教的包天笑聯繫，希望他能夠「寫一種教育小說，或是兒童小說，要長篇的，可以在《教育雜誌》上連期登載」。而包的做法，便是經由日本既有的翻譯，「乞靈於西方文化界」。因此，每到上海，「必到虹口的日本書店，搜尋可譯的日文書，往往擁取四、五冊以歸，那都是日本的作家，翻譯歐西各國文字者。我便在此中選取資料」[20]。

一九〇九年二月，商務印書館《教育雜誌》出刊，從創刊號起，前後計刊載了包天笑的《馨兒就學記》、《孤雛感遇記》、《埋石棄石記》、《苦兒流浪記》、《二青年》、《童子偵探隊》、《雙雛淚》等多部譯著，此外還有包天笑自著的《青燈回味錄》，連續十年，幾乎每期不斷。在這期間，商務印書館的競爭對手中華書局繼起，於一九一二年編輯刊行教育性雜誌《中華教育界》，包天笑同樣受邀撰稿。一九一三年一至一二月，他配合十二月令，為該刊譯著長篇小說《兒童歷》；之後，又有與張毅漢合譯的〈薔薇花〉、〈留聲機〉等短篇，無論質量方面，均極可觀[21]；就當時教育小說的譯介而言，堪稱無人能出其右[22]。

這些小說以「三記」最為知名，經雜誌首刊之後，很快就有單行本問世，而且銷售極佳，其中尤以《馨兒就學記》為最。據包天笑回憶，

這三部書的發行，銷數以《馨兒就學記》為第一，《苦兒流浪記》次之，《棄石埋石記》又次之。《馨兒就學記》何以銷數獨多呢？有幾個原因：一、那書的初版是在庚戌年，即辛亥革命的前一年，我全國的小學正大為發展。二、那時的商務印書館，又正在那時候向各省、各大都市設立分館，銷行他們出版的教課書，最注重的又是國文。三、此書情文並茂，而又是講的中國事，提倡舊道德，最合十一、二歲知識初開一般學生的口味。後來有好多高小學校，均以此書為學生畢業時獎品，那一送每次就是成百本，那時定價每冊只售三角五分。所以此書到絕版為止，當可有數十萬冊。《苦兒流浪記》雖然編劇演戲，也盛極一時，銷售不過萬餘；至於《棄石埋石記》，不知曾否再版（商務初版，例印三千部）。[23]

其實，不只《馨兒就學記》與《苦兒流浪記》，他的《兒童修身之感情》曾獲國民政府「教育部通俗教育會」褒獎，至一九二二年，已印行三版；《孤雛感遇記》與《兒童歷》，先後至少也都印行了二、三版。再加上「三記」獲得教育部獎狀，《馨兒就學記》被節選入高小課本，可見這些譯著，不僅廣被接受，更在教育界受到熱烈歡迎。

不過，耐人尋味的是，《馨兒就學記》明明譯自歐西小說，何以包天笑說它「講的中國事，提倡舊道德」？而若同樣談中國事，舊道德，那麼，晚清原也有不少同樣觸及教育議題的小說，相較之下，這些譯述的小說又是基於什麼樣的原因，特別受到少年學子及教育界人士喜愛？以下，將由「教育小說」中的「教育視界」角度切入，先綜觀晚清小說家的教育視界，並以之對比於來自歐西的「少年／成長／教育」小說，看它們是如何以嶄新的少年（成長）想像與苦兒論述，開啟了時人對於學校教育及少兒成長過程的觀照視野；繼而檢視包天笑自撰的白話章回小說《青燈回味錄》，論析其於晚清以降之傳統「教育小說」所做出的新變；最後，則據此就清末民初「教育小說」之體類所涉及的「傳統／現代」、「商業／啟蒙」等問題，予以進一步思辨。

三、「教育小說」中的「教育視界」

（一）晚清小說中的「教育視界」

綜觀晚清小說，不少小說家雖也因時變而意識到「教育」之於當時社會的重要性，並且給予相當關注；可是他們的意圖，並不在於「鼓舞兒童之興趣，啟發兒童之智識，培養兒童之德性」，反而是以天馬行空的姿態，藉教育議題而投射各種狂想，再不然，便是以嘲謔批判的筆觸，暴顯新舊教育變革過程中的諸般亂象。

前者，如某些具有烏托邦性質的小說，以及一些以「新」為名的續作或改作，往往會藉由書中人物所經歷的各種教育事件，去多方開展文學想像的可能性；而「出外遊學／留學」與「興辦學堂」，無疑是其中最為習見的情節。例如：《新封神傳》中的豬八戒，與《新水滸》中的孫二娘、顧大嫂、扈三娘等人，或留學日本，或自辦學堂[24]。《新石頭記》中的林黛玉赴西洋留學，不僅成了哲學和英文教授，在東京教書，還勸說賈寶玉留在日本讀書，以便「學得本事回去，多辦幾個學堂，多喚醒些同胞」[25]。《新三國志》敘述上天垂憐，延孔明一紀之壽，孔明病癒，欲圖自強，力行變法維新，首要之務即為振興教育，責成各級州縣普設學堂，「設體操以強國，研究科學為智學，講求道德為仁學，並舉不廢」[26]。另如荒江釣叟的《月球殖民地小說》，主人翁龍孟華突發狂病，延醫診治，外國醫師為之剖膛洗心，五分鐘後，一若常人，「謂此病皆八股文所毒」；後來一家三口，同赴月球讀書[27]。旅生《癡人說夢記》裡有各類學堂，三位青年主角輾轉中外各地，最後覓得仙人島，才建構出理想的學堂[28]。吳趼人《新石頭記》的賈寶玉在「中國老少年」導引下進入「文明境界」，見識多種文明新事物，此境界中沒有教堂，沒有乞丐，連孤貧院都改作了學堂，男女同受教育。他乘飛車至水師學堂參觀，上天下地，見識許多聲光化電的新奇事物[29]，……凡此種種，不勝枚舉。

大體而言，這些小說都並非寫實之作，但現實中的教育問題，卻正是它們寄託懷抱，投射想像的重要出發點。所以如此，自是因為欲藉教育改革以振興邦國、憧憬未來的思潮，早已深入當時人心，成為大勢所趨。然而矛盾的是，廢八股科舉，改新式學堂等具體措施，對於多年寒窗苦讀的傳統士子而言，反造成莫大的困惑與打擊——科舉之途將斷，未來何去何從？長久研習的聖賢之說，制藝之道，如何讓自己解決現實的衣食問題？新式教育該如何落實？學堂難道沒有弊端？出國留學及接受新教育的學生，一定就更為長進？

這些徬徨、困惑，以及因之而生的社會亂象，自然也成為晚清小說家筆下的絕好材料。因此，許多旨在以「冷眼觀」姿態，嘲謔社會怪現狀的小說，都不忘隨手帶上一筆，聊以消遣諷刺。例如，《當頭棒》便是敘述學堂開辦後，來應徵的教師在學問上一無所知，卻精於算卦占卜看風水，上起課來揚雄孫策姜子牙《封神榜》胡說一通；後來，原擬改建學堂的寺廟，竟裝上電氣車與電燈，成了遊覽勝地[30]。《新孽鏡》敘述留學生沈某赴日留學，出盡洋相，譯書有錢，便想攜妓出遊[31]。《冷眼觀》也藉由書中人物之口，談到學堂俗儒妄談經書，笑話百出，更有上海某學堂請外國剃頭匠作洋文教司，南京南洋大臣請日本妓女作教育女顧問官等怪象[32]。

除此之外，另有不少完全針對教育理想、學界現象而作的小說。諸如《未來教育史》、《學界鏡》屢屢出現關乎教育理念的大篇幅論辯[33]；《學堂笑話》挖苦高小學堂請不到教師，竟找江湖痞子充任教習，胡搞瞎鬧[34]；《苦學生》敘述中國學生海外留學的艱辛歷程[35]；《學究新談》則多方面地披露了當時新舊派學人在觀念、做法上的諸般衝突，對於興辦學堂的理想與現實，尤有多方面描述。小說中提到不少舊文人轉至新學堂任教，心態做法卻各不相同，有人心懷鬼胎，也有人堅持理想；另有不同人物興辦各式不同的學堂：有教授電學、重學等新式教室的「強華學堂」，有妓女們籌辦的音樂學校「移風學堂」，以及專教官話的「國語科專修學校」等等。所呈現的，正是當時學界的浮世繪[36]。

綜觀這些小說，雖然內容都環繞於教育問題，對學堂生活、師生互動多所著墨，但絕大多數，卻是以負面的方式，凸顯出新與舊、理想與現實之間的衝突與矛盾。正是如此，掙扎徘徊其間，晚清小說家的寫作，與其說是為了開啟民智，教育童蒙，倒不如說是藉此抒發憤懣，投射一己的焦慮與彷徨。如此產生的小說，不但不能達到藉小說以進行教化的理想，恐怕還有反效果。也因此，自國外譯介而來的「教育小說」，以及它為「少年」、「教育」及「小說」所開啟的各種想像方式與可能的實踐之道，便特別值得注意。

（二）「教育小說」的少年想像：中西交融的「少年中國」

事實上，由包天笑所譯著的「教育小說」，其實可視為前述「兒童／少年文學」與「成長／教育」小說的交集——兼具後者著重成長學習的少年經驗歷程，及前者適合童孺閱讀、引發智能的教育意義，卻迴避了成長過程中，每每伴隨著的青春騷動與叛逆。這一點，從當初《教育雜誌》的稿約即可見端倪：「寫一種教育小說，或是兒童小說」。整體而言，它們可大別為兩系：

一是以新式的學校空間作為主要場景，藉以展演出某一特定時段（通常是學期或學年）的師生互動生活；如《馨兒就學記》、《埋石棄石記》、《兒童歷》、〈薔薇花〉、〈留聲機〉等。另一系則如《兒童修身之感情》、《苦兒流浪記》、《孤雛感遇記》、《雙雛淚》、《童子偵探隊》等，主角人物活動不限於學校，或命途多舛，浪跡天涯；或智勇雙全，冒險犯難，遭遇曲折多采。而無論如何，於某段特殊經歷之後，少年主人翁終能卓然長成，則是其共同旨歸。

不過，儘管這兩系小說刊載之際，都冠以「教育小說」的名目，而且廣受歡迎，但連包天笑自己也承認：嚴格說來，《苦兒流浪記》一系的小說，其實仍「是兒童小說，不能算是教育小說」[37]。在他看來，真正的「教育小說」，乃是以《馨兒就學記》等圍繞於學校生活的篇什為主；也正是這些小說，以其嶄新的時空論述與少年想像，為當時讀者，開啟了迥然不同的教育視界。其中，《埋石棄石記》寫青年教師，《馨兒就學記》和《兒童歷》寫少年學生及學校生活，恰是其中最具代表性的文本。

《埋石棄石記》譯自日文，作者不詳。全書敘述一位出身師範學校的青年，至一貧困小村落的小學任教，數年之中，同學同事有的離職，有的轉業，唯獨他謹記畢業時校長所訓勉的「棄石埋石」之語，春風化雨，感化頑劣子弟，並與村人共度洪水之厄。最後，甚至婉謝母校教學首席之聘，寧願堅守崗位，與村民同在，因此贏得全村人感佩[38]。基本上，這是標準「優良教師」的故事，現今或許並不少見，此前的傳統小說，卻不曾關注；著者所以如此凸顯此一教師形象，自有其用心，小說卷末語道：

嗚呼！讀者諸君，我著是書，未敢以豪傑魁碩望我國民，特描摹此小學教師之模範，以貢獻於青年，脫人人能以棄石埋石為心，則國家之基礎，烏有不堅者乎[39]！

可見正是有心之作。較之於晚清文人筆下瞎搞胡混的冬烘教師，它的正面性意義，自然令人激賞。教師如此，學生形象及學校生活，更是氣象一新。《馨兒就學記》即為意大利作家亞米契斯所撰寫的《愛的教育》，全書採日記體，經由身為學生的主人公，披露在校一年的生活點滴，諸如：同學的惡作劇與老師的教化；校長每月與學生行談話會，講述各類少年事蹟；學生摹擬「國會」議事，召開「雛國會」；另有隨家人掃墓、參觀孤兒院、聾啞學校、上體能課，參加老師喪禮等活動；最後，則以學生通過學年考試，為全書劃下句點。《兒童歷》原作者不詳，採全知觀點，以五個學生家庭為中心，循時令而鋪展出「聖布衣」學校一年中的各項師生活動：正月新年大會，二月成績展覽會，三月修禊會與學生進級禮儀式，四月雛國會之開會及海濱賽船會，六月校慶紀念與話劇表演，七月開「新七夕會」，八月海水浴場游泳，九月「笑會」，做種種滑稽可笑之表演，十二月放年假，「餅會」招待苦學生……。

對照於晚清小說家書寫學界現象、教育問題時的狂想脫序，漫無邊際，此類小說無疑令人眼界一新。它所召喚出的，正是源自於新式教育理念的時空構成與少年想像，與過去迥異——在此，新式學校空間取代了傳統書齋；制度性的、配合課程進度與時令節氣而安排的各色課內外活動，為少年學子循序銘記下學習的進程軌跡。不同於過去傳統孺子的規行矩步，寒窗苦讀，這些小說特別突出了少年主人公於知識德性之外的多樣性表現，舉凡體能、才藝、機變，乃至於諸般好行小慧的行為，無不多所著墨。

這些嶄新的少年形象，一方面經由校長每月例行談話會的特意標舉，成為聽講學子師法的楷模，另一方面，在學少年也以自己在校從事的各類活動，具體呈現自我學習成長的不同面向。如《馨兒就學記》中，校長每月講授的故事，即包括了在外國人面前勇於維護國家形象的愛國少年、入病院探病，「老吾老以及人之老」的愷悌少年、船難時自我犧牲，拯救同船女孩的義勇少年、意奧戰爭時期，冒死衝出重圍，請求援兵的英勇少年等。至於學子們多面向的表現，則在《兒童歷》中有精彩呈現。以二月份的「成績展覽會」為例，成果之一，即是由初等部男女學生全體合製的「聖布衣學校模型」，木作、粘土、雕刻油漆，靡不畢具，所完成的模型維妙維肖，會後尚且要「送往中華民國第二次萬國博覽會」。原因是聖布衣學校的手工技藝為全國之模範，校長以為「物質文明之發達，咸於童蒙植之基，而後互濬其心思，科學乃日益進步」[40]。此外，「四月八日為我中華民國國會成立之紀念日，例假一天，作種種遊戲」。中、初等學部於是發起召開「雛國會」，「初等部為上議院，中等部為參議院，女學生、幼稚生列席旁聽」[41]，會中提案設博物館，闢學校林，參政姿態儼然。六月合作演出話劇《空谷蘭》，中規中矩；九月「笑會」，女學生模倣西洋人操中國語，只為博人一粲。至於各學部在學校植物園中分區負責培育花木、出航海域進行划船比賽等體能勞動及戶外技能活動，更所在多有。

正是如此，活躍其中的少年學子們，遂以蓬勃的朝氣、多樣化的創意展現，煥發出迥異於傳統童孺的生命氣象[42]。它們雖然譯自歐西，但一如其他晚清翻譯，這些出之以淺近文言的教育小說，在包天笑的譯述過程中，其實已經過許多「本土化」的處理，他或是將其中人物地名習俗與紀年方式都予以中國化，或是逕自添枝加葉，杜撰了許多原書沒有的情節。即以被選為教材的〈掃墓〉為例，該節文字敘述馨兒於清明時節隨家人掃墓，根本就是包天笑以自家情事為藍本的創作[43]。另如《兒童歷》，三月有「修禊會」，仿曲水流觴；七月有「七夕會」，少女挹露揮毫，書寫「七夕銀河」，明顯也都是中國化的改寫[44]。如此一來，整部小說的人物是中國的，文化語境是傳統的，但所開展的教育視界，所見證的少年成長，卻是西方的、進步的、現代的，洋溢著剛健活潑的氣息。而這一切，正所以為現實社會中的少年教育立下範式，並投射出「少年中國」的光明願景[45]。

（三）「教育小說」的苦兒論述：苦難與犧牲、原初與未來

再從另一方面看，如果說，前述以學校師生互動生活為主軸的小說，是為「少年中國」提供

了可以企及的、正規的教育之道，那麼，另一系聚焦於「苦兒」之成長奮鬥的小說，則以其別出於學校教育之外的生命遭逢，為少年成長形塑出迥然不同的想像模式；因之所召喚出的激情感性，雖有別於前者的理性規範，但未嘗不是另一形式的「教育」，因此同樣值得注意[46]。

包天笑譯介的「苦兒」系列小說，包括《兒童修身之感情》、《孤雛感遇記》、《苦兒流浪記》、《雙雛淚》等多部。其特色，在於作為主人翁的少年童子，多數生來孤苦，命途多舛，但最後卻都能經由自己的一番努力奮鬥，苦盡甘回。很顯然地，此一系列的小說在譯述之初，所被看重的，每每是其中關乎倫理、修身方面的情節，以及其所蘊含的教育意義。原名《三千里尋親記》的意大利童子尋母故事被更名為《兒童修身之感情》，並以此榮獲教育部褒揚，即可見一斑。此外，包天笑曾受託編纂女子尺牘教本《女子書翰文》二冊，假「蕙」、「芬」兩女子間的書信往還，示範演述女子與親交友朋間書翰往來的種種情狀；該教本輯錄各式書信凡三十封，其中之一，即是「蕙」囑託「芬」代為「選教育小說以為課弟之需」，而「芬」的回信便是這麼寫的：

竊念與兒童相密邇者莫如家庭。茲擇案頭所有者三、四種敬以奉上，如《美洲童子萬里尋親記》、《孝女耐兒傳》、《兒童修身之感情》等，均教孝之作，……讀此亦足以為少年之針砭[47]。

不過，儘管包括包天笑在內的不少時人，咸以「教孝」作為譯述／閱讀「教育小說」的重要標準，但繼《兒童修身之感情》之後的「苦兒」系列小說，其主要特色，顯然並不在此。顧名思義，所謂「孤雛」、「苦兒」，原就是被棄絕於家庭學校之外的孤苦少兒。這些少年主人翁，若非自幼父母雙亡，便是因故失卻家庭庇佑，不得不隻身浪跡天涯。也正是此一生來「孤」、「苦」的本質，以及隨之而來的「流浪」歷程，為「少年教育」開展出不同於傳統的另類視界。

在少年教育方面，本來，中國的人倫關係素來以「家庭」為中心，而「萬般皆下品，唯有讀書高」、「學而優則仕」等觀念，又使得讀書仕進，成為父母教養子女時的共同期待。「孤雛」、「苦兒」無父無母，原就游離於一般的家庭生活與倫常關係之外；孤苦的生活，亦使其多數與讀書仕進無緣，只得以「少也賤，故多能鄙事」的方式，自我奮鬥成長。此一生活型態，原應並不少見於傳統中國社會，但素不為知識分子看重，文學書寫更從來不曾關注於此。「苦兒」小說以「異國情調」之姿，進入中國讀者視野[48]，除卻新人眼目之外，包天笑《苦兒流浪記》的譯序，還又特別強調：

是書英德俄日均有譯本，世界流行可達百萬部。蓋其為法蘭西男女學校之賞品，而於少年諸子人格修養上，良多裨益[49]。

是書「為法蘭西男女學校之賞品，而於少年諸子人格修養上，良多裨益」，肯定了此類小說對於少年學子的「教育」意義；「英德俄日均有譯本，世界流行可達百萬部」，則以其在國外備受重視的前例，使得它在中國的譯介，具有合理性與必然性——但是，細讀《苦兒流浪記》，我們不禁要問：它的「教育」意義，當真只在於「人格修養」嗎？

事實上，經由「苦兒」所展現的，乃是一連串曲折離奇的流浪歷程。少年主人翁坎坷顛沛，出生不久，便因奸人作梗，與親生父母離散；九歲起，被養父質讓給賣藝老人美登里，從此輾轉天涯，歷經街頭賣藝、礦坑災變、誤入盜賊之家等際遇。其間凸顯出的，不僅是流離生活中，苦難少年「多能鄙事」的種種技能，更有其與親長友朋之間患難與共、相互扶持的真情厚誼。這些自然生發於少年稚子之間的純摯情誼，未嘗沒有抵觸世俗禮法之處。因此，與其說該書助成了讀者的「人格修養」，不如說，乃是以少年世界中特有的善良清純之情，感盪讀者心靈，為之召喚出潛藏於內心深處的各式情感。換言之，它的「教育」重點，其實並不在培養道德、傳授知識，卻是開發「情感」——而這一「情感教育」（「愛」的教育），正是中國傳統文化向來忽略的部分[50]。

不止於此，「苦兒」兼具「苦」與「兒」的雙重質性，正所以同時激發讀者因「苦難」而生的犧牲受苦之情，與緣「孩童」而發的、同時著眼於「原初」與「未來」的激情與想望。二者交互為用，所催生出的，恰恰是連串認同轉換之後，對於（個人與國家）光明未來的犧牲與奉獻，信念與願景。「苦」兒的苦難遭逢，邀請（被感動的）讀者進入文本世界，既作為了解苦兒苦難的旁觀者，也成為苦兒的認同者。由於認同，讀者據有苦兒的位置，並且「感同身受」，產生受苦犧牲之情；由於旁觀，苦「兒」的孩童身分，同時也觸動讀者潛意識中的疼惜憐憫（或謂成為「母親」的欲望）[51]。另一方面，此一「孩童」身分，又因同時指向個體生命及國家／文化發展的「原初」，具有更複雜的意涵——曾有論者指出：對於原初的興趣往往出現在文化危機的一刻，中國現代文學正是通過對「原初」（苦難的隸屬群體、女性及孩童）的攝取，轉向現代。原初是「文化」與「自然」的混合，因此也是古老文化帝國與現時落後「第三世界」的雜融。此一視中國為受害者同時又是帝國的原初主義悖論，正是促使中國現代知識分子「感時憂國」的內在驅力[52]。

此一「原初性」，原是著眼於中國的孩童和婦女，「苦兒」來自異國，「非我族類」，乍看之下，似不宜與前述的原初性混為一談。不過，仔細分梳，卻會發現：由於孩童獨具不斷成長、不斷前進的生命特質，以及擁有可被寄以厚望的未來，因此，中國的孩童不僅以此別出於婦女及其他隸屬群體，展現其獨具一格的原初性；同時，更在這一層面上，超越國族區隔，與異國的孩童聲氣相通，並無二致。也因此，「旁觀」這一原屬外來、異國、非我族類的孩童時，中國讀者的位置因此變得多重、曖昧，而且游移——一方面，異國（而且還是中國所欲師法的歐西強國）孩童的苦難遭逢，成為紙上「奇觀」，既可供清賞娛心，又惹人憐惜，明顯調轉了當時中國人面對西方列強時，每每只能以弱事強、以「被看」面對「看」的僵固位置。另一方面，苦兒輾轉天涯，終能苦盡甘回，母子團聚，此一結局，十足符應了中國過去企盼「大團圓」的傳統文化心理，引以為同道，自是順理成章；再者，在個體生命及國家／文化都一逕憧憬「少年氣象」的時代氛圍中，苦兒歷盡艱辛，終能獲致圓滿幸福生活的結局，實為苦難的中國／孩童帶來莫大鼓舞，因為它預示了光明的未來必將指日可待。以是，儘管被閱讀的是異國苦兒，儘管他與身俱隨的苦難並不夾帶所屬國族的光榮或憂患，但身為孩童所具備的、著重於生命歷程的「原初性」，以及所負載的諸般苦難，仍使他得以被自然嫁接、挪移到中國當時的特殊文化語境中，成為可以被高度認同的對象。

據此，遊走在犧牲與憐憫、看與被看、中國與異國、苦難的現在與光明的未來之間，「苦兒論述」的「教育」意義，自當不止於一般的修身倫理勵志而已。無論是個人情感的開發，抑或是對國族未來的激情與憧憬，它都與前述《馨兒就學記》系列的小說一般，為清末民初的「教育小說」，開展出迥異於過去的嶄新視界。

（四）回頭看：《青燈回味錄》與通俗文人「寓教於樂」的小說教育觀

不過，儘管現今看來，由包天笑所譯著的兒童／教育小說，實為晚清以來的教育小說別開生面，令人耳目一新。但在當時，恐怕連包本人，都未曾意識到這些小說所可能蘊含的時代新義——無論是「少年想像」，抑是「苦兒論述」。誠如包天笑所言，他的譯作是「講的中國事，提倡舊道德」。在現代先進的少年身姿背後，不少傳統道德觀念，依然揮之不去。以《馨兒就學記》為例，校長每月談話會曾講了一個「破難船」的故事（即後來《愛的教育》「船難」一節）。敘述一位孤兒少年與少女翠峰相遇於海船之上，後來發生船難，救生艇僅能容納一人，少年犧牲自己，讓少女登船，「以其有父母倚門望也」。之後，竟還自己加上一段：

厥後，翠峰達父母許，父母欲為之聯姻，翠峰矢志不嫁，曰：「以我餘生，奉父母以終，外此光陰，則長齋繡佛而已」[53]。

放在現代語境中，讓獲救的少女為少年終身守節，誠然令人啼笑皆非。然而，依違於新舊時代之間，新少年，新氣象，固然是有識者心之所嚮，「中國事」、「舊道德」，卻可讓多數的讀者熟悉並且安心。現代少年所以能順利走入傳統社會，完成「老大帝國」的艱難轉型，何嘗不是因為它的新舊交融？包天笑說《馨兒就學記》「最合十一、二歲知識初開一般學生的口味。後來有好多高小學校，均以此書為學生畢業時獎品，那一送每次就是成百本」[54]，原非偶然；而著眼於「慎終追遠」的〈掃墓〉一節，能夠入選高小國文讀本，亦是良有以也。

就此看來，由包天笑所譯述的「教育小說」，不但是「小說」，也是「教育」；不但是「傳統」的，也是「現代」的——它以小說形式，為現代少年教育構設藍圖，既在文本中操演少年教育的實況歷程，也以此一「實況」，教育小說讀者。它的「傳統」性保障了「中國」的文化身分，但具有此一文化身分的「少年」，卻又以其充滿希望朝氣的「現代」身姿，理直氣壯地揮別「老大」，迎向未來。

不過，除了譯述之作外，包天笑還另有自撰的白話章回小說《青燈回味錄》。以之與晚清其他關乎「教育」的白話小說，以及他自己所譯述的教育小說對讀，則會發現：無論是在敘事姿態，抑或是教育觀念方面，都還有不少耐人尋味之處，值得一併討論。

《青燈回味錄》於一九一四年至一九一八年間，在《教育雜誌》上分期連載，全書未完，也並無單行本。有別於譯述之作的滿懷憧憬，迎向未來，也不同於晚清小說的嘻笑怒罵，狂想連翩，這部小說乃是深情眷戀，以「回頭看」的敘事姿態，頻頻回顧於那個已然逝去的舊式教育時代。全書場景從蘇州城外的桃花隖展開，一開篇，上場的便是一位年高德劭的村耆，「姓經名歷，表號曾滄」；這位經老先生的孫兒已是新式學校高小學生，具博物知識，擅工藝技能，形象作為，正與《兒童歷》中的眾小學生並無二致。但作者著書，旨不在體現這些現代少年的新興氣象，反而是記述舊式學堂生活、科考過程的點滴。它以老先生召集兒孫輩們開講談會的形式，將現代少兒們帶入過往時空：

今天是個禮拜日，你們諸位是放假的日子……不如到這裡聽老人說一回書。……如今且說這部書出在那一朝代，不講秦漢三國，不論唐宋元明，就在前清光緒年間。做書的如今還在，不過是個鬚髮蒼蒼的老頭兒了。這書名便喚做《青燈回味錄》，是記述他年幼上學讀書的事情。他說現在吾國的教育一天發達一天，舉全國學齡兒童都進了學校，這五十餘年前中國舊法的教育只怕要無人知道了。這位老先生做這部書的宗旨雖沒有什麼大意思，也不過留一個鴻爪印，在吾國教育進化史上存一個紀念罷了[55]。

於是，從童子入學塾拜師，到鄉試科考諸般情事，無不巨細靡遺，娓娓道來。好比講到入學，學童「從來上學的時候，本來要送糕粽的。糕粽二字就取高中之意。」要喝蓮子桂圓湯，「取連貴之意」。另外，還有「一個老媽子卻提著一把錫茶壺，裡面泡著白糖湯，又有幾粒梧桐子青豆。這白糖湯就喚做『和氣湯』，吃了同學中和氣之意」[56]。此一做法，其實正是典型傳統說部之作的延續。而包天笑不僅頻頻露出「說書人」慣用的敘事腔調，也非常自覺於此一身分及使命[57]。在「放足樂舊情懷癡叔，解頤談平話娛嘉賓」一回中，包恰恰藉著為老祖母祝壽的場合，讓「眾人湊公份，招了兩班遊戲的東西，一是說書，一是變戲法」，並讓說書人道出：

諸位到了今天，都知道這兩種（按：即說書與變戲法）是在社會教育範圍以內，現在對於通俗教育有極大的功效。可知我們中國在當初卻早已發明，不過一時代有一時代的思想，思想也隨著時代變化，如說書的一件事，屢次改良，到如今也各處通行，說書的人也都是個通品了。無論那一種科學，都可以宣講。現在諸位聽的《青燈回味錄》，可不就是我所說的書嗎？在當初說書的人原不知道什麼喚做社會教育，可是於道德上卻也十分注意，無非教忠教孝勸善懲惡罷了。那戲法雖然沒甚深意，不過賞心悅目，教人覺得奇幻，卻和科學上也有關係。不過沒有如今的全借重於科學，靠著聲光化電種種學問呢[58]。

在傳統說部漸成明日黃花，舊時教育已然走入歷史的民國初年，曾經譯介多部歐西教育小說的包天笑，卻要逆勢操作，自撰白話章回小說，此一作為，本身便極為耐人尋味——出入於新舊之間，在對過往種種進行鄉愁式巡禮的同時，他是否有話要說？特別是，此處將「說書」與「變戲法」同視為「遊戲的東西」，並認為它們擔負了「社會／通俗教育」的使命，是否正代表了當時所謂「通俗作家」（或謂「新型文化人」）[59]的小說教育觀？而它又將如何與菁英型知識分子的啟蒙論述及一般社會大眾對話？

再者，視說書（教育）為遊戲，意味的乃是一種「寓教於樂」的小說教育觀：讓教育以趣味性的形式呈現，在趣味性活動中發揮教育功能。然則，此一教育的重點顯然落在「教忠教孝勸善懲惡」等傳統道德教育之上，並不及於現代的國民意識，遑論情感教育——而這是否與梁啟超等人力倡「新小說」的理念相齟齬呢？再說，「寓教於樂」原是為了引起受眾的興趣，以期推廣普及；但若一味迎合大眾興趣，是否反而模糊了原先的教育目的？而這些通俗作家們，又是基於何種因素，投身於小說教育的事業？在此，不妨讓我們進一步以包天笑譯述教育小說一事為例，據以釐析「清末民初」此一新舊過渡時代中，「教育啟蒙」與「商業出版」間的種種曖昧關係，並循此觀照通俗作家在近現代文學／文化史上的另一面向。

四、小說‧教育——文化生產工業中的商業與啟蒙

據《釧影樓回憶錄》，包天笑的文化事業始於晚清，從早年在蘇州與友人共組「勵學會」、成立「東來書莊」，到出版《勵學譯編》、創辦《蘇州白話報》；從任教於新式女學堂，到譯介教育小說、編輯多種刊物、從事各類寫作，終其一生，都不脫「文化人」的身分。儘管他也曾大力從事「新學」的引介與傳播，但論者對他的定位，仍不免是「鴛蝴派」作家，「通俗」文人[60]。

所以如此，自是與他從事文化工作時，往往流露出強烈的商業取向有關。檢視他的寫作文類，舉凡雜文、小說、電影劇本等，所在多有；內容方面，則言情、偵探、科幻、教育，無所不包。所參與編輯的報刊，更是品類不一，流目繁多。其間，無論是協助狄楚青辦《小說時報》，抑是自己編輯《小說大觀》，都還挖空心思，多方設法蒐羅時裝女子照片作為插圖，以吸引讀者。他書寫時頻頻流露傳統道德思想，又始終無法忘情於舊社會中的生活點滴，在在說明了當時

一個出身舊社會的「通俗作家／新型文化人」，是如何在新興的文化生產工業中依違游移，尋找出路：新式出版業的興起，使得過去僅能用之於科考的文才與學養（「舊學」？），可以轉化為在出版市場中進行「文化操作」的技能，並藉以改善生活，保障社會地位[61]。而看重經濟商業因素，對新時代出版風向反應敏銳，也使他的寫作與出版，皆能與時俱進，與潮流同步。例如他接觸新學，引介新知，不能說沒有理想性，然而看他堅持重印譚嗣同《仁學》，宣稱「並無權利就想，只有推廣主義」的同時，仍不忘向同行友人聲明：「我們是做蝕本生意，半送半賣，定價甚低，你不要和我們來搶生意」[62]。印行嚴復的譯著，著眼的是「鑒於嚴又陵的《天演論》足以鬨動中國的文學界，以後關於嚴譯的書，一定可以風行海內，不脛而走」[63]。早年開始翻譯教育小說《兒童修身之感情》，最感欣喜的，仍然是它豐厚的稿費收入[64]。凡此，俱可見現實經濟因素的考量，實不可忽略。

而如此心態與作為，又會與當時各項「啟蒙」事業發生怎樣的關係呢？落實到「小說教育」的議題，繼康、梁等人倡言以小說教育童蒙之後，不僅小說易於感動個人情性的效益，已為眾所公認，以之與教育，特別是童蒙／少年教育相結合，也成為不少有心之士的共識。如《新世界小說社報》、《中外小說林》等刊物，便曾先後出現〈論小說之教育〉、〈學校教育當以小說為鑰智之利導〉、〈學堂宜推廣以小說為教科書〉等篇什[65]，鼓吹讓小說進入學堂，以利教學。其所著眼者，無非就是小說易讀易懂，具有寓教於樂的功能。而關乎少年成長的「教育小說」，無疑正是最宜施之於教學的體類。乍看之下，包天笑所以譯述教育小說，未嘗不是有心於當時的少年教育。如最早譯述的《兒童修身之感情》，一開篇就揭示主旨：

> 距今數年前，意大利之瑞那地方，有一工人子，以年僅十三之少年，而有單身隻影，尋其母於北亞美利加洲之事。嗚呼，美哉少年，勇哉少年，我迻譯之，我欲介紹之於我國之少年[66]。

譯述《馨兒就學記》，則逕自添枝加葉，化身敘事者，在篇首以憶往追昔的口吻期勉少年童子：

> 嗟夫，余今者兩鬢霜矣，迴憶兒時，負革囊，挾石版，隨隣兒入學時，光景宛然在目。自惋百事無成，馬齒駸駸加長，雖欲求如髫齡挾書就學之一日，甯可得耶！……我甚望世之少年，勿輕擲此好光陰也[67]。

至於翻譯英國小說《二青年》，也是因為「余譯《苦兒流浪記》竟，思更譯一名著以貢獻於吾國之青年界。……惟此為英國人理想之青年模範」[68]。

然而，就有如引介新學的同時，猶不忘經濟考量一般，包天笑藉《教育雜誌》開展並延續長達十年的教育小說譯述事業，同樣不盡然出於個人對於少年教育的理想。關乎「小說／教育」的課題，也未必是他翻譯出版事業的關懷重點[69]。他曾坦承，其實，當初商務印書館要他「寫一種教育小說，或是兒童小說，要長篇的，可以在《教育雜誌》上連期登載」時，他「當時意識中實在空無所有」，因此才「不能不乞靈於西方文化界」。而該雜誌的長期稿約和優渥稿酬，正所以為他提供了穩定的經濟來源[70]。

再者，細究他教育思想的底蘊，不僅不脫「教忠教孝勸善懲惡」的傳統思維，其於「老／少」、「新／舊」的觀念，也與梁啟超等人意圖以「少年中國」取代「老大帝國」的期待，頗相扞格。如《馨兒就學記》之「破難船」故事，安排少女為捨身之少年守節，即為傳統思維之一例；另如《兒童歷》的〈七月之卷〉，眾人於七夕之會欣賞影戲〈新血與老血〉，戲中演述商場投資中的「新血」與「老血」之爭，少年新血看空，年長老血博進，幾番拚搏，結局竟是新血終究不敵老血，鎩羽而歸。其抑少揚老，趨舊避新的意味，實不言可喻。

這些現象絕非偶然，它所體現出的，乃是從「清末」到「民初」時期，通俗文人從事小說教育時的普遍心態與實踐成果。基本上，「清末民初」原是一個深具「過渡」與「轉型」性質的時期，無論是文人定位文學表現，抑是知識生產文學傳播，無不歷經前所未有的變化。其中，「清末」與「民初」，又因時代關懷重點不同，未可一概而論。大體而言，清末重視啟蒙救亡，文學被高度政治化，小說尤其被用為新民之具；辛亥革命後，群眾政治激情消退，文學向傳統復歸，小說消閑娛樂的特質再次凸顯，因而有「由俗入雅」與「回雅向俗」的差異[71]。此外，革命造成舊時代許多理念規範的崩解，但新的道德倫理又未及樹立，徘徊於新舊之間，民初文壇遂普遍瀰漫著遊戲心態與懷舊風氣[72]。包天笑在大量譯介歐西教育小說之餘，所以要另以《青燈回味錄》眷戀過往，所以要強調「寓教於樂」的小說觀，未嘗不是民初時代風氣使然。因此，雖然同樣著眼於舊時教育，「辭氣浮露，筆無藏鋒」式的嘲謔譏諷不再，取而代之的，反而是從容閑雅的深情懷想。

循此以觀，從清末到民初，「小說教育」的走向，遂亦多有曲折。本來，著眼於小說「寓教於樂」的功能，意欲以小說新一國之民、以小說教小學、以小說為教科書，原都是早年康、梁等有心之士所力倡疾呼、念茲在茲的理念，讓「少年中國」取代「老大帝國」，更是有識之士的共同想望。但這源自於思想層面的改造轉化，若要真正實踐普及，官方主導的教育建制，與民間社會自發的流行接受，皆為不可或缺。其中，有賴官方的「學校教育」，需要政治社會體制多方配合，在新舊過渡的時代中，每每力有未逮；康梁的理想因此只能被一再憧憬，而未竟全功。倒是出自民間的「社會／通俗教育」，卻可配合大眾趣味變化，因時因事制宜，其所發揮的效應，往往遠甚於前者。

或是有鑒於此，晚清梁啟超倡議「小說新民」，原就不排斥與通俗作家們共同合作。吳趼人（一八六六—一九一〇）《二十年目睹之怪現狀》等膾炙人口的通俗作品皆刊登於《新小說》，即為顯例。不過，既謂之「通俗」，自不宜脫離社會大眾的情感趣味與生活領域，無論內容還是形式，原著還是譯本，出於通俗文人之手的小說必然相對保守。包天笑的《青燈回味錄》強調「教忠教孝勸善懲惡」，《馨兒就學記》加入「掃墓」、「守節」情節，《兒童歷》之新血不敵老血，皆可作如是解。而他在引介新興「少年氣象」的同時，猶不忘宣導傳統道德，自然也就順理成章。

就此看來，通俗作家未必沒有藉小說啟蒙大眾的理想，只是他們所看重的，不是激進的政治意識，而是在社會日常生活的領域發揮風俗教化的職能，是善良文化的傳承，以及如何讓傳統「鄉民」轉化為現代「市民」[73]。這一點，在民初時期尤其顯著，其貢獻固不宜抹煞。只是，通俗文人多重視市場反應，一旦文化生產、市場消費等因素介入，遂不免要為原先的理想憑添諸多變數——出版傳播有利於思想流布，風行草偃，大量通俗文人共襄盛舉，固可事半功倍；但小說作者為迎合消費市場所需，競逐於眼前近利的做法，卻又造成作品浮濫成災，負面效應不免。不過數年之後，梁啟超沈痛地寫下〈告小說家〉，痛斥小說界風氣敗壞，正是職此之故。民初時期，通俗文人視文藝為遊戲的心態及做法蔚為文壇主流，因此被後來五四「菁英」型知識分子深惡痛絕。如鄭振鐸即曾公開表示：「以文學為消遣品，以卑劣的思想與遊戲態度來侮蔑文藝，熏染青年頭腦的」、「抱傳統的文藝觀，想閉塞我們文藝界前進之路的，或想向後退去的」，都要「認他們為『敵』，以我們的力量，努力把他們掃出文藝界以外」[74]。

但梁啟超等當年的先進之士，所以要提升小說地位，藉以教導童蒙，所著眼的，不正是它所特具的「遊戲」性質嗎？「天下讀小說者最多也。啟童蒙之知識，引之以正道，俾其歡欣樂讀，莫小說若也」、「西國教科之書最盛，而出以遊戲小說者尤夥」，在在說明，「寓教於樂」式的小說寫作，不僅僅是通俗文人意圖兼顧「啟蒙」與「商業」二者時，順理成章的選擇，而且根本就是以「小說新民」的原初考量。此外，且不說像胡適等新文化／文學運動的先驅，早先也是通俗刊物《時報》的讀者，曾深受包天笑等通俗作家的文學「啟蒙」[75]；更有進者，包曾任職有年的商務印書館，一直就是晚清以來全國最具規模及影響力的民營出版文化機構，以張元濟為首的一批文化人倡導新式教育，積極引進新知，啟蒙大眾，同樣不忘商業考量。因此早在世紀之初，「商務」便組織了包括包天笑在內的不少文人，有系統地編輯出版新式教科書，並且迅速佔領全國教科書市場[76]。包所譯述的《馨兒就學記》能夠風行一時，不斷再版，並且被選為小學國文教材，進入課堂，真正落實「學堂宜推廣以小說為教科書」的理想，商務印書館的因勢利導、當時文化生產工業的推波助瀾之功，實不可沒——而它所發揮的影響，又豈是菁英型知識分子夸夸其言所能望其項背？

正是如此，包天笑及其於教育小說的譯述進程，提醒我們注意晚清以降，「啟蒙論述」在現代性追求過程中，因「文化生產工業」所造成的種種變化，以及以包為代表的「通俗文人」在近現代文學發展史上（向來被忽略）的意義。文學或社會的現代化原就不只是單一的、進化論式的線性發展；革故鼎新的理想追求，有時反而在保守傳統的作為、在追求商業利潤的過程中，得到意外的實踐。儘管以小說教小學、以小說為教科書的理念出自梁啟超、徐念慈等有識之士，真正落實，反而有賴於像包天笑之類的通俗文人。經由當時出版文化力量的因勢利導，包天笑成功地將「教育」與「小說」相互結合，既引介了最具教育性質的「教育小說」，也落實了以小說教育啟蒙的理想。「三記」在一般社會中暢銷風行，說明他偏向傳統、以世俗趣味為取向的譯述方式深得人心；而當他所「譯述」（其實是「創作」）的小說章節進入高小教材，成為課程的一部分時，遂不只是梁啟超「以小說教小學」之理想的具體實踐，也意味了知識分子與庶民大眾、傳統世俗趣味與現代性追求的不斷錯綜交融——而它的指向，既是「通俗」文人為當時的文化啟蒙與小說教育，所做出的別具一格的貢獻，也是「現代性」在清末民初時多元而又駁雜的動態發展，以及，對它的追求過程中，「少年中國」的步履躊躇。

附錄：包天笑教育小說刊行資料表[77]

書（篇）名	初刊時間	發表刊物	發表期數	出版狀況	備註
兒童修身之感情	一九〇五			一九〇五年上海文明書局初版，一九二二年三版	中篇小說，三版封面有「教育部通俗教育會褒獎」字樣
愛國幼年會	一九〇六			灌文書社《短篇小說叢刊》	
馨兒就學記	一九〇九	教育雜誌	1:1、1:3、1:4、1:5、1:6、1:7、1:8、1:9、1:10、1:11、1:12、1:13	一九一〇年上海商務印書館初版，一九三一年十版	中篇小說 曾獲教育部頒給獎狀
孤雛感遇記	一九一〇	教育雜誌	2:1、2:2、2:3、2:4、2:6、2:7、2:8、2:9、2:12	一九一二年商務印書館出版，一九一五年再版	中篇小說
埋石棄石記[78]	一九一一	教育雜誌	3:1、3:3、3:4、3:6、3:7、3:8、3:11、3:12	一九一二年商務印書館出版	中篇小說 曾獲教育部頒給獎狀

苦兒流浪記	一九一二	教育雜誌	4:4、4:7、4:8、4:9、4:10、4:11、4:12、5:1、5:2、5:4、5:5、5:6、5:8、5:9、5:10、5:11、6:2、6:3、6:4、6:6、6:8、6:9、6:10、6:11、6:12	一九一五年三月上海商務印書館初版，一九一五年十月二版	長篇小說曾獲教育部頒給獎狀
兒童歷	一九一三	中華教育界	2:1、2:2、2:3、2:4、2:5、2:6、2:7、2:8、2:9、2:10、2:11、2:12	一九一四年上海中華書局初版，一九二八年三版	中篇小說
少年機關師	一九一三	教育研究	8、9、10、11		中篇小說，與蟄庵合譯
青燈回味錄[79]	一九一四	教育雜誌	6:1、6:5、6:7、7:2、7:4、7:6、7:8、8:6、8:8、9:4、9:8、9:10、10:9、10:10、10:11		長篇白話章回小說，未完
薔薇花	一九一四	中華教育界	3:2	後收入胡寄塵編選之《小說名畫大觀》	與（張）毅漢合譯，短篇小說

書（篇）名	初刊時間	發表刊物	發表期數	出版狀況	備註
留聲機	一九一四	中華教育界	3:7	後收入胡寄塵編選之《小說名畫大觀》	與（張）毅漢合譯，短篇小說
牧牛教師	一九一四	教育研究	12、13		
二青年	一九一五	教育雜誌	7:1、7:3、7:5、7:7、7:9、7:10、7:11、7:12、8:7、8:9、9:5、9:6	一九一七年上海商務印書館出版	長篇小說
假裝會	一九一五	中華學生界	1:10		短篇小說，蟄庵造意，天笑潤詞
童子偵探隊	一九一七	教育雜誌	9:1、9:7、10:7、10:8、10:12、11:6、11:7、11:8、11:9、11:10、11:11、11:12	一九二〇年上海商務印書館出版	長篇小說
雙雛淚	一九一八	教育雜誌	10:1、11:1、11:2、11:3、11:4、11:5	一九一九年上海商務印書館出版	中篇小說

註釋

1 晚清小說界不斷有人強調應重點輸入政治小說、偵探小說和科學小說，因為它們不單是由翻譯而引進的三種新類型小說，而且是「小說全體之關鍵」。見陳平原，《二十世紀中國小說史》（北京：北京大學，一九八九），頁五六。

2 《愛的教育》（*Cuore*），原作者為意大利作家亞米契斯（Edmondo De Amicis, 1846-1908），一八八六年出版。

3 《苦兒流浪記》（*Sans Famile*），原作者為法國作家馬洛（Hector Malot, 1830-1907），一八七八年出版。

4 見包天笑，〈在商務印書館〉，《釧影樓回憶錄》（香港：大華，一九七一），頁三八五—三九三。

5 有關中國近代教育的因革，可參閱陳景韓，《中國近代教育史》（河北：人民教育，一九七九）。

6 轉引自陳平原、夏曉虹編，《二十世紀中國小說理論資料》第一卷（北京：北京大學，一九九七），頁二九。

7 梁啟超，〈蒙學報演義報合敘〉，《飲冰室文集》第二冊（臺北：中華書局，一九六〇），「文集之二」，頁五六—五七。

8 梁啟超，〈譯印政治小說序〉，《清議報》第一冊（光緒二十四年十一月十一日，一八九八）。又見《飲冰室文集》第二冊，「文集之三」，頁三四—三五。

9 徐念慈該文載於《小說林》第九—十期，此處引自《小說林》第十期（一九〇八年四月）。

10 見胡從經，《晚清兒童文學鉤沉》（上海：少年兒童，一九八二），頁七七—一〇六。

11 有關西方成長小說的流變，可參見Franco Moretti, *The Way of the World: The Bildungsroman in European Culture*, London: Verso, 1987. Fritz Martini, "Bildungsroman – Term and Theory"; Jeffrey L. Sammons, "The Bildungsroman for Nonspecialists: An Attempt at a Clarification", in *Reflection and Action: Essays on the Bildungsroman*, ed. James Hardin

(Columbia: U of South Carolina P, 1991), pp. 1-25; 26-45。

12 見Franco Moretti, *The Way of The World: The Bildungsroman in European Culture*。又，據廖咸浩之說，少年是因「現代性」的來臨而成為西方文化的中心象徵；「成長小說」乃是對現代性的一種體現，都有成長與否的內在矛盾，都是對成人世界（「他們世界」、「常識世界」等體制化、規格化思維）的反抗；都是對少數的肯定。見廖咸浩，〈有情與無情之間——中西成長小說的流變〉，《幼獅文藝》八十三卷七期（一九九六年七月），頁八一—八八。據此，則此類小說實內蘊一與國族／社會／主流體制對抗的精神，與梁啟超等人意圖藉此新民救國的理念未盡相符，是否能夠合乎新民救國的期待，恐怕還有待保留。

13 即*Emile Ou L'éducation*，原作者為Jean-Jacuuues Rousseau，一七六二年出版，連載於《教育世界》第五三—五七號（一九〇三年七—八月），署法國約翰若克盧騷著，日本山口小太郎、島崎恆五郎譯，日本中島端重譯，篇首前有美國維廉彼因撰〈《愛美耳鈔》序〉及盧騷〈自序〉，卻未標明中譯者。

14 即*The Vicar of Wakefield*，作者為Oldsmith，一七六六年出版。連載時標示為「家庭教育小說」，刊於《教育世界》第六九—八九號（一九〇四年二—十二月）。

15 刊於《教育世界》第九七—一一六號（一九〇五年四月—一九〇六年四月）。

16 刊於《教育世界》第一二七—一三〇號（一九〇六年六—八月）。

17 《兒童修身之感情》為包天所所譯，初版刊行於一九〇五年。按：該書其實是摘自亞米契斯所著《愛的教育》中，校長每月講話的一部分（"Dagli Appennini Alle Ande From the Appennines to the Andes"）。《兒童教育鑑》為柴爾紫芒著，徐博霖、陸基合譯，一九〇六年初版。這兩部書後來都曾獲得國民政府「教育部通俗教育會」褒獎。

18 包天笑的譯著資料，詳見毛策，〈包天笑譯著編年目錄〉，《清末小說》十八期（一九九五年十二月），頁九〇—一二一。其中除多種教育小說外，其譯作還包括與徐卓呆、張毅漢等人分別合譯的迦爾威尼《無名之英雄》（一九〇五），囂俄（雨果）的《俠奴血》（一九〇五）、《鐵窗紅淚記》（一九〇六）及哈葛德的《大俠錦披客傳》（一九〇九）、契霍夫《六號室》（一九一〇）等。自撰的小說包括以梅蘭芳故事為藍本的長篇章回小說《留芳記》（一九二二）、中短篇小說〈一縷麻〉、〈倡門之笑〉等多種。此外，他還曾編寫過電影劇本《可憐的閨女》、《空谷蘭》。晚年出版《釧影樓回憶錄》，多記清末民初之出版文化點滴，深具史料價值。

19 見包天笑，〈譯小說的開始〉，《釧影樓回憶錄》，頁一七三。

20 見包天笑，〈在商務印書館〉，《釧影樓回憶錄》，頁三八五。

21 有關包天笑教育小說的譯著詳目，請參見本文〈附錄〉。

22 按：除包天笑外，清末民初教育小說的譯作者至少還有劉半儂（農）、畹滋、（徐）卓呆、（張）毅漢、冷（陳景韓）、索驤等人，其刊行出版情形未可盡考，但就現今所見資料，皆不及包天笑遠甚。

23 見包天笑，〈在商務印書館〉，《釧影樓回憶錄》，頁三八七—三八八。

24 《新封神傳》作者署名「大陸」，一九〇六載於《月月小說》，標示為「滑稽小說」。該書中的豬八戒不但留學日本，還興辦學堂，甚至為姜子牙購買假文憑，後收入王繼權、夏生元編，《中國近代小說大系》第五十九卷（南昌：百花洲文藝，一九九六）。《新水滸》題為「西冷冬青演義，謝亭亭長平論」，一九〇七年新世界小說社發行；其中的孫二娘與顧大嫂接受吳用邀請，興辦女學；扈三娘則赴日本學習師範教育。

25 此《新石頭記》為南武野蠻著，一九〇九年小說進步社刊行，與一九〇八年上海改良小說社所刊行的吳趼人

《新石頭記》名同而實異。

26 《新三國志》題為「珠溪漁隱撰」，一九〇九年小說進步社刊行。

27 《月球殖民地小說》，荒江釣叟著，《繡像小說》第二一—六二號連載（一九〇四年三月—一九〇五年十一月），未完。後收入王繼權、夏生元編，《中國近代小說大系》第五〇卷。

28 《癡人說夢記》，旅生著，《繡像小說》第一九—四二號連載（一九〇四年二月—一九〇五年一月）。後收入王繼權、夏生元編，《中國近代小說大系》第五〇卷。

29 《新石頭記》，作者為吳趼人，一九〇五年八月二十一日至一九〇五年十二月二十九日《南方報》連載十一回，署「老少年撰」，標為「社會小說」；一九〇八年上海改良小說社出單行本，署「我佛山人撰」。

30 《當頭棒》，題「遁廬著」，一九〇六年上海樂群小說社刊行。

31 《新孽鏡》，署「南支那老驥氏著」，一九〇六年二月科學會社刊行。老驥士即馬仰禹。

32 《冷眼觀》，作者署名「八寶王郎」，一九〇七年小說林社印行。八寶王郎即王靜莊。後收入王繼權、夏生元編，《中國近代小說大系》第五十七卷。

33 《未來教育史》，著者署名「悔學子」，《繡像小說》第四三—四六號連載（一九〇五年二—三月），後收入王繼權、夏生元編，《中國近代小說大系》第五十三卷。《學界鏡》，題為「雁叟著」，《月月小說》第二一—二四號連載（一九〇八年十月—一九〇九年一月），一九一〇年群學社刊行，後收入王繼權、夏生元編，《中國近代小說大系》第五十三卷。

34 《學堂笑話》，虛生著，又名《學堂鏡》、《學堂現形記》，一九〇九年改良小說社刊行。

35 《苦學生》，未題撰人，《繡像小說》第六三—六七號連載（一九〇五年十一月至一九〇六年一月），一九一五年商務印書館刊行。後收入王繼權、夏生元編，《中國近代小說大系》第五十四卷。

36 《學究新談》，署「吳蒙著」，《繡像小說》第四七—七二號連載（一九〇五年四月—一九〇六年四月），一九〇八年商務印書館刊行。後收入王繼權、夏生元編，《中國近代小說大系》第五十三卷。

37 據包天笑自述，《苦兒流浪記》「敘述一個苦兒流離轉徙，吃盡了許多苦頭，直至最後，方得苦盡甘回，敘事頗為曲折，頗引人入勝，而尤為兒童所歡迎。實在說起來，這是兒童小說，不能算是教育小說」。見包天笑，〈在商務印書館〉，《釧影樓回憶錄》，頁三八七。

38 同前註。包回憶此書時，說「這是日本人所寫的教育小說，作者何人，已不記得，總之是一位不甚著名的文學家。其中理論很多，是日本人對於教育的看法。好像關於師生的聯繫，有所論列，那也對於我們中國尊師重道的統緒，若合符節。那書倒是直譯的，譯筆有些格格不吐，我自己也覺得很不愜意。所以究竟是怎麼一個故事，到現在連我自己也說不清楚了。」按：包對此書的記憶顯然有誤，此書實為一情節性頗強的小說，重點不在談尊師重道的理論，反是著墨於青年教師春風化雨的事蹟。

39 包天笑，《埋石棄石記》，《教育雜誌》三卷十二期（一九一一年十二月），頁一〇二。

40 包天笑，《兒童歷．二月之卷》，《中華教育界》二卷二期（一九一三年二月），頁三七。

41 同前註。

42 傳統的私塾教育以識字讀經等知識的傳授為主，新式學堂則兼重體能術業，其教育理念及方式與過去迥然不同。處於新舊交替之際，不少人仍對此類新式教育心存疑慮。對此，晚清小說曾有多方反映。如吳蒙《學究新談》多記當時新舊學在觀念、做法上的歧異，以及學人間的諸般衝突怪象，其中即曾由負面立場，批評新式學堂教育：「學堂裡的學生，成日價踢球，打秋千，還有跳的跳到屋脊般高，不是些亡命之徒嗎？我家裡請了一位極高明的翰林先生，你來伴讀吧，只不要誘壞了我家少爺。」見王繼權、夏生元編，《中國近代小說大系》第五十三卷，頁二六七。其新舊教育的衝突與歧異處，由此可見。

43 包天笑，《釧影樓回憶錄》，頁三八六。按：其清明掃墓情事，實本於《釧影樓回憶錄》〈還鄉三事〉的「掃墓」部分。

44 按：前述節令風俗，傳統日本亦古已有之，此一小說原是據日文版譯介而來，這些情節，究竟是本自於日文版，抑是出自於包天笑本人的改寫，當然仍有待考證。

45 事實上，這一類新式的學校教育活動，在當時中國已並不罕見。證之以《教育雜誌》，其各期卷首，常刊載當時各中小學的課內外活動，如，第六卷三期有「蘭谿小學教育成績品展覽會開幕攝影」；第七卷第三期有「湖南私立周南女師範附屬小學校學校園收穫（採收蔬菜）攝影」；第九卷第九期有「吳江同里麗則女學校十二周年紀念運動攝影」等。此一現象，既見證了民初時期的教育轉型，也意味了那些曾在歐西教育小說中出現的學校規制與少年學生形象，已逐漸成為「現代中國」的一部分，「少年中國」的願景，因此隱然在望。

46 雖然，在包天笑本人看來，「苦兒」系列的小說，「是兒童小說，不能算是教育小說」（見〈在商務印書館〉，《釧影樓回憶錄》，頁三八五），但它們在《教育雜誌》刊載時，仍冠以「教育小說」名目，可見當時對於「教育小說」的認定，實兼括《馨兒就學記》等學校系列與《苦兒流浪記》等苦兒系列二者。二者比合而論，正所以見出時人對「教育／小說」的期待。

47 見吳門天笑生編述，《女子書翰文》第二冊（上海：有正書局，一九二四），第十二回〈與友書〉。

48 與前述著墨於學校教育的教育小說相較，此類小說在譯述時，無論是人物地名情節，都明顯保留了較多原著的異國情調。除較早的《孤雛感遇記》仍將主角少年名為「孫國雄」，並偶有「此童又以朱塗面，作三國時關羽狀貌」之類的中國化描述外，他如《苦兒流浪記》，開篇即表明主人翁「可民」所居之地「村名青鳩，為法蘭西中央部一至貧寂之荒村」，其他人物如「司蒂姆」、「達爾權」、「美登里老人」等，也都是直譯其名。

49 包天笑，《苦兒流浪記》（上海：商務印書館，一九一五），頁一。

50 中國傳統文化素來強調「以禮約情」，凡事要「發乎情，止乎禮」，即使是親子之間，情感流露表達，也必須受到倫理禮法的一定規範，對於如何開發自我內心的各種情感，如何自然地去「愛」，素來不曾重視。即或是包天笑本人，對此也未能多予關注。以其據亞米契斯原著所改譯的《馨兒就學記》為例，該小說原本所著重者，即為各種「愛（情感）」的教育。包的譯著以「就『學』記」名之，實則將重點轉移至「學」，也就是正規的學校教育。倒是後來夏丏尊重譯該書時，將書名改作《愛的教育》，才算是重現原貌。夏並在譯序中提到：「這書給我以盧梭《愛彌爾》，裴斯泰洛齊《醉人之妻》以上的感動。我在四年以前始得此書的日譯本，記得曾流了淚三日夜讀畢，就是後來在翻譯或隨便閱讀時，還深深地感到刺激，不覺眼睛濕潤。……書中敘述親子之愛，師生之情，朋友之誼，鄉國之感，社會之同情，都已近於理想的世界，雖是幻想，使人讀了覺得理想世界的情味，以為世間要如此才好。於是不覺就感激了流淚。」因此，提倡情感教育向來不遺餘力的夏丏尊，才「特別地敢介紹給與兒童有直接關係的父母教師們，目的是引起他們在情育方面的注意」。見亞米契斯著、夏丏尊譯，《愛的教育》（臺北：開明書局，一九六五），頁一。

51 此處的論述或可與周蕾論析林紓翻譯《茶花女》時感動落淚的案例互參：周以為，旁觀者產生痛苦和快樂兩種心理互相作用的一剎那，亦即是「被感動」的一刻。「被感動」在很大程度上是一種受苦的感覺。《茶花女》女主角因自我犧牲而受苦，吻合「母親」的形象，觀者在將這「母親」內置化的一刻，正好帶著被虐的心理，完成與「他者」的認同。而此一讀者的認同，實兼攝了「母親」與「嬰兒」兩重身分的轉換。見周蕾，〈愛（人的）女人——被虐狂、狂想和母親的理想化〉，收入張京媛等譯，《婦女與中國現代性：東西方之間閱讀記》（*Woman and Chinese Modernity: The Politics of Reading Between West and East*）（臺北：麥田，一九九五），頁二三五—二四八。按，苦「兒」的孩童身分，固不具有「母親」形象的特質，卻從母親的對立面，召喚出讀者潛意識中另一重對「母親」的普遍性認同，以及想要「變成」母親的欲望。

52 參見周蕾，〈視覺性、現代性以及原初的激情〉，收入周孫紹誼譯，《原初的激情》（*Primitive Passions: Visuality, Sexuality, Ethnography, and Contemporary Chinese Cinema*）（臺北：遠流，二〇〇一），頁三八—四四。

53 包天笑，《馨兒就學記》，《教育雜誌》一卷八期（一九〇九年八月），頁七六。

54 包天笑，〈在商務印書館〉，《釧影樓回憶錄》，頁三八七—三八八。

55 包天笑，《青燈回味錄》，《教育雜誌》六卷七期（一九一四年七月），頁二〇。

56 同前註。按，這些關於舊式入學種種細節的敘述，又見於多年之後包所自撰的《釧影樓回憶錄》；事實上，《青燈回味錄》原不啻為中年包天笑以自己童年就學經歷為藍本而撰寫的「回憶錄」，書中所記之童子「佳曾」（亦即日後《青燈回味錄》的撰寫者），其實就是包天笑的化身，所述諸事，多可於《釧影樓回憶錄》追憶童年的片段中得到印證。

57 如「求學業早婚生障礙，迷科名吉語話聯翩」一回中，即出現如此腔調：「諸位啊，要知道我們中國古時，學生對先生非常尊敬，這是一個最好的風俗。古人云：尊師重道。尊重師長和孝敬父母是一個意思……」見《教育雜誌》七卷二期（一九一五年二月），頁二四—二五；又，第九卷第十期說到蘇城某先生擅制藝時，突然插入：「諸位別笑，我從前也是做過八股文的，所以知道其中甘苦」，見《教育雜誌》九卷十期（一九一七年十月），頁一一七。

58 包天笑，《青燈回味錄》，《教育雜誌》八卷六期（一九一六年六月），頁四五。

59 「通俗作家」之說，參見范伯群，《中國近現代通俗作家評傳叢書》（南京：南京，一九九四），「總序」部分，頁一—九。「新型文化人」之說，則見熊月之，〈略論晚清上海新型文化人的產生與匯聚〉，《近代史研究》四期（一九九七年七月），頁二五七—二七二。所指的，乃是科舉廢除後，匯聚到大都市（主要是上海）裡來找尋自己新的社會位置的一群讀書人。他們來自各地鄉鎮，都具有一定的文化底蘊，得以藉此謀生。

60 不少論者視包天笑為「鴛鴦蝴蝶派作家」，但包自己堅不承認。范伯群先生因此名之為「通俗作家」。參見范伯群，《中國近現代通俗作家評傳叢書》、包天笑著、范伯群編，《通俗文學盟主包天笑代表作》（南京：江蘇文藝，一九九六）。

61 關於晚清文人／知識分子與傳播媒體的關係，及其如何在新舊交替的時代中自我定位及轉型，李仁淵，《晚清的新式傳播媒體與知識分子——以報刊出版為中心的討論》（板橋：稻鄉，二〇〇五）。

62 包天笑，〈重印《仁學》〉，《釧影樓回憶錄》，頁二三二—二三七。

63 包天笑，〈金粟齋的結束〉，《釧影樓回憶錄》，頁二三八。

64 包天笑，〈譯小說的開始〉，《釧影樓回憶錄》，頁一七三。

65 分見《新世界小說社報》第四期（一九〇六）；《中外小說林》第一年第八期（一九〇七）、第十八期（一九〇八）。俱輯入陳平原、夏曉虹編，《二十世紀中國小說理論資料》第一卷，頁二〇四—二〇五、二三〇—二三三、三一〇—三一二。

66 包天笑，《兒童修身之感情》（上海：文明書局，一九二二），頁一。

67 包天笑，《馨兒就學記》，《教育雜誌》一卷一期（一九〇九年一月），頁一。

68 包天笑，《二青年》，《教育雜誌》七卷一期（一九一五年一月），頁一。

69 包天笑在自述受邀編纂高小教科書及課外讀物《新社會》的經過時，曾略述編寫考量，算是多少表示了自己的「小說／教育」觀。例如，他抱怨《新社會》的題目太廣泛，反致無從著手，「寫了幾章看看，自己不覺搖頭。我想倘出之以小說體材，把所有應當改造的新社會包孕其中，或者稍有一點趣味，而當初約定的並非小說。現在我所寫的什麼《新社會》，只是老生言談而已」，「果然出書以後，銷數並不多，遠不及我的三部教育小說」（〈在商務印書館〉，《釧影樓回憶錄》，頁三九二）——有趣的是，此一結語似乎正顯示出：他主張以小說方式表述如何建立新社會，看重的並不是教育本身，而是「銷數」，也就是閱讀市場的接受度問題。

70 據包自述，當時每譯一千字，稿費三元，「千字三元，在當時也很算優待了，平常不過是千字兩元」。見〈在商務印書館〉，《釧影樓回憶錄》，頁三八八。

71 參見陳平原，《二十世紀中國小說史》（北京：北京大學，一九八九），頁九五—一二二。

72 這由早期《婦女雜誌》、《小說月報》等刊物的內容取向即可見出。參見胡曉真，〈文苑、多羅與華蔓——王蘊章主編時期（一九一五—一九二〇）《婦女雜誌》中「女性文學」的觀念與實踐〉，《近代中國婦女史研究》十二期（二〇〇四年十二月）：一六九—一九二。柳珊，《在歷史縫隙間掙扎——一九一〇—一九二〇年間的〈小說月報〉研究》（南昌：百花洲文藝，二〇〇四）。

73 參見李今，〈上海新型文化人與出版業〉，《海派小說與現代都市文化》（合肥：安徽教育，二〇〇〇）；范伯群，〈通俗文學的文化啟蒙與文化傳承〉，收入梅家玲編，《文化啟蒙與知識生產——跨領域的視野》（臺北：麥田，二〇〇六），頁一九五—二一二。

74 見西諦（鄭振鐸），〈本刊改革宣言〉，《文學》八一期（一九二三年七月），頁一。按：新文學作者所以要將這批文人推至新文化的對立面，與之劃清界線，亦當與其亟欲建立自己的「正典」地位有關。

75 如胡適在他的回憶文章中即曾表示，自己十四歲那年從徽州到上海求那當時所謂的「新學」，非常愛戀由狄平子、包天笑、陳景韓等人所主事的《時報》，包、陳的譯著，並曾啟發他文學的興趣：「進梅溪學堂後不到兩個月，《時報》便出版了……求知的欲望正盛，又頗有一點文學的興趣，因此我當時對於《時報》的感情比對於別報都更好些。……我現在回想當時我們那些少年人何以這樣愛戀《時報》呢？……《時報》在當日確能引起一般少年人的文學興趣。……那時的幾個大報大概都是很乾燥枯寂的，他們至多不過能做一兩篇合於古文義法的長篇論說罷了。《時報》出世以後每日登載『冷』（按，即陳景韓）或『笑』（按，即包天笑）譯著的小說，有時每日有兩種冷血先生的白話小說，在當時譯界中確要算很好的譯筆。」見胡適，〈十七年的回顧〉，《胡適文存》第二集（安徽：黃山書社，一九九六），頁二八四—二八五。

76 當時政府雖頒布新的學堂章程，卻無力主導教科書的編纂出版，新式教科書都由民營出版公司出版，而商務印書館，正是當時最有力的教科書。參見王雲五，《商務印書館與新教育年譜》（臺北：臺灣商務印書館，一九七三）；王建軍，《中國近代教科書發展研究》（廣州：廣東教育，一九九六）。

77 本表主要資料來源有三：一．毛策，〈包天笑譯著編年目錄〉，《清末小說》十八期（一九九五年十二月）頁九〇—一二一；二．《中國近代期刊篇目匯錄》（上海：上海人民，一九六五）；三．筆者親自檢索並查核中國近現代期刊所得。

78 包天笑在《釧影樓回憶錄》提及此書時，每每稱之為《棄石埋石記》；但《教育雜誌》連載時，實名為《埋石棄石記》。

79 毛策〈包天笑譯著編年目錄〉一九一四年部分，謂「該年在《教育雜誌》六卷一號連載《青燈回味錄》，至八卷八號載完」，不確。按：該篇小說是包天笑譯著的教育小說中，少數未能終篇的作品之一。《教育雜誌》六卷一號始刊，當時署名「秋星」，八卷八號之後，還繼續在九卷四號、九卷八號、九卷十號、十卷九號、十卷十號、十卷十一號連載了六期，作者署名則改以「天笑」、「秋星」、「天」等，不一。

輯二、艱難的青春，困頓的啟蒙

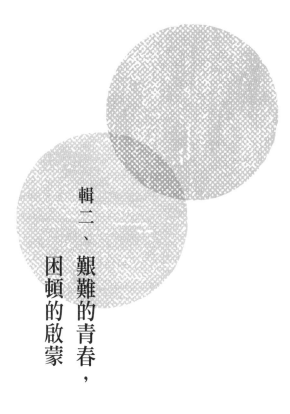

孩童，還是青年？

——葉聖陶教育小說與二〇年代青春／啟蒙論述的折變

一、葉聖陶及其「教育小說」的問題性

葉聖陶（一八九四—一九八八）是現代文學史上極為重要的作家之一。他早年接受傳統私塾教育，一九〇五年奉父命參加清廷最後一次科舉考試，未中；次年進入蘇州公立小學，接受新式教育。辛亥革命當年，自蘇州公立第一中學堂畢業，隨即任教於蘇州言子廟初等小學。此後，所任教過的學校遍及各大、中、小學[1]。此外，還持續編纂語文教材，頻頻發表關於教育理念的評論。三〇年代開始，他與夏丏尊等好友共同參與開明書店的編輯出版事業，針對青少年而編輯出版多種書刊，對於當時青少年的文學、文化及語文教育方面，尤多實務貢獻[2]。

葉的文學之路起步甚早，早年迫於生計，雖曾在《禮拜六》等鴛蝶派雜誌中發表過文言小

說，但新文化運動發軔之初，便積極轉向新文學，並且成為「文學研究會」的發起人之一。出入於新舊教育體制之中，他的寫作文、白兼具，體類遍及詩歌、散文、小說、童話、評論等，品目繁多，不一而足，但其中最受到矚目的，仍屬與「教育」有關的各種書寫。長篇力作《倪煥之》（一九二八），更被茅盾譽為新文學中的扛鼎之作[3]，因此在中國現代小說史上，一向被公認為最重要的「教育小說」作家。

作為堅持「為人生而藝術」的寫實小說家，葉聖陶在教育文化事業方面的親身經歷，自然成為他小說書寫時的主要取材來源。不少論者指出：許多關涉教育問題的短篇小說，其實都是葉從事教育工作時的不同投影[4]；長篇小說《倪煥之》，乃是這些經歷的總結。事實上，正因如此，主人公青年倪煥之因投身教育事業而導致的成長與幻滅，所投射出的，遂不僅是個體生命的起落軌跡，更是晚清以迄二〇年代以來，「青春／啟蒙」論述交錯於小說敘事與時代語境中的種種折變。

而促使倪煥之成長與幻滅的原因又是什麼呢？作為現代小說史上最早的長篇小說之一，《倪煥之》內涵豐富，敘事綿密，從一開始就贏得論者高度矚目[5]；多年來，它的相關討論始終不絕如縷。儘管評論焦點每隨時代語境不同而有所轉移，但一般而言，都把倪的挫折歸諸為三方面：一、學校教育；二、家庭生活；三、社會革命；並且據此展開不同面向的論述。如一九二九年，茅盾〈讀倪煥之〉一文，首先將它定位為一部「有意為之」的回憶時代氣氛的小說，並將倪煥之的種種作為，視為小資產階級知識分子，在推動教育改革以及面對革命狂潮以來所遭逢的絕望與失敗[6]。此後數十年，雖然論者大都以為它生動地體現了當時的教育問題，並且肯定它的藝術價值，但「小資產階級知識分子」及「革命鬥爭」的論述話語，仍然主宰了大多數《倪煥之》的討論[7]。八〇年代以降，論者不再強調「小資產階級」，轉而關注其中「知識分子」的理想主義形象及其心靈活動問題[8]。晚近，由於「少年論述／青春想像」的議題逐漸受到近現代文學研究者重視，透過《倪煥之》等文本去探勘晚清以來少年成長與國族想像的糾葛，遂成為另一新興的研究路向[9]。

這些論述固然各有洞見，但卻似乎都還未能充分回應《倪煥之》一書的問題性，例如：學校教育方面，為什麼煥之戮力於革新教育，換得的卻只是學生的「虛應故事」？家庭生活方面，為什麼自由戀愛結婚的結果卻是「新家庭的夢幻，與實際相差太遠了」？他的挫折，除了來自於封建觀念阻礙、社會制度無法配合等一般論者已經注意到的因素外，是否還有其他更深層的原因？而作為中國現代文學史上的第一部長篇「教育小說」，為什麼其結果竟然是青年主人公理想的幻滅、教育的不可為？放在晚清以來，有識者頻頻謳歌「青春年少」，力主以「教育」啟蒙、以「小說」新民的脈絡中，此一現象，又該如何解讀？

事實上，細讀《倪煥之》，當會發現：倪的挫折與幻滅，很大一部分原因，乃是來自現代啟蒙實踐過程中，「青年」與「孩童」相互遭遇之後所引發的矛盾與緊張——學童頑劣蒙昧，不堪受教，頻頻打擊著滿懷啟蒙理念的新青年；新家庭夢幻的破滅，緣於婚後妻子很快懷孕，有了孩子，原先的教育理想，遂完全被撫育孩童的瑣屑日常所取代。

如前所述，正因為《倪煥之》被視為二〇年代最具代表性的「教育小說」，而它又是葉聖陶從事教育工作時親身經歷的總結，這些情節，自然不僅是文學想像，同時也是社會現實、敘事話語與「青年」、「孩童」等文化符號多方對話的結晶，箇中曲折，值得細究。因此，以下將先梳理晚清以來「青春想像」與「教育小說」與的發展，及其與西方「教育／成長／啟蒙小說」的即離關係，繼而以葉聖陶的「教育小說」為例，觀照其間「青年」與「孩童」的糾葛互動，以及「教育」與「小說」間的曖昧弔詭，並藉以探勘二〇年代小說中，「青春／啟蒙論述」的折變。

二、「青春想像」與「教育小說」

（一）青春想像：「少年」、「青年」、「孩童」的發現與交錯

晚清以降，以「少年中國」取代「老大帝國」，以「幼者本位」取代「長者本位」，是為當時有識之士的共同期盼。它所寄寓的，正是世變之中，一個積弱國族意圖從根本上迎頭趕上的急切想望。落實在社會實踐與文學想像中，遂有對「少年」、「青年」及「孩童」的先後發現與高

度關注。它集中體現了線性進化史觀中，對於「青春」與「新生」的迷思，以及因之而生的，堅信未來將具有無限開展性、進步性與可能性的執念。緣乎此，在對新興國族的高度憧憬下，「少年」、「青春」等詞彙遂不斷被援引至民族國家建構的話語體系之中，召喚著無限光明的未來。值得注意的是，中國文化向來重老輕少，對於「少年」的重新發現與重視，其實是近現代特殊的文化現象。「少年」之後，也才有「青年」與「孩童」的相繼發現與彼此交錯。

一九〇〇年，梁啟超假《清議報》發表〈少年中國說〉，極力表彰「少年」之於國族新生的重要性，強調去舊迎新，以少代老，是為當時最具代表性的論述。一九〇二年，南洋公學學生組織「少年中國之革命軍」，首倡現代中國之「學運」[10]；一九一八年，王光祈、李大釗等人於在北京創辦「少年中國學會」，倡議「本科學的精神，為社會的活動，以創造少年中國」[11]，南京、上海、成都、巴黎等地皆如響斯應，紛紛成立分會，並先後發行《少年中國》、《少年世界》、《少年社會》等期刊，讀者遍及全國，盛極一時。「少年」所召喚出的激情與迷魅，本書導論已言之甚詳[12]。

然而，隨著新文化運動的開展，與傳統文化猶有牽繫的「少年」一詞漸漸功成身退，取而代之的，乃是新興的「青年」，箇中的文化意涵亦隨之有所轉折[13]。一九一五年九月，《青年雜誌》創刊，陳獨秀撰寫發刊詞〈敬告青年〉，開篇以「初春」、「朝日」等譬喻，彰顯「青年」的新鮮活潑，希望無窮；乍看之下，實不無取法並承繼〈少年中國說〉之處：

> 青年如初春，如朝日，如百卉之萌動，如利刃之新發于硎，人生最可寶貴之時期也。青年之於社會，猶新鮮活潑細胞之在人身。新陳代謝，陳腐朽敗者無時不在天然淘汰之途，與新鮮活潑者以空間之位置及時間之生命。人身遵新陳代謝之道則健康，陳腐朽敗之細胞充塞人身則人身死；社會遵新陳代謝之道則隆盛，陳腐朽敗之分子充塞社會則社會亡[14]。

不過，論及青年應有的自覺自任，〈敬告青年〉提出六項期許：「自主的而非奴隸的」、「進步的而非保守的」、「進取的而非退隱的」、「世界的而非鎖國的」、「實利的而非虛文的」、「科學的而非想像的」[15]，所呈現的，已是新文化運動的具體訴求，其轉折新變處，實明顯可見。據錢穆先生所言：

> 青年二字，亦為民國以來一新名詞。古人只稱童年、少年、成年、中年、晚年。……而猶必為新青年，乃指在大學時期身受新教育具新知識者言。故青年二字乃民國以來之新名詞，而尊重青年亦成為民國以來之新風氣[16]。

如此，則「青年」一詞的出現，一方面標示了民國與晚清的區隔；另一方面，所謂的「新青年」，更以其「在大學時期身受新教育具新知識」，成就了自我的特殊身分，不僅成為傳統文化的對立面，並且具有教育社會，啟蒙大眾的能力與責任。五四前後，《新潮》、《新青年》等種種以「新／青年」為名的刊物及團體紛紛應運而生，並且以救亡啟蒙為己任，正是職此之故。新文學運動以來，文學文本中每以各式青年人物為主人公，並以他們的依違掙扎，演義新中國的艱難走向。「青年成長」與「國家成長」，於是在現代文學想像中互為表裡，成為彼此象喻的一體兩面。

在此前後，傳統文化中向來忽略的「孩童」，也隨之浮出歷史地表，成為論者關切的焦點。早在一九一三年，周作人即發表〈兒童研究導言〉一文，率先指出兒童有別於成人：「蓋兒童者大人之胚體，而非大人之縮形。……世俗不察，對於兒童久多誤解，以為小兒者大人之具體而微者」[17]。隨後，又藉由討論藝術教育，表達了「兒童本位」思想：「蒙養之要，不在理論而在方術。欲通其術，要當以兒童為師而自求之……故今對於徵集成績品之希望，在於保存本真，以兒童為本位」[18]。五四以來，隨著對於「人的文學」的重視，以及批判傳統「三綱」——尤其是「父為子綱」之說，周作人、魯迅等都特別針對「孩童」問題多所論述。一九一八年，周作人〈人的文學〉一文於《新青年》刊出，從重新發現「人」的角度，同時表達對婦女與兒童的關注。之後，並提出「子孫崇拜」之說，進一步主張：

> 我們不可不廢去祖先崇拜，改為自己崇拜——子孫崇拜[19]。

一九一九年，《新青年》刊出魯迅名作〈我們現在怎樣做父親〉，他以「幼者本位」為思考核心，以為「孩子自有其世界，並非縮小的成人世界」：

> 孩子的世界，與成人截然不同，倘不先行理解，一味蠻做，便大礙於孩子的發達。……此後覺醒的人，應該先洗淨了東方古傳的謬誤思想，對於子女，義務思想須加多，而權力思想卻大可切實核減，以準備改做幼者本位的道德[20]。

不止於此，雜文如〈二十四孝圖〉、〈看圖識字〉等，都表達了魯迅對當時整個社會環境中兒童處境的焦慮與關懷。被視為新文學里程碑的小說〈狂人日記〉，更在大力批判舊社會「吃人」的最後，以「沒有吃過人的孩子或許還有？救救孩子……」作結，顯示了「孩童」在魯迅心目中的特殊地位。《吶喊》、《徬徨》之中，不少小說都有孩童身影出沒；二〇年代，文學研究會發起「兒童文學運動」，既為兒童書寫專屬的文學作品，也讓兒童大量進入所書寫的各類文本之內。三〇年代，左翼思潮蔚興，孩童同樣成為文學想像中的要角。擺盪於新舊文化交接處，他們彼此對話，相互參映，投射出的，正是「發現孩童」之後，「孩童」出入於不同話語體系中的駁雜形象[21]。

綜上所述，自從「少年」、「青年」、「孩童」三者陸續被「發現」（或「發明」）之後，他們不只持續參與現代文學／文化的想像形構，並且成為發展進程中不可或缺的要角。此一現象，實為二十世紀文學與文化所特有，重要性固不待言。整體看來，三者固然同為因應世變而生，但被賦予的文化意涵卻略有參差。基本上，「少年」與「青年」出現的時序雖有先後，但兩者都是當時中國「青春想像」的人格化表達，喻載著整個社會經歷巨大轉型時的政治與文化能量，也是推動種種現代化革新方案的核心象喻，召喚著嶄新的社會、文化、政治想像範式[22]。所不同者，「青年」在身經「新」文化洗禮下，無論是作為具體個人抑是文化符號，都被賦予了更多現代的知識性內涵，並具有文化啟蒙的自覺與自任。相對地，「孩童」的發現植基於對「人」的尊重與肯定，無論是「子孫崇拜」抑是「幼者本位」，「保存本真」——也就是尊重孩童的自我發展，大致是其一般共識。

也因此，五四以來，對於「青春」的想像往往與「啟蒙」意識相表裡——無論是自我啟蒙，抑是啟蒙他人，青春都因啟蒙而得以日新又新，啟蒙也因青春而更具開展性。因之而成的「青春／啟蒙論述」，因此不僅為青少年所獨擅，並且隱含了線性的發展過程，需要時間歷程來完成。

但值得深思的是，「青春」之所以成為晚清以來最有力的激情符號，正是因為它以進化論為基礎，在線性時間軸上許諾了一個具有無限可能性的未來；這個未來，必須憑藉「新生」的憧憬，不斷建構與重構。無獨有偶，放在實際人生歷程中，「孩童」是為人生之初始，較諸「青／少年」，「新生」的特質更為鮮明。如此，它是否也同樣載喻了時人對於新國家、新社會的諸般憧憬？當青年們展開文化啟蒙的教育實踐時，是否也要為孩童「保存本真」？「青／少年」與「孩童」之間，要如何相互定義、彼此對話？

回顧孩童論述的發展，五四時期固然強調「保存本真」，然而，「孩童」卻是從被「發現」的那一刻起，就負載了遠比「青年」更多的未來可能性，因此形象益顯曖昧複雜。基本上，「新生」召喚出「更強，更健康，更聰明高尚」的期盼，但「救救孩子」的吶喊，卻也使孩童一開始便落入了「被拯救」的位置，意謂著被動與等待。事實上，孩童較諸「青／少年」幼小，成長過程中猶多需長者養育提攜，此一生理現實，原就大幅降低了它與長者間的對峙抗爭，並增益其為外力左右的可能性。孩童的「教育」問題，遂因此在「拯救」的過程中，成為各方角力的重點。以魯迅為例，身居「父親」的發言位置（〈我們現在怎樣做父親〉），所透露的心態便相當複雜。他視孩童為子女，強調「對於子女，義務思想須加多，而權利思想卻大可切實核減，以準備改作幼者本位的道德」，固然表明了以幼者為尊；但「喜歡子女比自己更強，更健康，更聰明高尚，——更幸福；就是超越了自己，超越了過去」，此一期待，則使他既主張對孩子「理解」、「解放」，不加干擾，仍不忘要從旁「指導」，以期「養成他們有耐勞作的體力，純潔高尚的道德，廣博自由能容納新潮流的精神，也就是能在世界新潮流中游泳，不被淹沒的力量」[23]。

另一方面，「少年」與「青年」雖都是當時中國「青春想像」的人格化表達，然而論及所涵攝的喻意，「少年」明顯要廣於「青年」——作為「中國」自我命名的嶄新修辭符號，他既有初春朝日般的蓬勃氣象，得以開展挑戰老朽、啟蒙社會的「青年」事業；又因在人生階段中去童年未遠，也容易與新生純真的「孩童」形象接軌。「青年」－「少年」－「孩童」三者勾連匯通，所投射出的，正是一個集無限希望、力量與可能性於一身的新興主體，寄託著古老帝國去舊迎新的所有想望。然而可見的是，五四之後，原先修辭性的「少年」意象遂漸明確具體，在落實為人生中的某一特定階段的同時，原來曾經兼攝於「少年」意象之中的「青年」與「孩童」，也開始分化。不僅指涉的人生階段不同，所載喻的文化內涵與激發的能動性也截然有別。新文化運動為「青年」形塑了汲取新知、勇於進行種種啟蒙改革的知性形象，並召喚出社會個體勇於實踐的熱情。「孩童」雖因「幼者本位」的理念而被「發現」，並且同樣成為民族國家未來的希望所繫，但「幼者／孩童」與「青年」之間，畢竟相隔著一道由生理時間所造成的鴻溝，無法踰越。如此一來，同樣肩負打造新國家的殷切期盼，幼弱的孩童要如何才能長成為強健奮進的新青年？當新青年戮力於各項實際的啟蒙工作時，他們是以何種姿態，回應孩童的教育需求？教育孩童、啟蒙大眾與新青年的自我成長啟蒙之間，又將發生怎樣的互動？這一系列問題，影響牽動的不僅是社會現實，更為文學想像所長期關注。晚清以來，小說一直被視為新民救國的重要憑藉，其中的「教育／成長小說」，更因涉及青少年的成長啟蒙經驗，因此直接涉及到此一論題。

（二）「教育」、「小說」與「教育小說」

「教育小說」源自歐西，是清末民初新興的小說類型之一。在當時一片域外小說的翻譯熱潮中，雖非熱門體類，卻因其中濃厚的「教育」意義，受到一定重視。尤其，在梁啟超倡議以「少年中國」取代「老大帝國」，鼓吹「欲新一國之民，不可不興一國之小說」、「以小說教小學」的理念之下[24]，「小說」開始被賦予「小學教育」的功能，「教育小說」大多以少年人物的成長奮鬥為中心情節，其譯介與改寫，因此更受矚目。

「教育小說」在晚清時被正式引進與譯介，實與當時旨在倡議「教育」的各種雜誌頗有關聯。一九〇三年，羅振玉創辦《教育世界》，即以「教育小說」的名目，連續五期，譯載了小說《愛美耳鈔》（即盧梭《愛彌兒》），是為中國譯介西方及日本教育小說之始。其後商務印書館創辦《教育雜誌》，刊載各類教育論述與實況報導，同時也闢有「教育小說」專欄，由當時著名的文化人包天笑負責譯述，長期連載。如《馨兒就學記》與《苦兒流浪記》等名著，都出於此。「教育小說」之所以能於清末民初推廣流佈，成一體類，《教育雜誌》及包天笑等「新型文化人」的推介之功，實不可沒[25]。

然而，當時被歸屬在「教育小說」名目之下的小說，內容其實相當駁雜。要言之，約可區分為三：一，鎖定以青少年人物為主角，內容或聚焦於學校的學習生活，或強調自我的成長奮鬥（如《馨兒就學記》、《苦兒流浪記》等）。二，採寓言、科幻等形式，其主角人物不限於少兒，體類則接近現今所謂的「兒童／少年文學」（如《病菌大作戰》）。基本上，這兩類皆是以淺近文言改寫的譯作，撰作目的在於提供少年童子閱讀，藉以發揮教育功能。至於第三類，則係清末民初的文人自著，採白話章回體，所著墨者，多為當時教育界的亂象，內容雖關乎教育，甚至以「教育」名篇，其要旨卻並不在教育青少年（如《未來教育史》、《學究新談》等），而是為了投射一己的嘲謔與狂想[26]。

五四以後，隨著新文學運動的開展，原先體類駁雜的「教育小說」，其文類界限、敘事形式與內涵也都相應有所變化。章回體不再、白話取代文言，這些形式上的改變固然顯而易見，但文類特質的調整，毋寧更值得注意。其中，「為孩童／青少年而書寫」，與「書寫孩童／青少年」的小說已明顯區隔。基於「幼者本位」，前述一、二類主題的小說，是「為孩童／青少年而寫」，二〇年代開始，已自成一「少兒文學」之體類，新文學作家不僅大量譯述歐西之作，並嘗試創作，為中國孩童書寫屬於自己的文學。另一方面，小說家們延續前述第三類的書寫關懷，持續關注新舊社會轉型過程中的教育問題，發而為文，卻是化狂想為寫實，以憂思取代嘲謔，於是從魯迅以降，孩童與青少年，每每成為現代小說中的重要主人公，並被寄託著國族未來的憧憬。此時，真正合於歐西「成長／教育／啟蒙」小說特質的作品，也逐漸在中國現代小說家筆下出現，具有「現代」意義的「教育小說」，於焉成型。換言之，二〇年代以降的「教育小說」，內涵已不同於晚清，它應是在排除「少兒文學」之後，以「書寫孩童／青少年」為主軸，且意圖著墨於各種「教育」問題的類型小說，主人公兼括孩童與青少年。其中，著眼於書寫青少年成長過程者，又多少受到西方小說「Bildungsroman」的啟發，意圖揭示「成長／啟蒙」的意義。因此，此一聚焦於青少年成長過程的類型小說，遂自然融匯於晚清以來的「青春／啟蒙論述」之中，共同投射著當時社會中的「青春想像」。

三、孩童，還是青年？——二〇年代「青春／啟蒙論述」的折變

回到以「教育小說」著稱的葉聖陶。綜觀葉的小說創作，「孩童」與「青年」一直是關懷重心，屬新文學創作者，其敘事又大多圍繞於各類「教育」議題，被視為代表性的「教育小說」作家，自是良有以也。尤其是「孩童」，他應是現代小說作家中，書寫孩童最多的作者。以他為例，不僅可見新文化運動以來，「青春／啟蒙論述」的開展軌跡，更可就其間「青年」與「孩童」的互動糾葛，探勘此一論述的轉折遷變。

（一）青春萬歲——《倪煥之》之前的「新青年」與「孩童」

葉聖陶的創作跨越五四前後，隨著新舊文學轉型，以及「教育小說」之體類的自我調整，他的書寫取材與敘事語言也有明顯出入。大體而言，早期文言小說中，「孩童敘事」與「青年敘

事」多屬各別發展，不見交會；其青年主人公，若非窮愁潦倒，便是言情浪漫，並無任何文化啟蒙的自覺自任。進入新文學創作階段後，青年與孩童，則多有經由師生或親子互動模式出現者。起初，這些互動乃是分別散見於不同的短篇；不久後，它們便在《倪煥之》中得到匯整，《倪煥之》所以成為葉聖陶，以及二〇年代最具代表性的教育小說，自當不是偶然。

早在以文言寫作階段，葉便有不少著墨於孩童言行的小說，如〈一貧一富〉（一九一五）寫貧家子熱愛國家，積極籌儲愛國儲金，樂讀《小軍人》之書，「自學校歸，歌〈勸用國貨〉之歌」[27]。〈良心上之敵愾〉（一九一五）寫滬上小學生仇日，群毆日生，被老師訓誡之後，立志長大後報國，並且慷慨陳詞：

「我輩良心上之敵愾實自主之。先生嘗詔我，父母亦嘗命我，謂爾輩將來必當為強毅勇敢之國民。我輩則銘之肺肝，無敢一刻忘。近日以還，我輩聆父母之談話，鄰舍之議論，乃知東家之子侮我已甚，而吾國人低首下心，曾不攷一校，是直卑怯之行耳。寧復成強毅勇敢之國民？我輩雖在稚齡，引為深恥，爰集志同道合之愛友，為同仇敵愾之先聲」[28]。

這類書寫，基本上延續了晚清以來的民族主義思想，體現的是崇尚「軍國民」精神的風氣，學校教育，遂亦成為此一精神的養成所。[29]五四以後，葉明顯受到「幼者本位」等新式教育理念影響[30]，對孩童的觀照面向大為不同，筆下每每有意凸顯孩子純真自然的本性。學校的制式教育，以及世俗化的成人期待，因此顯得扞格無謂。如〈一課〉（一九二一），描寫小學生雖然身在課室，但心繫自己悉心餵養的小蠶，以及窗外飛舞的蝴蝶。對比於鮮活的小蠶與豐富的自然界，教室內的正規自然課程，因此益顯枯燥貧乏[31]。〈馬鈴瓜〉（一九二三）敘述孩子奉家長之命上貢院赴考，念茲在茲的，不是如何爭取金榜題名，卻是隨身帶來的馬鈴瓜的可口美味，亟欲草草結束考試，一快朵頤[32]。而〈萌芽〉（一九二一）描述年輕母親懷孕，滿懷感動，也觸及了當時社會對於新生命的期盼[33]。

與此同時，早期文言小說中窮愁潦倒、言情委婉的舊式男女不再，取而代之的，乃是滿懷啟蒙理想與教育熱忱、勇於抗爭舊勢力的「新青年」。〈城中〉（一九二五）所敘述的的青年丁雨生，可謂最具代表性的人物。他一心回鄉辦學，引進新教育，面對古舊的城池，心裡想的是：

> 這古舊的城池，究竟是很可愛的。雖然像老年人的身體一樣，血管裡流著陳舊的血液，但是我正要給它注射新的血液，把那陳舊的擠出來，使它回復壯健的青春。到那時候，裡邊流著的沒有一滴不是青春的血。

接受青年同志會邀請，以《改造社會》為題演講，更大力宣示：

> 身體裡面有了老廢的質料，就得排泄出去；血管裡面有了汙濁的血液，就得重新化清。一個社會的情形正同身體相似，所以要講改造社會，應該排去社會裡的老廢物，讓社會的血管裡滿滿地流著新鮮的血液[34]。

如此強調迎新去舊，召喚青春，自然引發同鄉耆舊的強烈反彈。然而雨生堅持理想，毫不屈服，誠然是五四新青年的本色。另如〈搭班子〉（一九二六），敘述青年澤如被任命為小學校長，除亟思援引同道，一起「搭班子」之外，對於孩童教育更有具體理念：

> 校園一定要把它搞得頂好，不單是玩賞園，簡直就是個豐美的自然。讓兒童們生活在裡頭，有如魚生活在水裡，勞作是必須訓練的，可以教他們種花，剪樹[35]……

在此，「教育」被視為重獲「青春」的不二法門；校園則是協助孩童生成的豐美自然。這一類的「新青年」，結合了純真自然的孩童，體現的正是五四新文化運動以來的新興氣象。

（二）教？不教？怎樣教？——當「青年」遇上「孩童」

然而，無論是意欲去舊迎新的〈城中〉，抑是一意為孩童經營理想受教環境的〈搭班子〉，其敘事都還僅停留在以熱情憧憬未來的「理想」階段，至於實踐過程及結果如何，則並未觸及；而這卻正是可能衍生問題的關鍵所在。事實上，參照葉聖陶其他的短篇，便會發現：在彰顯教育之理想性的同時，社會現實的陰影，以及「青年」與「孩童」、老師與學生之間可能的緊張關係，其實也已蓄勢待發，若隱若現。一九二一年，葉聖陶先後發表〈飯〉、〈義兒〉與〈風潮〉三篇小說，即分從不同面向，呈現出學校師生之間的疏離不諧[36]。〈飯〉敘述為師者迫於生計，為稻粱謀，一群頑童為此嘲弄老師，不料意外識得飢餓與死亡的恐懼；〈義兒〉中的孩子擅長作畫，老師不以為然，不斷打壓；〈風潮〉更是直接揭露了學生與老師間的角力，小說中的歷史教員與學生發生衝突，學生考試拒不作答，與老師抗爭，並以引發「風潮」而自誇自得。無可否認，這些情節的發生，必然有其社會現實的背景。它的指向，乃是當青年遇上孩童之後，必須面對的問題：教？不教？怎樣教？

這些問題，不久後便在《倪煥之》中，得到全面呈現。一九二七年，《倪煥之》在《教育雜誌》「教育文藝」欄目，展開為期一年的小說連載。是為新文化運動以來，《教育雜誌》所刊載的第一部，也是唯一的一部「現代」長篇教育小說，意義不凡[37]。它不僅包羅了此前各短篇所觸及的重要教育論題，而且以長篇形式，使它們得以在一時間歷程中循序開展，讓個人參與並見證時代的鉅變，呈現了「史」的規模[38]。不過，承前所述，本文不擬再討論過去已多所論及的個人與歷史時代等問題，而是將它置於「青春／啟蒙論述」與「孩童論述」交會的脈絡中，探討其間的問題性，並試圖由「教育小說」的敘事特質，為倪煥之這位「新青年」的挫折與幻滅，提出另一觀照面向。

基本上，晚清以「少年」為中心所開展的「青春想像」，著重的是「青春」所內蘊的激情動能，以及所投射出的新生希望；五四以後的「新青年」，則因「知性」特質使然，更強調教育啟蒙方面的自覺與自任。倪煥之的「青春／啟蒙」歷程，於是不僅在一連串「新」與「舊」的頡頏交錯中開展而出，並且兼具了自我啟蒙與啟蒙他人的雙重質性。但不幸的是，無論在孤掌難鳴的鄉間小學校，抑是與同志共同努力的公立高小，這位一心想要實踐新教育的「新青年」，都在面對「孩童」，也就是他所教導的學生時，不斷受到挫折。

小說一開始，便是敘述倪煥之的去舊迎新——離開令他失望的鄉間學校，轉赴另一具有新式教育理念的小學，與同具改革理想的校長蔣冰如共同展開全新的教育實踐。他對鄉間學校的失望，很大一部分的原因，正是源自於孩童，也就是所面對的學生：

> 他又覺得那些小聽眾太不可愛了。他所教的原是低年級，最大的學生也不過十歲光景，與又粗又高的殿柱對比，更見得他們微小。兒童的愛嬌，活潑，敏慧，仿佛從來不曾在他們身上透過芽，他們有的是奸詐，呆鈍，粗暴。街頭那歪戴著帽子，兩手插在對襟短衣的口袋裡，身體一斜一轉的，牙齒緊咬，預備一放開時就吐出一句惡毒的咒罵的流氓的典型，在他

們裡頭似乎很可以找出幾個。

煥之起初也想，別的不用管，自己教的是學生，就從學生裡頭尋點安慰吧。但不久便證明這只是妄想。他叫他們靜聽不要響，他們卻依然說笑，爭罵；他聽見自己求救一般的講說的聲音，同時總伴著各種噪音，甚至自己的聲音反而消沉在噪音裏。他沒法，只好停嘴。學生們起初覺得異樣，像夏雨收點一般零落地住了聲。但隨後就是一陣帶著戲弄意味的笑。這使煥之發怒了，便把教鞭揚起來，想在不論哪一個身上亂抽一頓（兩個夥伴常常這樣做，在當時似乎頗有點效驗），然而手還沒有這種習慣，要抽下去彷佛很不順，半路裡縮住了。只剩又憤慨又悲哀地喃喃斥罵：「討厭的小東西」[39]！

同被視為國家民族未來希望所繫的「孩童」，竟然是「新青年」眼中「討厭的小東西」，這不能不說是一大諷刺。所以如此，或許初步可以歸咎於任教學校的校舍師資條件不佳，以及孩童受限於傳統舊習，難以立即接受新教育等因素[40]。然而，即或當他來到新環境，與志同道合的校長共同「為兒童布置一種適宜的境界，讓他們自己去尋求，去長養」，期待看到的「全是天真純潔的孩子，體格建壯而優美」；其結果，卻仍然令人沮喪：他讓學生將小說改編為戲劇形式排練演出，學生不感興趣，「倦怠與玩忽都來了」；他苦心經營實習農場，希望藉此「培養他們處理事務應付情勢的一種能力」，不料看到的卻是：

學生們拿著應用的農具在農場上徘徊，看看這裡那裡都不用下手，只好隨便地甚至不合需要地澆一點水完事。又看見他們執著筆桿寫《農場日誌》，帶著虛應故事的神情，玩忽地塗上「今日與昨日同，無新鮮景象」的句子。他們熱烈的興致衰退了，懇切的希望鬆懈了；「今天要農作，但農作有什麼事做呢」[41]！

較諸先前，在此倪煥之的挫折毋寧更令人深思：學校的環境改善了，學生的稟性素質也令人期待，但為什麼革新教育的理念仍然無法達成？青年對於孩童仍然無計可施？「他們需求的是天天變換的新鮮，而植物的生命過程卻始終在潛移默化之中」——經由農場教育的挫敗，《倪煥之》喻示了當時教育啟蒙／生命成長，以及現實需求之間的緊張性：孩童的生命成長與教育啟蒙都需要一定的時間歷程，面對亟求新變的人心，以及急劇變動的社會現實，顯然緩不濟急。

此一現象，其實也揭露出晚清「青春想像」與五四「青春／啟蒙」論述之間的罅隙：「青春」固然令人嚮往，但青春的境界卻未必能夠一蹴可躋；尤其五四以來，以杜威學說為主的經驗主義教育論，主導了體制內教育工作的走向，著重「日常時間」的經驗教育，成為通往青春啟蒙之途的必經歷程[42]，對於成長中的孩童來說，期待「天天變換的新鮮」，固然每不可得；新青年啟蒙實踐的熱忱激情，同樣因難收立竿見影之效，而逐漸銷磨殆盡。

再者，論及倪煥之的第二重挫敗，雖然一般都將重點放在他婚姻家庭生活的未盡如意，但追根究柢，問題仍然源自於孩童，以及因之而來的瑣屑日常——倪與妻子金佩璋結合，原是基於教育理念上的志同道合。婚前由自戀愛，婚後共同致力於新教育，這是五四以來，多少青年心嚮往之的人生追求。不料，婚後的于飛之樂，硬是被自己孕育的新生命所破壞——妻子懷孕之後，她便「留在家裏，不再關心學校的事」；以致於，

> 家庭裏所見的是摘菜根，破魚肚，洗衣服，淘飯米，以及佩璋漸漸消損的容顏，困疲偃臥的姿態等等，雖不至於發生惡感，可也並無佳趣。談起快要加入這個家庭的小生命，當然感到新鮮溫暖的意味；但一轉念想到所付的代價，就只有暗自在心頭歎氣了。
>
> 他得到一個結論：他現在有了一個妻子，但失去了一個戀人，一個同志！幻滅的悲涼網住他的心，比較去年感覺學生倦怠玩忽的時候，別有一種難受的況味[43]。

不止於此，小生命出生後，妻子更是忙於育兒，無暇他顧。「走進屋內，一種潮濕霉蒸的氣味直刺鼻管，小孩的尿布同會場中掛的萬國旗一樣，交叉地掛了兩竹竿」，這樣的生活，不僅使倪煥之深深覺得「新家庭的夢幻，與實際相差太遠了」，更要怨嘆「命運太快地讓孩子闖進他們的家庭裡來了，孩子一來，就奪去了她的志氣，佔有了她的心思和能力」。為此，倪甚至假想：「如果這時候還沒有孩子，情形或許會完全不同，她既有嚮往教育革新的意願，未必不能徹悟到

教育以外的改革吧」[44]。

至此，孩童還不僅止於是「討厭的小東西」而已，他甚至是剝奪女青年志氣能力的罪魁禍首，是新青年從事啟蒙革新的絆腳石。當「青年」遇上「孩童」，所面臨的，遂不僅是「教？不教？怎樣教？」的問題，更進而觸及到生養與否的矛盾，和如何生養的困境；而著眼於「時間」上的急迫性，正是箇中關鍵。往前追溯，此一「孩童，還是青年？」的矛盾，晚清時即可見端倪。據《新民叢報》載，當時主張女權的奇女子吳孟班，曾在結婚懷孕不久後，自行墮胎，面對丈夫質問，她的回應是：

> 養此子須二十年後乃成一人才，若我則五年後可以成一人才。君何厚於二十年外之人才，而薄於五年內之人才[45]？

「孩童」的養成需時二十年，「青年」的自我的養成則只要五年，為求「時效」，寧可捨子而全己，如此行為，固然不無過激之嫌，卻也從另一角度，說明青年與孩童兩者間的緊張關係，原是其來有自。無獨有偶，當年留美歸來，曾在胡適力薦下，成為北大第一位女性教授的陳衡哲（莎菲），也曾以孕而輟教，使胡適為之慨嘆不已：

> 莎菲因孕後不能上課，他覺得很羞愧，產後曾作一詩，辭意甚哀。莎菲婚後不久，即以孕輟學，確使許多人失望。此後推薦女子入大學教書，自更困難了。當時我也怕此一層，故我贈他們的賀聯為「無後為大，著書最佳」八個字[46]。

新文化運動中，鼓吹新教育最力的胡適，在好友任鴻雋與陳衡哲結婚時，所致贈的賀聯竟然是「無後為大，著書最佳」——這是對新教育的期許，還是反諷？是對未來的詛咒，還是先見之明？

（三）「日常時間性」的消亡與「青春／啟蒙論述」的折變

重視「時效」的另一面，其實是「日常時間性」的消亡，也是「青春想像」由原先「教育／啟蒙」開始往「革命／啟蒙」的轉向。原本呈線性發展的時間，因此被迫以片段、跳躍的方式行進；其指向，正是激情昂揚，期盼一蹴而成的革命事業。小說最後，參與社會革命受挫的倪煥之罹患「腸窒扶斯」（傷寒），行將辭世，彌留間，恍惚見到自己的孩子繼起接棒，適所以說明此一敘述時間的跳躍性：

他看見無盡的長路上站著個孩子，是盤兒。那邊一個人手執著旗子跑來，神色非常困疲，細看是自己。盤兒已作預備出發的姿勢，蹲著身，左手點地，右手反伸在後面，等接旗子。待旗子一到手，他就像離弦的箭一樣發腳，絕不回顧因困疲而倒下來的父親。不多一會兒，他的小身軀只像一點黑點兒了。在無盡的長路上，他前進，他飛跑[47]……

儘管教育孩童時沮喪厭惡、生養孩童時矛盾不甘，但當這位新青年壯志未酬，鬱鬱以終之際，所期待的，仍然是孩童的繼往開來。只是，孩童如何長成接棒的中間過程，卻硬生生地被抽離、省略了。

循此，我們似乎也不難明瞭，三〇年代以後，此一著墨於「教育／成長」的類型小說，何以會在中國現代文學中難以為繼——因為，無論是「教育」，抑是「成長」，其完成，都有賴於「日常時間性」[48]的積累；一旦抽離，「啟蒙」便只能以靈光乍現的姿態，開啟當下的頓悟。而當它與革命的激情相偕並隨之後，「孩童，還是青年？」遂不再成為必須取捨的選擇題，因為，經由「教育／啟蒙」到「革命／啟蒙」的折變，二者因生理時間差異而發生的矛盾齟齬，已然消弭於無形，並且又重新交融匯整，共同形構出新一代的「青春想像」。

四、餘論：教育，還是反教育？——葉聖陶、《倪煥之》與「青春／啟蒙論述」中的曖昧

回顧「青春想像」的萌興，乃是源起於「少年中國」的想望；其要旨之一，便是落實於革新的少年教育。而在「欲新一國之民，不可不新一國之小說」的理念下，此一少年教育，又得要憑藉小說來完成。晚清以來，「教育小說」的引進、譯介與摹寫，莫不與此相關。但經由葉聖陶與《倪煥之》，卻不僅呈現了理想與現實、文學與人生的拉鋸，「教育」、「小說」與「教育／成長小說」之間的罅隙，更凸顯彼此辯證中的弔詭。

從歐西「教育小說」的發展看來，「教育小說」與「成長小說」雖然一般都被統攝於「Bildungsroman」一詞之中，但意涵卻不盡相同。大體而言，教育小說（Erziehungsroman）偏屬狹義性地教育（pedagogic），主要涉及接受某些價值或學習某些知識；而成長小說（Entwichungsroman）則以某一中心人物的經驗和成長變化為小說結構核心。前者偏重技術性，在文化方面是具體的；後者則強調經驗的豐富性，在哲學層面上是廣泛的。儘管如此，須藉由「日常時間性」的敘事來完成，則是異中之同。而被視為「教育／成長小說」經典之作的歌德《威廉・邁斯特的學習時代》（*Wilhelm Meisters Lehrjahre*, 1796），恰是這兩者的辯證統一——也就是教育目的論的、樂觀的、認識論的時間性，與主人公成長過程的內在個性之間，出現了緊張。然而，經由時間歷程，「教育」（認識論，episemology）與「成長」（存在論，ontology）兩個面向，

卻在相互作用和彼此支撐下，共同展現出「永不消逝的生命之樂的光輝」[49]。

另一方面，「Bildungsroman」在十九世紀歐洲的出現，不只是小說形式的改變，也是社會形勢的改變。以一個年輕人的成長，加入中產社會作骨幹，緩緩推演出社會價值的律動和時間改變一切的契機。閱讀這樣的小說，遂成為讀者加入一個想像的社會共同體的過程。而當它被納入「以小說教小學」、「欲新一國之民，不可不新一國之小說」的論述脈絡之中，閱讀者同時更是受教者，理當隨著小說主人公的成長學習而完成學習受教的過程，最後不但同樣獲致「永不消逝的生命之樂的光輝」，也將經由此一教育啟蒙，成為新中國未來的希望。

然而弔詭的是，《倪煥之》這部中國現代小說史上的第一部長篇教育小說，所敘述的，竟然是教育的不易為，不可為。主人公「成長」的最後，非但沒有獲致「生命之樂」，反而以自身的困頓挫折、英年早逝，質疑了曾被寄予厚望的新興教育事業，以及小說本身的教育功能。「青春」不再，「啟蒙」失敗，以「教育」為目的，導致的卻是「反教育」的結果，這真不能不說是一大反諷了。

但因葉聖陶與《倪煥之》而引發的曖昧性還不止於此。回到葉聖陶本身，葉早年出身舊式教育，年少時曾寫過鴛蝴派的文言小說，新文化運動中幡然轉向，同時致力於新文學與新教育，如此的個人經歷，正是一個從「老少年」轉往「新青年」的典型[50]。此一轉折，曾充分投映在「倪煥之」的成長歷程之中。因此，無論其人其文，都體現了一個去舊迎新的社會化過程。

所不同的是，葉本人婚姻美滿，與夫人胡墨林女士志同道合，長年來共同致力教育文化事業。胡並未因為結婚生子而放棄理想，葉也未因大革命挫敗而懷憂喪志。三〇年代開始，葉與夏丏尊等人藉由開明書店而開展系列輯編出版工作，他們針對青少年需求編輯雜誌，撰寫語文教材，嘉惠無數學子，流澤廣被，迄今未已。更值得注意的是，他的子女葉至善，葉至美等人，不但沒有成為父母親教育事業的絆腳石，反都在成長過程中，一併參與並襄助了父母親的事業。[51]「孩童，還是青年？」因此並不曾成為葉聖陶必須抉擇的兩難。於是，儘管進入革命救亡的時代，儘管文學書寫中的「教育／成長小說」不再，他卻恰恰是以過去一貫的「教育」理念，回應了「反教育」的文學書寫以及社會現實。如此一來，「教育」未必倚恃「小說」，「教育小說」的指向未必就是正面的教育，「青春／啟蒙論述」的發展，也就因此在文學想像與現實人生的頡頏中，憑添無限曖昧，值得不斷關注與再思。

註釋

1　葉聖陶所任教過的學校甚多，包括用直五高、上海中國公學、北京大學、杭州第一師範、福州協和大學、上海大學、立達學園、開明書店函授學校等等，教學經驗豐富。關於葉的生平資料，參見商金林，《葉聖陶傳論》（合肥：安徽教育，一九九五）。

2 葉聖陶早年曾應鄭振鐸之邀，為其所主編的《兒童世界》撰寫多篇童話，現代中國的「兒童文學」，實由此開啟先河。這一系列的童話後來結集為《稻草人》，由商務印書館出版，是為中國第一本自撰的童話集。由他所負責編寫的語文教材，包括《開明古文選類編》、《開明語體文選類編》、《開明國語課本》、《國文百八課》等多種。此外，三〇年代開始，他主編學生刊物《中學生》，與夏丏尊合作撰寫《文章講話》、《文心》，指導中學生習作白話文，廣受歡迎，影響深遠。凡此，皆可謂親身參與並大力推動了當時的兒童與青少年教育。

3 茅盾，〈讀倪煥之〉，《文學週報》八卷二十期（一九二九年五月），頁五九一—六一四。又見樂黛雲編，《茅盾論中國現代作家作品》（北京：北京大學，一九八〇），頁一五〇—一六七。

4 如錢杏邨即曾指出：「他的教育小說的成就，在他的創作中是最好的。他洞察到教育的各方面，精察的解剖著教育界人物的心理，同時還注意到學生的生理狀態及其環境。他是完全的站在教育家的立場上去表現教育的實際及其各方。他是完全的很冷靜的在開他自己所體驗到的教育病症的脈案。他是在寫著自己厠身教育界時所觀察的事件的回憶錄。他所描寫的範圍有三方面好說，一是教育界黑暗面的暴露，二是教師的生活，三是學生一方面的事件。」見錢杏邨，〈葉紹鈞的創作的考察〉，收入劉增人、馮光廉編，《葉聖陶研究資料》（北京：十月文藝，一九八八），頁三八〇。

5 《倪煥之》的大意是：青年倪煥之原本滿懷熱忱，對於教育改革抱持著崇高理想。經由友人金樹伯介紹，來到公立高等小學校任教，與留日的小學校長蔣冰如共同實踐新式教育理念。與此同時，他結識了樹伯的妹妹：當時在女子師範學校讀書的金佩璋，兩人志同道合，自由戀愛結婚。然而，令人遺憾的是，隨著時間歷程的開展，不僅學校的教育改革頻頻受挫，戀愛結婚之後不久，妻子也因懷孕而失去原先的教育理想。此後，緣於五四運動、五卅慘案先後發生，倪轉而投身群眾運動和組織工作，以追求社會改造的理想。但突來的「四一二」慘案，奪去導引他走向社會改造之途的好友王樂山性命，倪也因殘暴恐怖的屠殺，深感革命理想的幻滅，藉酒澆愁，終因罹患「腸窒扶斯」（傷寒），英年猝逝。

6 茅盾，〈讀倪煥之〉，見樂黛雲編，《茅盾論中國現代作家作品》，頁一五七—一五八。

7 如錢杏邨，〈關於《倪煥之》問題〉（一九三〇），雖反對茅盾所言「這是代表轉換期中的革命的知識分子的意識形態」，但同樣承認葉聖陶於描寫城市小資產階級陰暗或消極面的成就。潘懋元，〈從中國現代教育史的角度看《倪煥之》〉（一九五六），將《倪煥之》視為一部現實而生動的中國現代教育史資料：「不但具有教育史所具有的敘述這一歷史時期的教育情況和教育思想的一般特點，而且具有形象地揭露半封建半殖民地的教育動態和反應新舊教育思想鬥爭的藝術特點」。批判「資產階級改良主義教育思想」。金梅，〈五四前後小資產階級知識分子思想歷程的真實寫照〉（一九七九），同樣指出該小說「通過對於倪煥之的生活以及思想演變，描繪了從五四到大革命之間的歷史面貌，以及之中一部份小資產階級知識分子的思想面貌與精神狀態」，並據此提出了小資產階級知識分子思想性格以及政治態度上的兩重性：實現理想時可以奮力以赴，理想碰壁時又悲觀失望。要克服此種情感上的弱點，就在於實行與工農群眾結合。此外，吳奔星，〈對葉聖陶創作道路的一些理解〉（一九五四）、曹惠民，〈葉聖陶小說的藝術特色〉（一九八〇）、曾華鵬與范伯群，〈葉紹鈞論〉（一九八一），則是由藝術創作的觀點分別去論析《倪煥之》。俱見劉增人、馮光廉編，《葉聖陶研究資料》。

8 如趙園，〈倪煥之論〉，認為倪是「理想主義者的悲劇形象」，收入趙園，《艱難的選擇》（上海：上海文藝，二〇〇一），頁二三九—二五二。蘇敏逸，〈五四知識分子的心靈史〉藉由巴赫金「教育小說」的觀念，說明五四知識分子的心靈史與二〇年代的時代群眾和歷史的關係，見蘇敏逸，《「社會整體性」觀念與中國現代長篇小說的發生和形成》（新竹：清華大學中國文學研究所博士論文，二〇〇四），頁八八—一〇七。

9 如宋明煒，*Long Live Youth: National Rejuvenation and the Chinese Bildungsroman, 1900-1958.*（紐約：哥倫比亞大學東亞系博士論文，二〇〇五）其論文中的"New Youth" and "Old Youth"一章，即是以《倪煥之》為中心，展開相關討論。

10 桑兵，《晚清學堂學生與社會變革》（上海：學林，一九九五），頁七四—七六。

11 見《少年中國》第一卷第一期（一九一九年七月）。

12 參見本書頁五—三〇。

13 這裡所謂的「取代」，係針對文化意涵的轉變而言。為「少年中國」所憧憬的「少年」，其實是泛指一切青春希望的修辭符號，與實際的生理年齡關係不大。因此，晚清小說家吳趼人一度以「中國老少年」為筆名，「老少年」並曾進入他的《新石頭記》中，成為重要角色。五四之後，「青年」取代「少年」而成為新興的「青春」象徵，「少年」一詞，遂落實為指涉具有一定生理年齡限制的人生階段。這也說明，何以二、三〇年代起，如《開明少年》、《少年雜誌》等刊物皆以「少年」為名，但讀者群已不再是普遍的社會大眾，而是中學生。

14 陳獨秀，〈敬告青年〉，《青年雜誌》第一卷第一期（一九一五年九月）。又見《獨秀文存》（合肥：安徽人民，一九八七），頁三。

15 同前註，頁四—九。

16 錢穆，《中國文學論叢》（北京：三聯書店，二〇〇二），頁二六。

17 周作人，〈兒童研究導言〉，原刊於《紹興縣教育會月刊》第三號（一九一三年十二月十五日），收入《周作人散文全集》第一冊（桂林：廣西師範大學，二〇〇九），頁二八七—二九〇。引文見頁二八七。又，關於周氏兄弟之「孩童觀」，歷來論者多以為周作人受到魯迅影響，但實際的情況是魯迅的許多觀點都承自周作人。參見朱自強，〈周作人：中國兒童文學的普羅米修斯〉，《中國兒童文學與現代化進程》（浙江：少年兒童，二〇〇〇），頁二〇六—二九四。

18 周作人，〈學校成績展覽會意見書〉，原刊於《紹興縣教育會月刊》第九號（一九一四年六月二十日），收入《周作人散文全集》第一冊，頁三六八—三六九。引文見頁三六九。

19 周作人，〈祖先崇拜〉，原刊於《每週評論》第十期（一九一九年二月二十三日），收入《周作人散文全集》第二冊（桂林：廣西師範大學，二〇〇九），頁一二九—一三一。引文見頁一三一。

20 俱見魯迅，〈我們現在怎樣做父親〉，《新青年》第六卷第六期（一九一九年十一月）。引自《魯迅全集》第一卷（臺北：唐山，一九八九），《墳》，頁一一三、一一八。

21 有關魯迅的孩童論述，參見顏健富，〈「發現孩童」與「失去孩童」——論魯迅對孩童屬性的建構〉，《漢學研究》二十卷二期（二〇〇二年十二月），頁三〇一—三二五。二、三〇年代孩童論述的相關問題，則參見王泉根，《現代中國兒童文學主潮》（重慶：重慶，二〇〇〇），第四章〈二十年代文學研究會的「兒童文學運動」〉、第五章〈三十年代兒童文學的左翼思潮與「革命範式」〉，頁四〇—七二。

22 有關清末以來「青春想像」的相關問題，參見宋明煒，〈「少年中國」之「老少年」：清末文學中的青春想像〉，收入劉東主編，《中國學術》第二十七輯（北京：商務印書館），頁二〇七—二三一。

23 魯迅，〈我們現在怎樣做父親〉，《新青年》第六卷第六號（一九一九年一一月）。引自《魯迅全集》第一卷，《墳》，頁一二二—一二三。

24 見梁啟超〈少年中國說〉、〈論小說與群治之關係〉，分見《飲冰室文集》第二冊（臺北：中華書局，一九六〇），「文集之五」，頁七—一二；《飲冰室文集》第四冊（臺北：中華書局，一九六〇），「文集之十」，頁六—一〇。

25 「新型文化人」之說，請參見本書第二章。除包天笑外，曾從事教育小說之譯作者，至少還有劉半儂（農）、畹滋、（徐）卓呆、（張）毅漢、冷（陳景韓）、索驤等人。

26 有關清末民初「教育小說」的譯介及其相關問題，請參見本書第二章〈小說教育：包天笑與清末民初的教育小說〉。

27 〈一貧一富〉，原載於《禮拜六》第六十四期（一九一五年八月二十一日），後收入《葉聖陶集》第一冊（南京：江蘇教育，二〇〇四），頁四三—四八。

28 〈良心上之敵愾〉，原載於《禮拜六》第六十三期（一九一五年八月十四日），後收入《葉聖陶集》第一冊，頁三八—四二。引文見頁四〇。

29 據商金林之說，葉於一九〇七年考取新創的草橋中學，其時清廷行軍國民教育，上軍訓課，一年樂事，以秋季旅行為最，葉每唱行軍歌以鼓舞士氣。見《葉聖陶傳論》，頁三一。

30 據商金林所述，葉深受新文化運動感召，並且身與其役。一九一五年《青年雜誌》刊印於上海，葉每期必讀；一九一八年，與在北大讀書的顧頡剛、俞平伯書信往來頻繁，深受新文化運動影響；一九一九年初，向《新潮》投稿〈這也是一個人〉（後改名為〈一生〉）。三月，更由顧頡剛介紹，正式加入新潮社。詳見《葉聖陶傳論》，頁一八七—一九〇、頁二一三—二二〇。

31 〈一課〉，原載於《晨報副刊》（一九二一年五月十七—十九日），後收入《葉聖陶集》第一冊，頁一九四—一九九。

32 〈馬鈴瓜〉，原載於《時事新報．雙十節增刊》（一九二三），後收入《葉聖陶集》第二冊（南京：江蘇教育，二〇〇四），頁九四—一一〇。

33 〈萌芽〉，原載於《小說月報》第十二卷第三號（一九二一年三月），後收入《葉聖陶集》第一冊，頁一三五—一三八。

34 〈城中〉，原載於《民鐸》第七卷第一號（一九二五），後收入《葉聖陶集》第二冊，頁二一一—二三四。引文分見頁二二二、二二九。

35 〈搭班子〉，原載於《教育雜誌》第十八卷第五期（一九二一），後收入《葉聖陶集》第二冊，頁二七一—二八〇。引文見頁二七三。

36 〈飯〉，原載於《時事新報．雙十節增刊》（一九二一），後收入《葉聖陶集》第一冊，頁二三六—二四三；〈義兒〉，原載於《文學旬刊》第十八期（一九二一），後收入《葉聖陶集》第一冊，頁二四四—二五二；〈風潮〉，原載《教育雜誌》第十四卷第四號（一九二一），後收入《葉聖陶集》第一冊，頁二八三—二八八。

37 《教育雜誌》創刊於一九〇九年，首期即闢有「教育小說」欄目，由文化名人包天笑長期負責譯述，直至一九一九年底告一段落。除了後期《青燈回味錄》是包天笑自著的白話章回體小說外，其他一律都是以淺近文言譯述的長篇域外小說，性質上屬於晚清小說遺緒。一九一九年新文化運動展開，白話取代文言，實為大勢所趨。《教育雜誌》的內容與語言，乃隨之革新。包天笑負責的「教育小說」所以突然中止，當與此有關。此後數年，《教育雜誌》所刊載者，全屬教育性的論述，間或有冠以「教育文藝」之名的「現代」文學性篇什刊出，也只是域外的童話翻譯或短篇小說創作。葉聖陶的《倪煥之》，是新文學運動以來，該雜誌所刊登的第一部，也是唯一的一部長篇小說創作，因此意義不凡。

38 如茅盾〈讀倪煥之〉即指出：儘管「五四」風雲動蕩，但之後的文壇，並沒有隨即出現能夠表現此一時代性與社會性的文學作品。《倪煥之》則是「把一篇小說的時代安放在近十年的歷史過程中」，「有意地要表示一個人——一個富有革命性的小資產階級知識分子，怎樣地受十年來時代壯潮所激盪，怎樣地從鄉村到都市，從埋頭教育到群眾運動，從自由主義到集團主義」。見《茅盾論中國現代作家作品》，頁一五八。

39 葉聖陶，《倪煥之》，輯入《葉聖陶集》第三冊（南京：江蘇教育，二〇〇四），頁二二—二三。

40 倪煥之初次任教的學校，「校舍是一所陰森而破舊的廟宇。大殿是一個課堂，兩廡各是一個課堂。中庭便是運動場。三個課堂裡一律是黑漆轉為灰白色的桌椅，墻上的黑板顯出橫條的裂紋。沈寂，幽暗，寒冷。尤其是那大殿，高高的藻井，糾結著灰塵，和蛛網，好像隨時可以掉下一條蛇或者一個鬼怪來似的」。第一天當教員，「正是個陰沈的雨天。走進那廟宇，只見許多孩子在中庭裡亂竄……」。幾個十五六歲的學生，「正站在教桌上唱不成腔的京戲」。見《葉聖陶集》第三冊（南京：江蘇教育，二〇〇四），頁二〇—二一。

41 以上引文俱見葉聖陶，《倪煥之》，《葉聖陶集》第三冊，頁二二五。

42 這一點，在葉聖陶的小說中即明顯可見。《倪煥之》第二十一節，曾敘述倪的朋友王樂山對於奉行杜威主張的批評：「你們的方法太瑣碎了，這也要學，那也要學，到底要叫學生成為怎麼樣的人呢？」見《葉聖陶集》第三冊，頁一九七。

43 葉聖陶，《倪煥之》，《葉聖陶集》第三冊，頁一七三。

44 葉聖陶，《倪煥之》，《葉聖陶集》第三冊，頁一八二、二一八。

45 〈道聽塗說〉，《新民叢報》第三號（光緒二十八年二月一日，一九〇二年），頁八五—八六。隨後，《女報》（後更名《女學報》）在上海問世。創刊號的「新聞」欄中，亦有〈嗜學墮妊〉一則，記述此事，頗引起當時輿論界議論。此處轉引自夏曉虹，〈吳孟班：過早謝世的女權先驅〉，《文史哲》二期（二〇〇七年三月），頁八七。有關吳孟班的生平事蹟考掘，亦請參見該文（頁八四—八九）。

46 此為胡適一九二一年九月十日的日記所錄，見《胡適日記全集》第三冊（臺北：聯經，二〇〇四），頁三一〇—三一一。

47 葉聖陶，《倪煥之》，《葉聖陶集》第三冊，頁二七〇。

48 「日常時間性」的說法，參見Richard A Barney, *Plots of Enlightenment: Education and the Novel in Eighteen-Century England*, Stanford, California: Stanford University Press. 1999，頁二六。

49 同前註。

50 關於「老少年」與「新青年」的論辯，參見宋明煒，*Long Live Youth: National Rejuvenation and the Chinese Bildungsroman, 1900-1958*. Ph.D. Dissertation, Columbia University, 2005。

51 參見葉至善，〈父親長長的一生〉，輯入《葉聖陶集》第二十六冊（南京：江蘇教育，二〇〇四），頁一—四七五。

身體政治與青春想像

——日據時期的臺灣小說

一、前言

青少年是未來的國家中堅，社會棟樑，特別是在家國動盪，風雨飄搖的年代裡，無論是文學想像抑是現實中的革新實踐，青少年每因其所具備的「青春」、「希望」等特質，被寄予無限厚望。而晚清以來，「青少年成長」與「國家成長」，更往往在文學想像中互為表裡，成為彼此象喻的一體兩面。

也因此，從一開始，二十世紀的中文小說，便不僅對各類青少年的成長與幻滅多所演義，甚且，還以他們的愛恨悲歡，身世遭逢，見證著政爭烽火，社會遷變。一八九五年以降，臺灣曾經日本殖民統治半世紀之久，處身於日本政權之下，臺人由原先武裝抗爭，到後來的文化啟蒙，以迄於在皇民化運動下的順應曲從，二者關係，原就多有轉折；體現在文學想像中，遂以此有多重駁雜的面向。本章論文試圖由「身體政治」與「青春想像」角度切入，藉以勾勒當時青少年論述與臺灣想像在臺灣新文學中相生相成的發展軌跡，並探析相關問題。

基本上「青少年」之所以成為「青春」、「希望」的象喻，很大一部分是來自於生物學上的原因——具有年輕的、正在成長發展中的身體，它所孕育的，正是走向未來過程中，無限進步躍昇的可能性。然而，身體的生成從來就不只是生物性的問題，從傅柯到巴赫汀，晚近各種論述，在在提醒我們：在肉身已然存在的前提下，各式各樣的政治、經濟、軍事、思想、教育、公共衛生等力量，正透過不同管道，無孔不入地介入了身體的建構工程，身體因此成為各方權力競逐角力的輻輳點；可是另一方面，身體卻也可以藉由醜怪的扮裝表演、肢體踐行，彰顯其對既有體制的嘲諷、抗衡、拒絕或顛覆；此外，由社會學、文化人類學等角度看待身體，指出它的世界性、社會性與消費性特質的論述，更所在多有[1]。而或強健、或病弱的各式身體樣態，更是文學想像中，多樣化修辭策略的構成基礎。「身體政治」，因此成為各類文化與文學論述中，不可忽視的重點。

再者，若從時間角度著眼，「青春」原是凝定於特定時間維度中的想像符碼，象喻著事物的初生新發，方興未艾。二、三〇年代的臺灣，新文化運動正如旭日初昇，文學青年蓄勢待發，各式青少年論述一如雨後春筍，勃然蔚起，正所以為臺灣投射出前所未見的「青春想像」[2]。然而，不容否認的是，殖民地的文化政治與社會現實，畢竟有其特殊性，俯仰其間，作為「青春」主體的臺灣青少年，將要如何以一己的身體，去「體」現此一特殊歷史情境中的各種社會文化政治轇轕，自然特別值得關注。限於篇幅，在此以臺灣小說為對象所進行的初步探討，將集中在以下兩項議題：一、身體與空間／認同政治；二、從臺灣身體到皇民身體。

二、身體與空間／認同政治

隨著日本在臺建立殖民政權，臺灣一連串「現代化」的革新措施，也逐步展開。舉凡新式學校的設置、工廠建築與生產效率的計算、衛生醫療習慣的改良、守時守法觀念的建立等，無不有別於過去的傳統臺灣。這些措施所針對的面向雖殊，但都不約而同地為臺灣帶來空間地景上的變化，並藉由權力運作，影響身體生成。至於為了貫徹帝國統治的意識形態支配，對都市空間進行大規模改造，其影響力更不在話下[3]。然而與此同時，游移於不同空間中的身體，卻也以個人的往來趨避、肢體展演，體現出政治或文化認同上的駁雜性，甚且，反過來左右了空間屬性的建構。本節論析，將以青少年身體於不同空間中的游移往來，檢視其間的認同流變。

一九二二年，《臺灣》雜誌上刊出追風（謝春木）（一九〇二—一九六九）的〈她要往何處去〉，是為臺灣新文學史上最早的白話小說之一，內容雖是青年男女的婚戀故事，其間所折射出的意涵，卻不妨視為此後臺灣青少年於不同空間中開展追尋認同的起點。在這篇以日文寫就的小說中，作者塑造了一位臺灣少女桂花，她在傳統社會的父母之命下，與留日青年學生清風訂下婚約，並滿心期盼未婚夫學成返鄉。不料，接受新式教育的清風在訂婚之前原本就另有所愛，對於父母的安排深感痛苦，無法接受。回臺之後，他力抗此一不合理的制度，並要在舊社會中「點燃改革的烽火」，解除婚約。桂花雖深受打擊，但幡然夢醒之後，不僅勇敢面對此一事實，體悟到「都是社會制度不好，都是專制家庭的罪。我只是犧牲者之一而已。……整個臺灣不知有多少人為這個制度而哭著，如今我都明白過來了。我要為這些人奮鬥，勇敢地奮鬥下去！」甚且，還要以選擇隨表兄到東京留學，「努力讀書」，作為她的「去處」[4]。

以現今眼光看來，作者安排新青年來對抗舊制度，並以「到東京讀書」，作為問題解決之道，未免失之一廂情願。然而，若著眼於其中的空間認同追尋，則〈她〉文在自由戀愛、改革舊社會等普遍性的新文化訴求之外，特別強調「到東京（日本／都會／異鄉／內地）去讀書（接受新式教育）」，恰恰是微妙地披露出當時臺灣青少年在進行空間認同追尋時，心中最重要的幾個選擇項目——日本，還是臺灣？都會，還是鄉村？異鄉，還是故鄉？舊書房，還是新學校？也因此，在此後許多小說中，我們不斷看到許多臺灣青少年在這些不同空間中游移往來的身影，而自由戀愛，改革實踐，以及各種意識形態的交相作用，更是為他們的認同增添變數，彰顯出特有的駁雜性。其中值得思辨的議題，至少包括：不同的空間追尋，是否，或者如何，體現不同的認同取捨？身體的歸趨，是否必然就是精神意向的完全投射？從歷時性角度觀照，不同時期的身體位移，又將如何隨著外在政治現實的改變，宣示著認同的流轉或質變？

無可否認地，儘管臺灣對殖民政權始終抗爭不斷，但日本及其為臺灣所帶來的現代（城市）文明、資本主義布爾喬亞式生活，以及透過教科書強力播散的日本「國民」意識[5]，卻促成不少臺灣人民——特別是二〇年代以後，受過殖民地公學校教育的知識青年，對它心嚮往之。「到日本（東京）去」，因此既可以是自我理想的追尋與實踐，也可以是迫於現實的另尋出路。然而耐人尋味的是，此一由〈她要往何處去〉開啟端緒，因婚戀問題而以日本為追尋／出走目標，意欲衝決舊社會網羅的敘事，後續發展卻未必是讓新青年在日本開創新事業，或是學成歸臺後造福桑梓，反而多半是讓他們在不斷的個人戀愛故事中，走向頹廢的感覺世界。這類敘事在巫永福（一九一三—二〇〇八）〈山茶花〉（一九三五）、翁鬧（一九〇八—一九四〇）〈殘雪〉（一九三五）等以留日男女青年為主角的小說中被發揚光大，並由翁鬧〈天亮前的戀愛故事〉（一九三七）集其大成。所呈現的，正是資本主義浸染下，青年們由追尋個人心靈自由而逐步走向陷溺於自我世界的徑路；在這些天真的、理想主義的身影下，隱藏的正是殖民統治集團以強勢意識形態切斷了臺灣歷史文化後，極度膨脹而終至破裂的個人自我[6]。

與此同時，另有許多沒有機會離開臺灣的本島青年，仍不免要退而求其次，將心中的日本／現代化欽羨，落實在對殖民政權為臺灣所帶來的不同空間環境的選擇上。殖民景觀的整飭潔淨，對比著本島居所的髒亂殘破，龍瑛宗（一九一〇—一九九九）〈植有木瓜樹的小鎮〉（一九三七）曾有鮮明描述[7]，它正所以召喚著本島青年以「住日本式房子，過日本式生活」，作為畢生的奮鬥目標[8]。而此一「人在臺灣，心向日本」的身心分離，又早在巫永福的〈首與體〉（一九三四）中，就已現出端倪：留日的學生被家裡召回臺灣結婚，滿懷不願，遂形成「首與體的相反對立狀態」——「因為他自己想留在東京，可是他的家卻要他的『體』，一封接一封的家書頻頻催他『返鄉』，理由是要他回家解決重大的結婚問題。所以他想留在東京」[9]。

首與體的分離對峙，揭示的不只是身體與意欲的悖反，更是殖民地青年文化主體的顛倒錯亂[10]。〈首與體〉小說最後，敘事者一再提到首體異類的「史芬克斯」（Sphinx）神話，並詰問：「這指的是人嗎？」[11]更將小說意旨提升到寓言層次，凸顯出其中艱難的認同困境。此後，臺灣青年無論身在何處，都寧以日本為「首」，除了是身體／空間認同的否定辯證外，同樣為其間所涉及的「身體」與「主體」問題，留下許多辯難的空間。

另一方面，相對於由現代日本／資本主義所導致的頹廢錯亂，楊逵（一九〇五—一九八五）〈送報伕〉（一九三二）則在同樣是往東京尋找出路的前提下，開展出組織群眾，投身工運的左翼關懷：出身臺灣農家的青年學生楊君，在家中土地被殖民者巧取豪奪，家破人亡之後，隻身赴日求學打工，又遭派報社剝削欺壓，終至促成了他階級意識的覺醒，並贏得工運的最後勝利。小說結尾，楊君決定搭船離日返臺，繼續奮鬥，「我滿懷著確信，從巨船蓬萊丸底甲板上凝視著臺灣底春天，那兒表面上雖然美麗肥滿，但只要插上一針，就會看到惡臭逼人的血膿底迸出」[12]，這番話，無疑宣告著：知識青年邁出書齋，走向工農群眾的另一空間活動路線，正方興未艾。同時，似乎也意謂著：從日本留學歸來的知青，或不免要懷著啟蒙者的使命感，去教化本島同胞。

以是，將觀照焦點再度轉回臺灣本島，便會發現：三〇年代出入於朱點人（一九〇三―一九四九）〈島都〉（一九三二）、楊守愚（一九〇五―一九五九）〈決裂〉（一九三三）、王詩琅（一九〇八―一九八四）〈十字路〉（一九三六）、〈沒落〉（一九三六）等小說中的，正是臺灣青年輾轉於各類群眾運動的身姿。值得注意的是，屢仆屢起者固然有之，但更多的，反而是沒落沈淪，壯志銷磨。他們與陷溺於個人情愛的、留日的頹廢青年取徑雖殊，卻終不免於殊途同歸，走向自我的幻滅。

然而，隨著「決戰時期」皇民文學的產生，四〇年代以後，原先游移於不同空間，絕大多數悒鬱齎志的青年們，卻不但不再有首體對峙的困擾，反而滿懷自信，投身於本島不同的工作場域，並展現了此前未見的昂揚氣象。以周金波（一九二〇―一九九六）〈水癌〉（一九四一）與呂赫若（一九一四―一九五一）〈山川草木〉（一九四四）為例，小說敘述的都是留日青年男女返臺工作的故事，主角人物積極奮進的姿態容或相同，但與空間往來互動的模式，卻大相徑庭，因此分別為青少年的身體／空間認同，投射出兩種完全不同的想像模式，箇中曲折，尤其值得仔細思辨。

一九四一年，年方二十一歲的留日青年周金波，發表了他生平第一篇小說〈水癌〉，備受讚譽，從此躍登文壇，成為各方矚目的新秀。這篇小說以一位留日歸來的年輕執業牙醫為主角，一開始，就披露不少與先前迥不相同的現象：

> 他醒過來，仍舊躺著，一面在新鋪的綠蓆氣味中把玩，一面回憶東京留學時代。好幾年沒有在榻榻米上休息了。對在榻榻米度過的學生時代的懷念復活起來之後，又有更大的感慨湧上心頭。認為向高水準的生活接近一步——還認為完成一項義務——倒不如說變成某種不易獲得的優越感，緊緊地逼迫全身。
>
> 在榻榻米上過像日本人的生活！
>
> 這使他洋洋自得，使他抱定漠然而嶄新的希望。
>
> 以七七事變為轉捩點而加速進行的皇民鍊成運動，不用說，從站在領導階級地位的他們腳下向外擴展。它以點燃野火一般的氣勢，燒燬迷信，打破陋習。
>
> 他在治療患者牙齒的當兒，並沒有忘記宣傳它的必然性。
>
> ……
>
> 轉眼間，寢室的床鋪搬開了，被改造成榻榻米房間，他就在那兒起居。他，自不必說，他的家人起初固然感到不舒服，只要一習慣，也開始稱讚，並可以在榻榻米上輕鬆自得的生

活了。尤其是孩子們，在上面跳來跳去，好像覺得可以誇耀。

他用手摸一下榻榻米，感到極為滿意。

島民是可以教化的，而且可以比所預想的更為容易，更迅速地辦到——他所一直抱定的信念，被最近突然抬頭的強有力的自信迅速地推上去[13]。

在此，「他」抱定信念，意欲教化本島同胞，看來似乎還是過去知識分子啟蒙使命的延續；然而，自覺於一己「領導階級」的身分，並且要配合「皇民鍊成運動」，精神取向上其實已與早期文化啟蒙者完全不同。不止於此，不論是相較於〈植有木瓜樹的小鎮〉中，那位一心想「住日本式房子，過日本式生活」而未可得，只能望日人住宅興嘆的青年洪天送，或是同篇小說中，原本一心奮發向上，最後卻不免要讓小鎮怠惰性格滲入肉體，讓「寂寞而懶惰的小鎮空氣風化了意志」的陳有三[14]，〈水癌〉中的「他」都展現出反過來要改變、創造外在環境的強烈動能：將寢室改造成榻榻米房間，讓自己，也讓家人「在榻榻米上過像日本人的生活」。循此，則即或身在臺灣，仍可經由空間的改變，儼然擁有日本人的生活方式，使孩子們都因此「覺得可以誇耀」。

姑不論此一「誇耀」心態是否可議，從因隨外在空間的條件特性或象徵意義而被動地往來趨避，到釜底抽薪，主動對空間進行根本改造，表面可見的，固然是青年人一改頹廢消沈之態，積極奮進，不同既往。然而隱藏其中的，其實正是認同的內涵的質變。如果說，早先〈她要往何處去〉以日本為歸趨，是揭示本島青年對於日本現代文化／資本主義生活的嚮往；〈送報伕〉往來於臺日之間，是闡明他們對左翼／無產階級理想的身體力行，〈水癌〉卻是在臺灣本島同時進行空間與自我意識改造的同時，宣示作為「皇民」的理所當然。而當年輕的身體輾轉於這些不同的空間認同之間，進行連串的改造與被改造時，臺灣是否還有所謂的「主體」可言？未被改造的地景風貌，又將會與活動於其間的青年們發生何種互動關係？在此，呂赫若的〈山川草木〉，或可提供另一面向的觀照。

〈山川草木〉塑造了一位留日女學生寶連，她原本留日學音樂，立志成為為臺灣爭取榮譽的女性音樂藝術家，某日父親逝世，回臺奔喪，由於不能見容於繼母，為了照顧年幼弟妹，她只好自動放棄日本學業，帶著弟妹入山務農，人生從此轉向。作為寶連好友的小說敘事者，原本深感惋惜，然而，若干時日之後，他與妻子入山探望寶連，卻大大驚喜於她的轉變：

> 四、五個月不見，差點認不出來，臉被太陽曬黑了，也變得結實，看起來有年輕人的光彩。我從未看過這麼有朝氣而又健康的寶連。以前在東京時，她那種人為的濃粧，紅唇濃眉，那種美看起來很令人擔心，但現在我覺得勞動的女性也是一種美。驚訝寶連這種完全與以前不同的健康美，我想一定是生活的關係，我輕輕地鬆了一口氣[15]。

而形成如此「健康美」的「生活」，無疑根源自於臺灣的山川草木。在敘事者夫婦入山途中，一路所見的本島鄉土風致，早已預示了寶連轉變的自然而且必然：

> 綠色的田地上的植物被風吹得激烈的搖動。那天感覺上有春的氣息，晴朗的天空，層層白雲，輪廓明顯的青山，在田裡休憩的水牛，掠過的飛鳥，眼中充滿鮮明的色調。妻子被這些鮮明的色彩所感動，直感謝寶連邀我們來這裡，眼裡浮出似乎已見到寶連似的光彩，我也同樣地感到喜悅[16]……

怡人的山川風物，健美的年輕身體，二者交相輝映，這真是日據時期小說中，少見的動人畫面。饒有興味的是，女主角為了家庭責任自我犧牲，放棄學業，由日本回到臺灣，自城市走入鄉間，不僅與〈她要往何處去〉所揭示的女性歸趨形成明顯的對話關係，其中由身體所特別標示出的「勞動」特質，及因之而生的「健康美」，很可能也是左翼作者在不得不順應殖民政府戰時「增產」號召的同時，以上山下鄉，走向群眾，來表明一己政治姿態的隱喻[17]。此一現象，正所以提醒我們：檢視臺灣新文學發展的歷程，這些由文學想像所投射出的身體，不僅要以己身於不同空間中的往來趨避，標舉認同的游移或質變，其本身的生理狀況，同樣糾結著駁雜的政治意涵。也因此，以下的討論，便聚焦於小說中青少年的身體／生理現象，進而探討其間的臺灣想像。

三、從臺灣身體到皇民身體

早有論者注意到，日據時期小說中的人物，「死亡」或「瘋狂」的出現率高得驚人。而小說中發狂或死亡的人物，泰半為農夫、農婦、童養媳與小孩；其主旨，不外藉此指控殖民政權或舊有陋習之迫害[18]。在此，本文則要進一步指出，除卻那些原本就屬於弱勢者的人物群之外，作為社會中堅的青少年，同樣要以身體的病弱衰敝，折射出此一特殊歷史時期中的臺灣處境。甚且，正是在這些年輕而孱弱的病體，及相應而生的療救之道中，我們得見意識形態、文化政治與社會現實的往來交鋒——而它的指向，正是如何由「臺灣身體」到「皇民身體」的質變。

（一）島上病與死——病弱衰敝的臺灣身體

誠然，幾乎是從一開始，臺灣小說中就充斥了各式各樣的病體，以及隨之而來的死亡。這些島上的病與死，又以發生在青少年身上的，最為令人心驚。以「臺灣新文學之父」賴和（一八九四—一九四三）小說為例，他的代表性作品〈一桿稱仔〉（一九二六）與〈可憐她死了〉（一九三一），就已明顯觸及此一主題：〈一桿稱仔〉的主角秦得參，才二十出頭，「他的身體，就因為過勞，伏下病根，在早季收穫的時候，他患著瘧疾」，由於無法下田，為養家活口，改做生意，遂才會因稱仔不公問題，與巡警衝突，終至身亡[19]。稍後〈可憐她死了〉，年輕的丈夫為救回涉及工廠罷工的父親，「被警察打傷，回到家裡便不能起床，發熱嘔血，不幾日便死去」；妻子童養媳阿金為侍奉婆婆，忍辱當富人姨太太，不料懷孕後反被遺棄，連同腹內胎兒，一起溺水而死[20]。此後，楊守愚〈女丐〉（一九三二）中的少女不堪後母虐待，淪落風塵，不幸罹患梅毒而死；張文環（一九〇九—一九七八）〈閹雞〉（一九四二）裡原本就孱弱的阿勇，也因太過勞累，得了瘧疾之後，「面孔黃得像色紙，大熱天裡還要蓋上棉被，抱著火籠抖個不停。熱來了，便喊阿爸阿母喊個沒完」[21]。這些大都出身鄉土農村的青年男女們，一個個或過勞致病，或備受殖民勢力欺壓傷身，或以自己的身體為犧牲，獻祭於傳統陋習，都一改生理上原該呈現的青春成長常態，反以病亡之體，見證了日據時期小說中，「臺灣身體」的衰敝。

不止於此，許多都會中的知識青年，同樣是或病或死，氣息奄奄。楊守愚〈一個晚上〉（一九三二）中的年輕妻子勇於背叛大家庭，卻不堪家務操勞，熬不過癆病之苦，儘管病榻上不忘頻頻叮囑丈夫要繼續為理想社會奮鬥，還是免不了要以投環自盡，自我了結[22]；王詩琅〈青春〉（一九三五）中的十八歲少女，受過臺北高女試驗，以首席畢業公學校，打得好一手風琴與鋼琴，原立志以聲樂家立身，卻不料苦於肺癆，從此纏綿病榻，粉碎青春[23]。朱點人〈紀念樹〉（一九三四）的年輕女教師梅，少女時代曾有一段錯失的愛情，後來為肺結核所苦，「不斷地發熱，遍身濕濕的流汗，若是稍動一點兒怒或是過一些兒勞力，手足就會冰冷，胸裡悸動得非常厲害，幾要絕息」[24]。再看浪石生〈面頰〉（一九三六），才從高校畢業的男教師，勤於教育工作，致使面頰瘦削，體氣日衰，「吐出來的痰帶著討厭的黃色，聲音沙啞了，呼吸也困難了」[25]。凡此，也都不得不讓人驚詫：是什麼樣的因素，摧折了這些風華正茂，日子正當年少的臺灣知青？而特別引人矚目的是，有別於鄉土青年病亡原因的不一而足，城鎮中的知識青年多數為肺結核所苦。疾病的類型差異，是否也暗示了隱現於其中的文化政治？

事實上，從很早以來，西方的文化傳統便將結核病視為是一種「時間之病，它加速生命，照亮生命，使生命充滿精神」；「瀕死的結核病患者被描寫為美麗、有精神」的；因此，當浪漫主義者以新方式解釋死亡的寓意時，遂認為：「結核病造成的死消解了肉體，卻靈化了人格，擴大了意識」。循此，遂形成所謂的「結核病神話」：結核病受熱情所誘發，但這熱情必受阻擋，希望必受挫折。這熱情，儘管通常是愛情，但更可以是政治或道德的熱情[26]。

據此回顧前述的結核青年，便會發現：其實，他們正是從不同方面，呼應了此一「結核神話」，並共同隱喻著殖民社會中的理想追求與挫敗：〈一個晚上〉之於無產社會的憧憬，〈青春〉之於藝術生命的渴盼，〈紀念樹〉對於錯失情愛的惘然，無不是熱情的阻擋，希望的挫折。無論是左翼關懷還是布爾喬亞意識，找不到出路，也看不見未來，卻是共通的宿命。而最後，挫敗的知青們集結在龍瑛宗（一九一〇—一九九九）的小說中形成對話——那以病弱的結核之身，寄託社會革新理念的集大成者，當然是〈植有木瓜樹的小鎮〉中的「林杏南長子」；它的回應者，則是在小說中連名字都不曾出現的「林杏南長子」，「自小身體就不很好」，公學校畢業後，勤於自學，二十歲通過檢定考試，但也因此搞壞了身體。他罹患肺病，「長久臥病不起，醫治也不見起色」，終至撒手人寰。他蒼白、文雅、細緻、熱情，在在是結核患者的典型。試看他面對主角陳有三的自白，以及臨終前交付給陳的手稿，無不洋溢著「政治或道德的熱情」：

> 我的生命也許已迫於旦夕之間。但在我的肉體與精神將消失於永遠的虛無之瞬間為止，我要追求真實。不放棄我的追求。塞在我們眼前的黑暗的絕望時代，將如此永久下去嗎？還是如同烏托邦的和樂社會必然出現[27]？……

> 二十三年的歲月也許很短。
> 我的肉體已毀滅，但我的精神卻活了五十歲、六十歲。
> 我以深刻的思惟與真知，獲得了事物的詮解。
> 現在雖是無限黑暗與悲哀，但不久美麗的社會將會來臨。
> 我願一邊描畫著人間充滿幸福的美姿，一邊走向冰冷的地下而長眠[28]。

顯然，這位青年空有理想熱情，卻拙於力行實踐，只能以冥想與等待迎向死亡；他的死亡，亦以此成為美學化的審美對象，失卻批判的動能[29]。這是結核病的病理特質使然，也是它作為

「神話」所內蘊的必然弔詭：結核病的美學，原就來自於理想的落空，追求的枉然；這一切落空與枉然，又所以見證了理想的崇高，追求的無可取代。

也因此，同樣是理想型的知青之死，當它不再是因為肺結核，而是其他病症時，所透顯出的意涵，就值得另行關注了。〈黃昏月〉中的彭英坤，正是這樣的例子。

彭英坤原是個氣意風發，振作有為的優秀青年，據敘事者描述，他中學時曾參加學校辯論大會，當時情景是：

> 在他那英挺的額角上，讓年輕的熱情洋溢著，以「青年與努力」為題，論到努力可以克服一切困難，達到目的，尤其青年，未來一片汪洋，而且富於勇氣，因此切不可讓青春虛擲，應為國家與社會努力以赴。

此外，他還是運動選手，尤其「跳遠」一項，曾是學校紀錄的保持者。每逢運動會，「一身運動服，頭上綁著布條，那美妙的跳躍，可以說就是年輕人的典範」。卻不料，幾年之後，他變得「眼窩下陷，顴骨突起，薄薄的嘴唇乾巴巴的，臉色蒼黑，而且太瘦了，看起來就像個衰老的老公公」。不久，他就罹患了惡性瘧疾，而非結核病，英年猝逝[30]。

回顧彭身故前的種種作為，如此結局應非偶然——在鬱鬱不得志的環境中，他酗酒、玩女人、借錢不還，任意撕下英文教科書頁為小孩擦屁股，正是指陳了理想的淪喪，生命的墮落。相對於結核病常被用以「譴責壓抑性的習俗／典範」，並隱喻著「對新政治秩序的召喚」[31]，彭英坤卻只落得死於惡性瘧疾，身後蕭條，箇中意涵，恐怕是更深層的絕望與悲哀吧[32]？

由此可見，青春身體的或病或亡，所反映出的，絕不只是單純的生理現象。殖民壓迫與傳統陋習交逼中的社會現實、無產社會關懷與布爾喬亞意識分歧下的理想挫敗，在在夾擊著彼時的臺灣身體，為之銘刻下衰敝的印記。因此，能否／如何振衰起敝，強健體魄，自然就不只是純粹的醫藥衛生、身體鍛鍊問題而已，而是匯聚了從政治制度到意識形態的全方位改造——究竟，臺灣的病體能否改造？如何改造？改造之後又將如何？這些問題，在所謂的「皇民文學」出現後，頓時有了不同面向的轉折。其間，周金波的〈水癌〉，恰可作為另一個討論的起點。

回顧前述，自「秦得參」以降，臺灣小說中的病體儘管無所不在，但它們的病狀，從來未曾像周金波〈水癌〉所描述得這般令人怵目驚心：

> 他向勉強半開的口腔裡面探視，禁不住呻吟一聲。莫可名狀的惡臭撲進鼻孔。像米糠泡菜一般的氣味馬上向四面八方擴散，簡直要悶住身旁人的嗅覺。下巴左邊移頰部的顎堤，被昇汞水燙爛成青黑色，齒齦被侵蝕得一塌糊塗。老早就超過第一期、第二期的水癌症狀，好比蹲下來似的，在口腔內的一角形成獨特的黑暗部分，一般人根本不忍正面看他一眼[33]。

這是個臺灣少女的病體。她的母親好賭成性，一再延誤女兒病情，終至使她不治而死。而這位看診的「他」，正是前文曾提到的，那位要躺在榻榻米上過日本人的生活、把自己寢室床鋪搬開，將它改造成榻榻米房間的、自日本學成歸來的牙醫。他處處心向日本，對臺灣種種多不以為然。因此，撲鼻的惡臭，燙爛成青黑的顎堤，固然是罹癌少女口腔中的實況，但隱藏在此一診療實況背後的，未嘗不是一種鄙棄臺灣「病」體、意欲以優越感改之造之的「醫」者心態。此一心態，在他得知少女病故，母親卻無動於衷，反而變本加厲時，充分顯露：

> 這就是現在的臺灣。可是，正因為如此，才不能認輸。那種女人身上所流的血，也是流在我身上的血，不能坐視，我的血也要洗乾淨。我可不是普通的醫生啊，我不是必須做同胞的心病的醫生嗎？怎麼可以認輸呢[34]？……

從改造自我的居住環境，到做同胞心病的醫生，這位（作者化身的）牙醫顯然具有強烈企圖心[35]。而他用以教化／療救島民的指導原則，自然就是所謂「以七七事變為轉捩點而加速推行的皇民鍊成運動」。由他所自述的「血也要洗乾淨」、「做同胞心病的醫生」等告白看來，此一面對「病體」所導發的「療救」，除了如何讓病弱的身體轉弱為強之外，當然也涵括了由「血」到「心」的徹底改造。事實上，皇民化運動原本所關涉的內容有四：一，宗教與社會風俗的改革；

二，國語運動；三，改姓名；四，志願兵制度[36]。戰時作家如周金波、王昶雄、陳火泉、張文環等，都曾就此有不少相關書寫[37]，但其中尤以圍繞「志願兵」及「徵兵制」的主題為大宗。而且，它也是其中唯一針對「青少年」實行的措施[38]。以下，便由它所關涉的「身體」問題為切入點，兼及「血」與「心」，探討因之而展開的青少年論述與臺灣想像[39]。

（二）振衰起敝？——志願兵與皇民身體鍊成

檢視諸多皇民書寫，很顯然地，因應戰時「志願兵」與「徵兵」制度所帶來的各種身心鍛鍊，正是使年輕的「臺灣身體」轉弱為強的關鍵。如張文環〈頓悟〉（一九四二）中的青年王為德，為了打算去當兵，便決心辭去工作，打算「先回鄉下鍛鍊、鍛鍊體魄」[40]。另如周金波〈無題〉（一九四三），其中有兄弟倆，先前練柔道時，哥哥可以輕易地將弟弟身體提起來，用腳輕輕掃過去；然而當弟弟向學校申請志願少年飛行兵，並為此開始先去做義務性的勞動服務後，情況顯有不同：出現在哥哥眼前的弟弟，「體格變得很健壯，日曬和勞動，以及有規律的生活、適當的飲食，會讓人有這樣的改變，這種成長讓他瞠目」。再次練柔道時，面對哥哥，弟弟因此「連動都不動」，甚至還可以抓著他的胸襟，「右手緊緊地向咽喉壓迫過來」[41]。此外，周金波的〈助教〉（一九四四）更出現極具「樣板」性的情節：小說主角蓮本，原本因為體格檢查沒能通過，無法投考醫專。但是，卻因在為實施徵兵制而起造的「國民道場」中接受訓練，進而擔任助教，體質頓時改觀，不只是行軍數十里都不覺疲累，「生來毫無自信的這雙腳，在這次強行軍中證明了是一部不發生故障的貴重機械一樣」，即使只是綁起了腳，準備出發，都會「不覺地感到身體也振作起來了」。至於其他受過訓練的學員，更不忘要在離開道場後，頻頻表示：

小生自分別後，**身體非常健康**，現在滅私奉公在擔任國家增產戰士[42]。

所以如此，當因志願兵的篩選標準嚴格，競爭者眾，最激烈的時候，錄取率甚至不到六百分之一[43]，強健的體魄，自是不可或缺。而志願兵之所以讓全臺青年風起雲湧，生死以之，除了殖民政府以「島民最高榮譽」鼓舞人心、發動青年團動員青年男女加入、製造青年同儕間的相互鼓盪，以及利用青年人的民族競爭心理，讓他們藉此證明自己比日本人還要優秀等因素外[44]，就當時作家們在談及此一主題時所關注到的面向看來，至少還有兩方面的原因：

一、它使得全臺青年得以在一個特定的共同目標下不分彼此，緊密結合，成就一體感。

二、它給予臺灣青年莫大的希望和指引，讓男性藉由從軍而成為完整的人，經由從軍或戰死，殖民地青年污濁、卑下的精神才得以淨化；若能為國殞落進入英靈合祠的靖國神社，更可達內臺一體之境地[45]。

其中，第一項因素可以周金波的親身體驗為例。周的青少年時期都在日本度過，二十一歲回臺灣，始終與臺灣社會頗有距離，但一九四一年六月二〇日志願兵制度宣佈實施後，境況遂大有不同，周曾在日記中寫道：

這一天，我特別感到充滿自信的喜悅，彷彿可以從漫長孤獨的殼中掙脫出來。……我和臺灣的社會一直有點距離，即使有接點，也不緊密。……可是等到六月二十日，志願兵制度宣布，情況為之一變，大家的表情變得生氣勃勃，話也多起來，完全露出真實的性情。我們坦然相對地「緊密」在一起了，同樣是來自於精神發揚的強烈要求，使這「緊密」結合成了可能。我心想，我終於脫離了孤立的殼。因為志願兵制度有臺灣人的願望寄託，所以大家尋求的方向一致，眼神充滿真誠[46]。

或許正是這「充滿自信的喜悅」，他寫下了為他贏得第一屆「文藝臺灣賞」大獎的小說〈志願兵〉（一九四一），其中的「身體」論述，因此特別值得討論。

〈志願兵〉的主要人物是兩位青年，一是由自日本留學歸來的賴明貴，一是他的好友，一直留在臺灣的小學同學高進六。兩人相見之後，便開始議論「皇民化」問題。高進六當時早已參加「報國青年隊」，力行「神人一致的人間尊嚴修鍊」，排斥理論說法，強調「拍掌儀式」的重要，並以為這是皇民鍛鍊運動的不二法門：

拍掌時，神明會引導我們向神明接近，向至誠神明祈禱就是達到神人一致的境界，古代的祭祀就是這種神人一致的理念，祭典就是從這裡開始的，政教一致就是皇道的根源，我們隊員從拍掌儀式而能接觸到大和精神，努力去體驗大和精神，這種體驗是過去的臺灣青年很少有人領會到的。

我們經過一種拍掌的形式產生一種信念，就是這種信念的問題，這種能成為堂堂正正日本人的信念。

我們吃飯前也拍掌，要出去訓練以前也拍掌[47]。

賴明貴則以現代文明知識分子自居，對此一借用神力的作法不能接受，「覺得臺灣的中堅青年用這種方法培養出來感到有點恐懼」，他認為，臺灣到現在為止還是「很渺小的人種」，應該要把「那些以前缺少的教養和訓練趕快去實行」，「趕快把臺灣的水準拉到和日本內地一樣」。他不願「像進六一樣像被矇住眼睛的拖馬車一樣」，並且仔細盤算：為什麼臺灣人不當日本人是不行的？理由是：

我在日本的領土出生，我受日本的教育長大，我日本話以外不會說，我假如不使用日本的片假名我就無法寫信，所以我必須成為日本人以外沒有辦法[48]。

此一心態，一則呼應了此前（包括〈水癌〉醫生在內的）留日知識分子的菁英意識，再則，也暴顯出：隱藏在此一意識之後的，原來是「在東京所得到的知識階層的計算的想法」。以致，當他得知高進六義無反顧，「血書志願」之後，不得不甘拜下風：

去向進六道歉了，輸給他了，進六才是為臺灣而推動臺灣的人材，我還是無力的，無法為臺灣做什麼事，……這個傢伙割了小指寫血書，這點我做不到，今天，我很男子氣概的向他低下了頭[49]。

賴、高二人的論爭，明顯涉及留日與本島青年的路線之爭：留日知識分子精打細算，理論掛帥，終不及本島青年的身體力行[50]。賴向高「低下了頭」，這對於先前處處心向日本，視臺灣為「病體」的留日知青而言，看來真是一大反諷，但卻也從另一方面，證實了「志願兵」之於本島青年的特殊意義，那就是：即或身在本島，即或未必具有留日的知識背景與文明素養，即或借神明力量以體驗大和精神的努力被否定，還是可以憑藉著宣誓效忠的「血（書）」、奉獻於皇國戰事的「身體」，「體」現了自己與日本人的一無二致，贏得尊嚴與尊敬。它的極致，便是如〈無題〉中的志願兵弟弟所言：「我會去死給你看，而且死得高潔光榮」[51]——讓自己的「皇民」身體粉「身」碎骨，為國捐「軀」。

顯然地，這一以「殉國」為理想極致的皇民身體論述，凌駕並總結了一切著眼於精神文明／心的改造／國語運動等體現日本皇民精神的其他論述[52]，成為終戰前本島青年共同心嚮往之的歸趨。此一論述同樣也見於陳火泉的代表作〈道〉：三十餘歲的男子青楠日夜苦思如何成為皇民之「道」，幾經轉折，仍以「為君捐軀」為不二法門。雖然以他的年齡及病質的體格，幾乎沒有入選的可能性，還是要頻頻強調：「當勇敢赴死於沙場，既決意捨身則無欲望，但願成為皇民而後已」。小說最後，他甚至要求友人稚月女：

如果戰死了就請妳幫我弄個墓誌銘吧！比方——「青楠居士生於臺灣，長於臺灣，以一個日本國民而歿」；或者「青楠居士為日本臣民，居士為輔弼大業而生，居士為輔弼大業而活，居士為輔弼大業而死」[53]。

由此看來，所謂的「皇民化運動」，雖然使得原先大批病亡衰敝的臺灣身體轉弱為強，但此一轉變，卻不僅使原先的臺灣身體，已質變為日本的皇民身體，甚且還要以一己肉身的銷亡，為得來不易的「皇民」身分背書。只是，此一執意於「捐軀」的年輕身體，除了輾轉於日本／臺灣之間外，還有沒有其他可能的歸屬？在此，張文環的相關論述及其小說〈頓悟〉，卻意外地開啟了另一面向。

志願兵制度實施後，張文環曾有不少相關言論發表。耐人尋味的是，他的重點多集中在志願兵將如何能使臺灣青年成為一個完整的「男人」，例如：

志願兵制度的文告發表出現在報紙的時候，或許本島青年大都會覺得終於確立了做為男性應有的面目吧[54]！

男人的一生，不知道是為什麼，只想為國家獻身做事，才是男人應走的路。能夠如此，臺灣的青年也可以說已經就是完整的日本青年了[55]。

在〈頓悟〉中，更藉著敘事者青年王有德的視角，對此做出極其生動的描繪：

到了六月末，公布實施本島人志願從軍的方法。這一下我好像突然被一記春雷打醒了，我想到身為男子漢應有的作為，一時情緒激盪，竟莫名其妙地流下淚水。……男孩子哭竟是這般不堪的事嗎？果真如此，自己又那還有什麼男子氣概可言？每次見到荷槍行軍的士兵，真打從心底羨慕他們。於是我想到要志願當兵。……**是男人，就一定要上戰場**。……事實上，要在這個社會的叢林尋求突破，就只有去當兵一途。戰死至少要比病死或窒息而死更具有丈夫氣概。本一貫的精神目標向前邁進。而這種昂揚的士氣更能直接有貢獻於家國，所以我在其中挹注了全部的希望。**而最令人興奮的是，我還得以藉此機會去跟阿蘭見面，跟她話別**[56]。

表面看來，這段文字仍是描述對得以志願當兵一事歡欣鼓舞，仔細分辨，箇中意蘊卻大可玩味。關鍵在於最後一段：「最令人興奮的是，我還得以藉此機會去跟阿蘭見面，跟她話別」。阿蘭是王有德私心戀慕的對象，一直苦無機會拉近距離，如今自己即將志願當兵，前往話別，於是順理成章。但如此一來，卻也曖昧化了他當兵的真正目的——究竟，他為的是戀人，還是家國？為的是日本，還是臺灣？當張文環一再強調當兵對於「男人」之重要性的同時，是否意味著「男性身體」將是取代「臺灣身體」或「皇民身體」的另一出路？其實，綜觀張文環在〈一群鴿子〉、〈燃燒的力量〉等具有為當局宣傳意味的隨筆中，仍然再三強調志願當兵是為皇國而獻身的偉大志業，然而小說書寫，卻出現了曖昧的情節，箇中曲折，值得細思。而由臺灣身體、皇民身體，以迄於男性身體的文學想像，正所以投射出殖民地臺灣的多重認同困境[57]。

四、結語——誰的身體？怎樣的青春？

在針對日據時期臺灣小說中「身體政治」與「青春想像」的論析告一段落之前，我們不妨再就臺灣新文化與文學發展紀事，做一回顧：一九二〇年，留日的臺灣學生在東京成立「新民會」，發行《臺灣青年》；一九二一年，蔣渭水等人在臺北創立「臺灣文化協會」；一九二二年，追風寫下〈她要往何處去〉；一九二四年，張我軍連續發表〈致臺灣青年的一封信〉、〈糟糕的臺灣文學界〉、〈為臺灣的文學界一哭〉，之後強調「少年臺灣之使命」。試看彼時臺灣的年輕學子們，是何等意氣風發，豪氣干雲。這些聲音的訴求點容或各有所重，但秉持「青春想像」以憧憬臺灣，意圖以「少年精神」抗衡老大、改造臺灣的目標，則是不約而同。從蔣渭水對組織「文化協會」動機的說明看來，這些青年，當時確乎是懷抱著「療救」的態度面對臺灣：

……臺灣人現時有病了，這病不癒，是沒有人才可造的。所以本會現今目前，不得不先著手醫治這的病根。我診斷得臺灣人所患的病，是智識的營養不良症，除非服下知識的營養品，是萬萬不能癒的。文化運動是對這病唯一的原因療法，文化協會，就是專門講究並施行原因療法的機關[58]。

然而，藉由文化與文學，臺灣果真一如期待地被啟蒙、被改造、被治療了嗎？它是否會自此昂揚奮進，成長茁壯？檢視自〈她要往何處去〉以降的臺灣小說，可見的是：二十多年裡，銘記在這眾多「青春身體」之上的，乃是不斷流變的認同、是由病弱臺灣到強健皇民的體格質變。從空間與認同政治著眼，日本與臺灣，城市與鄉村，左翼關懷與布爾喬亞意識，不同的意識形態與文化政治，是如此縱橫交錯，駁雜難分。無論是改造抑或被改造，輾轉於不同的政治／文化空間之中，青少年正是以自「身」的往來趨避，點滴「體」現著殖民地臺灣的認同流轉，身世滄桑。從「療救」著眼，由病弱而強健，原是醫病雙方共同的想望。但近世以來，在「病」的隱喻已成為國族／身體論述常見的手法之後，病弱的臺灣身體轉為強健皇民身體的質變，則不僅凸顯出臺灣文學於殖民時期的獨特走向[59]，也引發我們更複雜的思辨——文章最後，或許我們可以進一步追問的是：質變之後，這會是誰的身體？臺灣？還是日本？因之所投射出的青春想像，是怎樣的青春，怎樣的想像？它會在時間軸上不斷成長，欣欣向榮？還是反而要以自身的銷亡，為生命劃下永恆的句點？而此一質變後的文學，將會成為臺灣文學中的「正典」？還是為所謂的「文學正典」，帶來更多的自我質疑、自我解構？

註釋

1 參見傅柯（Michel Foucault），*The Birth of the Clinic: An Archaeology of Medical Perception* (London: Tavistock, 1973)、*Discipline and Punish: The Birth of the Prison* (N. Y.: Vintage Books, 1979)等；巴赫汀（M. M. Bakhtin），*The Dialogic* (Austin: University of Texas, 1981)、*Rabelais and His World* (Bloomington: Indiana University Press, 1984)等。其他關

於身體與社會文化之交合關係的相關論集，至少還包括Bryan S. Turner, *The Body and Society* (Newbury Park: Sage Publications, 1984)、Mike Featherstone, Mike Hepworth and Bryan S. Turner, *The Body: Social Process and Culture Theory* (Newbury Park: Sage Publications, 1991)、Five Bodies: *The Human Shape of Modern Society* (Ithaca: Cornell University Press, 1985)等多種。

2　如張我軍在〈致臺灣青年的一封信〉中即大聲疾呼：「敬愛的青年諸君呵！那些不良老年們我是不敢承其抬舉。最少希望諸君能夠覺悟青年之於社會上所處的地位，出來奮鬥，不斷地勇進，才有達到目的的一日！」收入張光正編，《張我軍全集》（臺北：人間，二〇〇二），頁三。另如芥舟的〈社會改造與文學青年〉，也力倡由文學青年來改造社會：「刻下的我們，有所期待於圓熟老大的文藝家，寧持吃力要求於文學青年的自覺力，為將來社會的中堅，能夠負得改造和創造的職責，是捨真摯熱烈的文學青年，發揮其遠大的理想與不拔的信念，具現於文藝的全分野，以領導民眾趨於將來圓善的新天地，以外應是少有希望的了。我們的文學青年，要知道逼迫的風雲已在需要你們非進出于戰線不可了，這是最後的一戰的，你們的使命是這麼重，而時代所期待於你們的心是這麼急，你們寫出來的文學，是淚是血，是新社會改造的機緣，是將來幸福的潛在動力，唯其如此，庶不愧為我們的文學青年了。」原載《南音》一卷十一期（一九三二年九月二十七日），引自李南衡編，《日據下臺灣新文學明集五．文獻資料選集》（臺北：明潭，一九七九），頁一三九。

3　以臺北城為例，日本當局在大屯山南麓建立臺灣唯一官幣大社的日本神社，使之成為「神域」，又在城內移植來自於日本母國的遊廓、歌舞伎和櫻花等。此外，汽車、霓虹燈、商店櫥窗、咖啡屋、電影院等現代化都市景觀，也所在多有。分見陳連武，《風水——空間意識形態實踐：臺北個案》（臺北：淡江大學建築研究所碩士論文，一九九三）；郭水潭，〈日據初期北市社會剪影〉，《郭水潭集》（臺南：臺南縣立文化中心，一九九四），頁四二六—四四七；柯瑞明，〈臺北日據時代日本娼妓物語〉、〈臺北風月滄桑〉，《臺灣風月》（臺北：自立晚報，一九九一），頁一三二—四二六、頁一六七—一七六。這些都市空間的改造，對於三〇年代新興知識分子的感覺世界影響甚鉅，並成為日據時代臺灣小說中頹廢意識的重要起源。參見施淑，〈日據時代臺灣小說中頹廢意識的起源〉，《兩岸文學論集》（臺北：新地，一九九七），頁一〇二—一二〇。

4 謝春木，〈她要往何處去〉，《臺灣民報》（一九二三年七月十日）。

5 經過有心的教材設計，公學校課程除了國（日）語文之外，更藉由史地修身等科目，灌輸學生日本意識，其目的，正是要將本島的臺灣少年，徹底改造成日本的「少國民」。具體做法，包括在國語課本中植入與日本國家、皇室或神道信仰有關的主題，落實以日本為主體的歷史教育等。即或是臺灣鄉土地理課程，也抽去「人」的活動，只留下交通、貿易、產業數據、物質建設的介紹。此一將「人」異化的操作，正是意圖切斷少年學子對臺灣過往歷史文化的認知，轉向對現代文明及日本的國家認同。關於殖民地教科書的研究，可參見許佩賢，《塑造殖民地少國民——日據時期臺灣公學校教科書之分析》（臺北：臺灣大學歷史研究所碩士論文，一九九四），周婉窈，〈實學教育、鄉土愛與國家認同——日治時期臺灣公學校第三期「國語」教科書的分析〉、〈失落的道德世界——日本殖民統治時期臺灣公學校修身教育之研究〉，俱收入所著《海行兮的時代——日本殖民統治末期臺灣史論集》（臺北：允晨，二〇〇三），頁二一五—二九四、頁二九五—三七四。

6 施淑教授曾有多篇論文對此做過精闢論析，請參見〈日據時代小說中的知識分子〉、〈感覺世界——三〇年代臺灣另類小說〉、〈日據時代臺灣小說中頹廢意識的起源〉，俱收入所著《兩岸文學論集》，頁二九—四八、頁八四—一〇一、頁一〇二—一一六。

7 隨著主角人物陳有三來到小鎮，龍瑛宗讓他看到本島人的居住環境是：「街道污穢而陰暗，亭仔腳的柱子熏得黑黑，被白蟻蛀蝕得即將傾倒」。「走進巷裡，並排的房子更顯得髒兮兮地，因風雨而剝落的土角牆壁，狹窄地壓迫胸口；小路似乎因為曬不到太陽，濕濕地，孩子們隨處大小便的臭氣，與蒸發熱氣，混合而昇起」。然而「通過街道，馬上就看到M製糖會社。一片青青而高高的甘蔗園，動也不動；高聳著煙囪的工廠的巨體，閃閃映著白色」。「走到街道的入口處，右邊連翹的圍牆內，日人住宅舒暢地並排著，周圍長著很多木瓜樹，穩重的綠色大葉下，結著纍纍橢圓形的果實，被夕陽生微弱茜草色塗上異彩」。分見〈植有木瓜樹的小鎮〉，張恆豪編，《臺灣作家全集．龍瑛宗集》（臺北：前衛，一九九一），頁一三、一四、一九。

8 如〈植有木瓜樹的小鎮〉中的洪天送，「他在這世間唯一的希望是忍耐幾年之後，升任一定的位置，住日本式房子，過日本式生活」。同前註，頁二〇。此外，龍瑛宗另篇小說〈黃家〉的男主角若麗，一心想去東京發展，然而事與願違，後來只好酗酒度日，自我逃避。該文收入葉石濤、鍾肇政編，《植有木瓜樹的小鎮》（《光復前臺灣文學全集》，臺北：遠景，一九七九），卷七，頁六五—一〇〇。

9 巫永福，〈首與體〉，收入張恆豪編，《臺灣作家全集．翁鬧．巫永福．王昶雄合集》（臺北：前衛，一九九一），頁一八〇。

10 參見陳芳明，〈史芬克斯的殖民地文學——《福爾摩沙》時期的巫永福〉，《左翼臺灣——殖民地文學運動史論》（臺北：麥田，一九九八），頁一二一—一四〇。

11 張恆豪編，《臺灣作家全集．龍瑛宗集》（臺北：前衛，一九九一），頁一八四。

12 楊逵，〈送報伕〉，張恆豪編，《臺灣作家全集．楊逵集》（臺北：前衛，一九九一），頁五八。

13 周金波，〈水癌〉，中島利郎、周振英編，《臺灣作家全集．周金波集》（臺北：前衛，二〇〇二），頁三—四。

14 龍瑛宗，〈植有木瓜樹的小鎮〉，頁四九。

15 呂赫若，〈山川草木〉，收入呂赫若原著，林至潔譯，《呂赫若小說全集》（臺北：聯合文學，一九九五），頁四八九。

16 同前註，頁四八七—四八八。

17 一九四〇年以後，日本殖民府配合戰時需要，在臺力行皇民化運動，要求文學奉公，增產建設。楊逵、呂赫若、張文環等作家，都曾被指派到各地生產現場參觀，並寫作相關報導文章。在〈山川草木〉中，寶蓮曾表示：「沒有比不能回東京，藝術的志願受挫更痛苦的事了。每當夜裡想起總忍不住哭泣，但現在已習慣了田園的生活。我想我已有足夠的勇氣。現在提倡增產，我暫時拋下音樂，努力從事生產。是很不錯的生產戰士哦！」（呂赫若，〈山川草木〉，《呂赫若小說全集》，頁四八七）正是呼應了當時鼓吹「增產」的政策要求。不過，據施淑教授之說，這卻「可能是記錄著日時代末期，走出小布爾喬亞的城市，重新踏上荊棘之路的左翼知識分子，透過勞動改造，在『皇民』的偽裝下，努力朝向『人民』轉化的另一部心靈秘史的作品」。見施淑，〈書齋、都市與鄉村〉，《兩岸文學論集》，頁八三。

18 參見許俊雅，第四章第五節〈以死亡或瘋狂為小說的敘事架構〉，《日據時期臺灣小說研究》（臺北：文史哲，一九九五），頁五九〇—六〇〇。

19 賴和，〈一桿稱仔〉，張恆豪編，《臺灣作家全集．賴和集》（臺北：前衛，一九九一），頁五七。

20 同前註，頁一三三—一四八。

21 張文環，〈閹雞〉，張恆豪編，《臺灣作家全集．張文環集》（臺北：前衛，一九九一），頁二三四。

22 〈女丐〉、〈一個晚上〉，俱見張恆豪編，《臺灣作家全集．楊守愚集》（臺北：前衛，一九九一），頁一〇七

一一五、頁一二三—一三二。

23　王詩琅，〈青春〉，張恆豪編，《臺灣作家全集．王詩琅．朱點人合集》（臺北：前衛，一九九一），頁二七—三九。

24　同前註，頁一六三—一七八。

25　浪石生，〈面頰〉，收入葉石濤、鍾肇政編，《植有木瓜樹的小鎮》，頁三二七—三三九。

26　說參蘇珊．桑塔格（Susan Sontag）著，刁筱華譯，《疾病的隱喻》（臺北：大田，二〇〇〇），頁一五—三五。

27　這是林君面對陳有三的自白，張恆豪編，《臺灣作家全集．龍瑛宗集》，頁六五。

28　林君臨終手稿，張恆豪編，《臺灣作家全集．龍瑛宗集》，頁七〇。

29　施淑教授曾據此闡析「左派憂鬱症」。說參〈龍瑛宗思想初論〉，臺大中文系編，《臺靜農先生百歲冥誕學術研討會論文集》（臺北：國立臺灣大學中文系，二〇〇一），頁二六三—二七四。

30　龍瑛宗，〈黃昏月〉，葉石濤、鍾肇政編，《植有木瓜樹的小鎮》，頁一〇一—一二六。

31　見蘇珊．桑塔格（Susan Sontag）著，刁筱華譯，《疾病的隱喻》，頁九三。

32　龍瑛宗的另篇小說〈黃家〉也有類似情形：主角若麗原長於音樂，一心想去東京發展，然而事與願違，後來酗酒度日，自暴自棄，最後罹患的是胃疾。出處參見註七。

33　周金波，〈水癌〉，中島利郎、周振英編，《臺灣作家全集．周金波集》，頁四—五。

34　中島利郎、周振英編，《臺灣作家全集．周金波集》，頁一二。

35　具有此一心態者，不僅是小說中的醫生，更是周金波本人。據周自述，〈水癌〉實取材於他回臺省親之際的親身見聞：「我把省親之際所見的，對那個不顧重病少女沈迷賭博的母親的怨氣，全寫在〈水癌〉了」。見周金波，〈我走過的道路——文學．戲劇．電影〉，《臺灣作家全集．周金波集》，頁二七九。另外，中島利郎也指出：該文的主人為指導知識階級、抱著「教化島民」信念的牙科醫生，我們可以將這人視為是周金波。見中島利郎，〈周金波新論〉，《臺灣作家全集．周金波集》，頁三。

36 參見 Wan-yao Chou, "The Kominka Movement: Taiwan under Wartime Japan, 1937-1945," Ph.D. dissertation, Yale University, 1991；周婉窈，〈從比較的觀點看臺灣與韓國的皇民化運動（一九三七—一九四五）〉，《海行兮的時代》，頁三四—七三。

37 相關研究，可參閱垂水千惠，〈臺灣作家的認同意識與日本——周金波的近代觀點〉、〈日本統治與皇民文學——陳火泉的例子〉、〈多文化主義的萌芽——王昶雄的例子〉，俱收入所著《臺灣的日本語文學》（臺北：前衛，一九九八），頁四七—六五、頁六七—九四、頁九五—一一二；星名宏修，〈「大東亞共榮圈的臺灣作家（一）——陳火泉之皇民文學型態〉、〈「大東亞共榮圈的臺灣作家（二）——另一種「皇民文學」：周金波的文學型態〉、垂水千惠，〈戰前「日本語」作家——王昶雄與陳火泉、周金波之比較〉，俱收入黃英哲編，涂翠花譯，《臺灣文學研究在日本》（臺北：前衛，一九九四），頁三三—五七、頁五九—八六、頁八七—一〇七。

38 據一九四二年一月十六日總督府情報部發布的「陸軍志願者訓練所生徒募集要綱」，其「入所資格」明文規定在十七歲以上。見《臺灣時報》二六六期（一九四二年二月），頁七二。一九四三年開始募集海軍志願兵，年齡規定則訂為「十六歲以上而未滿二十五歲」者。見杉山宇市監修，《臺灣海軍特別志願兵準備讀本》（臺北：高雄警備府，一九四三），頁二〇五—二一〇。至於其他三項，都是全民性的運動，沒有年齡限制。

39 本論文對於「皇民身體」的論析，將聚焦於與「志願兵」有關的〈志願兵〉、〈無題〉、〈助教〉（周金波）、〈道〉（陳火泉）及〈頓悟〉（張文環）等文本之上。至於王昶雄的〈奔流〉，（收入張恆豪編，《臺灣作家全集．王昶雄集》，臺北：前衛，一九九一），雖然是重要的皇民文學代表作，而且其中也有對於「臺灣身體」與「皇民身體」的多層思辨，但因與「志願兵」主題無關，故此處暫不討論。

40 張文環〈頓悟〉，收入張恆豪編，《臺灣作家全集．張文環集》（臺北：前衛，一九九一），頁一七九—一九七。

41 周金波，〈無題〉，《臺灣作家全集．周金波集》，頁一五三—一六六。

42 周金波，〈助教〉，《臺灣作家全集．周金波集》，頁一一七—一五一。又，據周金波的兒子周振英之說，該文原是他父親接受總督情報課的委囑所寫的作品。當時被委囑的作家，包括呂赫若、張文環、龍瑛宗、楊逵、陳火泉及周金波等多人。這些作家被派到各地的生產現場，進行報導紀錄，目的是以之「作為一種戰意高揚的皇民文學」。而這些作家，也因之成為中島利郎所謂的「間接的日本戰爭的參加協力者」。見周振英，〈我的父親——周金波〉，《臺灣作家全集．周金波集》，頁三八一。

43 一九四二（昭和十七）年第一次招募陸軍志願兵時，應募報名者四十二萬五千九百六十一人，錄取一千零二十人；第二次一九四三（昭和十八）年報名者六十萬一仟一百四十七人，錄取一〇〇八人；第三次一九四四（昭和十九）年報名者七十五萬九千二百七十六人，錄取二四九七人，競爭率最高時（昭和十八年）達六百倍，錄取者大部分在十九到二十三歲，最年輕者為十七歲，最高齡為三十歲，以當時人口六百五十萬計計算，除了半數婦女外，以十歲為間隔，到六十歲的六個階段，應徵者從十五歲後半到三十五歲前半的二個階段來推算，昭和十九年的七十五萬報名者，幾達適齡者的七成，想當志願兵。分見《興南新聞》，一九四二年六月十日、一九四三年二月十三日；以及周振英，〈我的父親——周金波〉，《臺灣作家全集·周金波集》，頁三七四—三七五。

44 參見周婉窈，〈從比較的觀點看臺灣與韓國的皇民化運動（一九三七—一九四五）〉，《海行兮的時代》，頁七〇—七二。

45 參見柳書琴，〈殖民地文化運動與皇民化：論張文環的文化觀〉，收入江自得編，《殖民地經驗與臺灣文學》（臺北：遠流，二〇〇〇），頁一—四三。

46 周金波，〈我走過的道路〉，《臺灣作家全集·周金波集》，頁二八一。

47 周金波〈志願兵〉，《臺灣作家全集·周金波集》，頁二七—三二。

48 同前註。

49 周金波〈志願兵〉，《臺灣作家全集·周金波集》，頁二七—三二。

50 據周金波本人自述，〈志願兵〉描寫同一時代兩種人的想法：一是精打細算型，二是不需要理論，一心認定自己就是日本人。前者以賴明貴為代表，後者以高進六代表；唯後者才能肩負臺灣的未來。見〈關於徵兵制〉座談發言，收入中島利郎、周振英編，《臺灣作家全集·周金波集》，頁二三六。

51 中島利郎、周振英編，《臺灣作家全集·周金波集》，頁一五三。

52 相關論述，可參見劉紀蕙，〈從「不同」到「同一」：臺灣皇民主體「心」的改造與精神的形式〉，「二十世紀臺灣男性書寫的再閱讀——完全女性觀點學術研討會」論文（臺北：政治大學，二〇〇三年十月）。

53 陳火泉，〈道〉，《臺灣文藝》六卷三期（一九四三年七月）。

54 張文環，〈一群鴿子〉，收錄於《張文環全集：隨筆集（一）》（臺中：臺中縣立文化中心，二〇〇二），頁一〇二—一〇五。

55 張文環，〈燃燒的力量〉，《張文環全集：隨筆集（一）》，頁一七三—一八三。

56 張文環，〈頓悟〉，收入張恆豪編，《臺灣作家全集．張文環集》（臺北：前衛，一九九一），頁一九〇—一九一。

57 一方面，他很可能如同前述的呂赫若一般，意圖以迂曲幽微的方式，暗示了自己不同的政治立場；另一方面，若從性別論述角度著眼，此一對身為「臺灣男性」的刻意強調，也未嘗不可視為因為身受日本殖民「去勢」之後，意欲重振「雄」風的隱喻。

58 蔣渭水，〈五個年中的我——三、組織文化協會的動機〉，原載於《臺灣民報》六十七期（一九二五年八月二十六日）後收入王曉波編，《蔣渭水全集》（臺北：海峽學術，一九九八），頁八七。

59 從劉鶚到魯迅，此前的中國小說，原不乏以醫／病關係想像家國的作法，臺灣的「病」，是否完全不同於中國，或許還多有討論的空間，但經由「療救」而體格質變，卻是臺灣殖民時期的特殊現象。

輯三、從中國到臺灣：孤兒？孽子？野孩子？

白先勇小說的少年論述與臺北想像

——從《臺北人》到《孽子》

在白先勇的小說中，《臺北人》與《孽子》無疑是最重要的兩部作品。前者以十四個短篇結集，主角是各色出身於中國大陸，卻不得不隨國民政府撤退來臺的人物，藉由他們在臺北的落魄流離，撫今追昔，銘記著一個已經逝去的、「憂患重重的時代」。所體現者，自是五四以來，正統的感時憂國情懷。後者為白先勇小說中的唯一長篇，以大臺北一群同性戀青少年為主角，重點在凸顯他們的愛慾悲歡，徬徨掙扎，以及輾轉於放逐追尋回歸歷程中的種種心路轉折，它關懷的是「那一群在最深最深的黑夜裡，獨自徬徨街頭，無所歸依的孩子們」。由於是「臺灣第一部男同性戀小說」，在臺灣同志論述中，具有經典性意義。

這兩部小說主題關懷面不同，但出於同一作者之手，自然仍有不少聲氣相通之處。前此論者已分別由「生命情結」、「悲憫情懷」、「放逐者」等觀點，析言其內在精神的共通性[1]。然而，撇開這些普遍性命題不論，作為前後成書，而又各有深遠影響的小說[2]，它們所可能產生的內在對話關係，無寧更值得注意：「徬徨街頭，無所歸依的孩子們」，是否必要，或該當如何，去面對屬於父母輩的「憂患重重的時代」？特別是，「臺北」之地域空間與「（同性戀）少年」之人物主體，一直是白先勇小說中的兩大敘述重點。如果說，「同志／酷兒論述」是為對傳統「家」大敘述的一種反叛與頡抗，那麼，少年孽子們是否重新定義了白先勇的家國關懷？而臺北，又是以何種姿態，介入其間的曲折遷變？在此，本文將由「臺北想像」與「少年論述」觀點切入，探討前述論題。

一、於在場處缺席：「臺北・人」的在與不在

儘管從一九六〇年發表第一篇小說〈金大奶奶〉開始，白先勇即不斷受到讀者與評者矚目，但他的文壇地位，卻要直到《臺北人》系列問世，才算真正奠定。從早期夏志清、顏元叔、劉紹銘等人對此一系列交相為文讚譽[3]，到近期該書膺選為「臺灣文學經典」之首，以及白本人也屢屢表示：「我是臺北人」，「臺北對我很重要——雖然它很醜」[4]，《臺北人》已儼然成為白氏的註冊商標。然而事實上，白先勇自己便曾表示：《臺北人》的書名涵意極為複雜，其中多少也有反諷意味[5]——書中人物，雖然都生活在當下臺北時空，卻一個個身在臺北，心懷大陸，滿腔今非昔比的感喟——誠然，對於從那「憂患重重的時代」走來的大陸遷臺族群而言，如此滄桑情

懷，原就具有「集體記憶」的重大意義。《臺北人》集中而深刻地體現了其間的委曲周折，成為一時代經典之作，自非偶然。但相對地，正因為沈緬過去必得要以抹消現在為代價，以是，貫串於《臺北人》中的「臺北想像」，若非以對比於大陸故鄉的負面形象出現，便是作為主角懷舊傷逝的空洞場域，以及召喚青春記憶的鏡像幻影。如《花橋榮記》中的老板娘一提到臺北，鄙薄之情便溢於言表：

> 講句老實話，不是我護衛我們桂林人，我們桂林那個地方山明水秀，出的人物也到底不同些。……我們那裡，到處青的山，綠的水，人的眼睛也看亮了，皮膚也洗的白了。幾時見過臺北這種地方？今年颱風，明年地震，任你是個大美人胎子，也經不起這些風雨的折磨哪[6]！

此外，〈歲除〉與〈金大班的最後一夜〉場景不出眷舍與舞廳；〈思舊賦〉、〈梁父吟〉與〈冬夜〉等，也都是在一特定的廳堂屋舍之內，藉由主角人物促膝對談，勾繪出一頁頁往事追憶錄。相對於過去臺兒莊戰役、辛亥革命、五四運動的波瀾壯闊而又地域場景鮮明，這些篇章中的「臺北」，卻是一逕面目模糊，似無任何主體性可言。更有甚者，臺北許多地方，還根本就是以大陸的「複本」形態出現。如小吃店，臺北與桂林可以同樣有「花橋榮記」；空軍眷舍，臺北與南京可以同樣有「仁愛東村」。只是此地非彼地，此時非彼時，它們的存在意義，無非是宣告那曾經存在過的一切已然不再。

正是如此，臺北（現實）與大陸（過去）之間，遂形成既相互建構，也相互消解的弔詭關係——立足現實臺北，是為了在失去過去之下重返過去，然而，過去的記憶之旅，卻是以對臺北現實的視而不見開始，以意識到大陸過往已無可回歸告終。故而，所謂的「臺北人」，便不得不成為流離於不同時空的放逐者，所造成的，乃是對臺北與大陸的雙重否定。也因此，無論是「臺北」，抑是臺北「人」，都要不斷地於「在場」處宣告「缺席」。《臺北人》在贏得「民國史」、「時代感」之稱譽的同時，因「政治不正確」，受到本土派論者譏評[7]，自當與此有關。

然而，若結合白先勇小說中的「少年論述」看來，他之所以會不斷追戀過去，慨嘆今昔，除卻顯而易見的家國關懷外，其根源實為對一切青春美好事物的迷戀；而「少年」——特別是自我的少年形象或愛慾經歷，正是此一青春美好情懷的具象化投射。歐陽子論析《臺北人》時已曾指出：

> 難怪《臺北人》之主要角色全是中年人或老年人。而他們光榮的或難忘的過去，不但與中華民國的歷史有關，不但與傳統社會文化有關，最根本的，**與他們個人之青春年華有絕對不可分離的關係**[8]。（黑體為筆者所加）

這一份對青春的戀慕，在早期小說〈青春〉、〈月夢〉中已顯然可見。尤其值得注意的，是〈青春〉的結局——老畫家企圖在繪畫裸體少男的過程中，抓回自己失去的青春，最後少年逃逸，老畫家本人卻「乾斃在岩石上」，「手裡緊抓著一個曬得枯白的死螃蟹」——似乎已可視為日後諸多臺北人命運的寓言式宣告：若無法面對現實，執意攀附過去，最後終不免於死亡一途。

另一方面，由於白所偏愛的「少年」，多為具有女性氣質及同性戀傾向的「阿宕尼斯」式美少年[9]，而向來，同性戀者同樣是不見容於傳統社會文化與家國的「放逐者」，循此以觀，則以少年同性戀者為主角、場景同樣設在大臺北的《孽子》，遂有不同意義。其原因，一則由於華人社會向來對「家」特別重視，加上「安土重遷」、「葉落歸根」等觀念，往往家之座落處，不僅是個人安身立命之所，也是「國」之所以想像建構的依憑。「孽子」們既土生土長於臺北，以大臺北為家為國，自是理所當然。再則，「城市」與個人的身體及主體之間，原本就具有相互建構、彼此定義的互動關係，所謂：

> 城市的形式、結構和規範，滲入且影響了構成肉體和主體性（以及將肉體建構為主體性）的其他一切要素裡。它影響了主體看他人的方式、主體對空間的理解、主體與空間的排列連結關係以及主體在空間中的定位[10]。

反過來，若將個人身體作為一種文化產品，則根據其變化不定的需求，它也將轉化且重新銘刻了都市地景[11]。更有進者，臺北，乃至於臺灣的自然節候，同樣也會是形塑個人情性行為的關鍵因素。以是，若將《臺北人》與《孽子》對勘，深入釐析（同性戀）少年與臺北之相互建構的歷程及其意義，繼而探勘其間（以父子為主軸而建立的）「家」與「非家」的辯證，或得以開發出不同的觀照面向。箇中曲折，可先由〈滿天裡亮晶晶的星星〉一文略窺端倪。

二、情慾場景的再現與挪移：從大陸到臺北

根據佛洛伊德的說法，同性戀成因之一，乃緣於對自我年少形象的迷戀，故其對愛慾對象的追尋，實以自我過去形象為藍本。循此，遂有戀子、戀童情結之產生。乍看之下，迷戀自我青春，與關懷家國憂患原本未必相關。然而，此二者卻因《臺北人》的慣用敘事策略、《孽子》之少年同性戀者的特殊身家背景與自戀、戀子、戀童等情結的綰合，產生微妙牽連。也因此，一向被視為《孽子》前身的〈滿天裡亮晶晶的星星〉，便值得重新注意。

〈滿天裡亮晶晶的星星〉是《臺北人》中篇幅最短，且唯一涉及男同性戀題材的小說。由於對敏感主題僅僅點到為止，發表之初，讀者多未能窺其要旨，即或如歐陽子的討論，也只能及於意象象徵等修辭策略層面。但事實上，文中主角「祭春教主」——過氣演員朱燄——的情慾轉

折，不僅體現出同性戀者因自戀而戀子戀童的實踐歷程，其相應而生的敘事策略，也正是《臺北人》與《孽子》的另一重要連結。

朱曾是三十年代上海當紅明星，沒落之後，以（肖似自己的）年輕演員姜青為自己的「白馬公子」，傾家蕩產，讓姜青重演（自己曾演過的）《洛陽橋》，將姜的成功，視為「朱燄復活了！」[12]。其情慾對象，正是自戀者「過去的自己」和「願欲中的自己」[13]。來臺後，他成為新公園同性戀社群中的「教主」，而先前源自於自戀的典型戀子戀童之情，遂發展為「替代性情慾複本」的尋求——亦即試圖在現今之「子」、「童」身上，尋找昔日所曾愛戀之「子」、「童」的影子，因而產生愛慾對象的連番錯置位移。如：他在中華商場走廊上追纏著一個標緻男學生，「問他要不要當電影明星」，並且，

> 張開手臂便將那個男學生摟到了懷裡去，嘴裡又是「洛陽橋」，又是「白馬公子」的咕噥著[14]。

小說最後，朱燄離開新公園，「他走的時候，攜帶了一個三水街的小么兒小玉一同離去。那個小么兒叫小玉，是個面龐長得異樣姣好的小東西，……教主摟著這個小么兒的肩，兩個人的身影，一大一小，頗帶殘缺的，蹭蹬到那叢幽暗的綠珊瑚去」[15]。在此，無論男學生抑或是小玉，

既可說是朱燄的「過去的自己」和「願欲中的自己」，更可被視為過去所愛戀對象姜青之「複本」。而這些人，又無非都是情慾歷程中的替代者。透過對此替代性複本的追求把捉，過去的慾望場景遂於模擬想像中被重新建構，其目的，正是藉此重返昨日。

此一「替代性複本」的尋求，不僅是朱燄來臺後情慾歷程的發展重點，同時也被轉化擴大為貫串於《臺北人》與《孽子》二書的特定敘事策略。前曾述及，《臺北人》雖然關懷的是那一「憂患重重的時代」，然其深層底蘊，卻是個別主角人物對自我逝去之青春歲月與美好情愛的不能忘情。因此，無論是王雄之於麗兒（〈那片血一般紅的杜鵑花〉）、「總司令」之於娟娟（〈孤戀花〉）、金大班之於夜巴黎舞廳的年輕人（〈金大班的最後一夜〉）、錢夫人之再次「驚夢」（〈遊園驚夢〉）、朱青來臺後仍不斷與年輕空軍周旋（〈一把青〉）……，幾乎都是意圖透過類似情境或人物的召喚啟動，（一再）重返過去的慾望場景，而所謂的今昔滄桑之感，便也就在這往／返、出／入之歷程中，油然而生。

落實到大陸與臺北的對照上，《臺北人》的主要人物既都來自大陸，則所謂「過去的慾望場景」，自然是落在大陸故土之上。相對於主人翁在臺北的垂垂老矣，大陸的故土記憶，正是以其少年風華之姿，成為不斷被慾望的客體。從這一層面而言，大陸（人）是少年的、青春鮮活的，臺北（人）是老年的，陳舊死寂的。然而矛盾的是，就國家地域之實際發展而言，臺北卻反而是充滿活力與前瞻性的新興城市。〈遊園驚夢〉竇夫人臺北家中的宴會，寄寓的無非是「一代新人換舊人」的慨嘆。錢夫人臨去時一句：

「（臺北）變得我都快不認識了──起了好多新的高樓大廈。」[16]

更表明臺北作為一新興城市，已是不容否認的事實。若再聯繫到世代傳承問題，又會發現：男性中心，父子傳承，原是長久以來家國論述與歷史想像的建構準據。但《臺北人》的重點，顯然不在於建立家庭論述，也並未關懷到下一代未來的可能發展。剝除中老年人早已失落的青春情愛，可見者，不過是吳家少爺留學回國後神智失常（〈思舊賦〉），余欽磊的兒子一心只想出國（〈冬夜〉）而已。這或許未必是白先勇有意為之，但因空間位移而生的線性世代傳承可能無望與悲嘆，已暗蘊其中。然則，隨著「好多新的高樓大廈」不斷興起，新一代的臺北少年，也正在逐漸成長茁壯。由此著眼，則以大臺北為實際活動場景，其主旨為「寫給那一群，在最深最深的黑夜裡，獨自徬徨（臺北）街頭，無所歸依的孩子們」的《孽子》，便在兼具《臺北人》之對立面與後繼者的雙重質性下，與《臺北人》產生了微妙的內在聯繫。

三、臺北新少年：孽子們的身家譜系與情慾敘事模式

對《孽子》的觀照，可由其身家譜系與情慾敘事模式開始。就世代關係看，《孽子》明顯是《臺北人》的下一代。然而他們的身家譜系，卻遠較《臺北人》複雜。《臺北人》主要人物全都出身大陸，本土性人物，只有舞女朱鳳（〈金大班的最後一夜〉）、娟娟（〈孤戀花〉）、洗衣婆阿春（〈花橋榮記〉）、下女喜妹（〈那片血一般紅的杜鵑花〉）、山地人阿雄（〈滿天裡亮晶晶的星星〉）等少數。巧合的是，這些人不僅皆為社會下層的邊緣性角色，且多為女性。她們與曾擁有輝煌過去的大陸（男）人之間，隱然形成二元對立的態勢，而臺灣女性與大陸男性間的恩怨情仇，便很容易被套上後殖民論述，推導出「大陸男人欺凌臺灣女性」及「臺灣女性的顛覆性」等論題[17]。姑不論如此觀點是否失之粗糙偏頗，但《孽子》中趨於多樣性的性別關係與親子譜系，卻不妨視為對《臺北人》的回應。

《孽子》的身家譜系仍以男性（父系）為主軸。其中的少年們，主要包括締造「龍鳳神話」的龍子阿鳳、英年早逝的傅衛、自稱「四大人妖」的李青小玉吳敏老鼠，以及名列「青春鳥集」的一干人等。龍子是國民政府高官的獨生子，外形體面，家世顯赫；鳳子出生於龍蛇雜處的臺北萬華龍山寺，母親癡啞，從小在孤兒院長大，是「一個無父無姓的野孩子」。他的面象奇特並帶有凶煞之氣，全身充滿野性。兩人之間的生死血戀，在配合「龍」、「鳳」命名及所分具的大陸

／臺灣背景之下，本身已具有強烈的象徵意義。更有進者，考察「龍鳳」在民族文化中的意義由來，如果我們願意相信：在一般所理解的吉祥神物、姻緣婚配等寓意的背後，其實還蘊藏著一個遠古各部族間，彼此由抗爭殺戮到兼併融合的民族形成過程[18]，那麼，龍子阿鳳的故事在「我們的王國裡」被一再傳頌，並成為「歷史」，或許就又增加了一重寓言性[19]。

循此，進一步看到的是：傅衛的父親傅老爺子曾任師長，又與龍子之父王尚德是故交，二人背景相似處甚多。另一方面，老鼠從小沒了爹娘，是在凶暴的長兄烏鴉家長大的[20]；小玉的母親先是酒家女，後來在三重戲院後面擺小攤子，父親號稱是日本華僑，但從一開始就把母親甩了，根本無從找尋[21]；吳敏的父親吸毒好賭，三天兩頭坐牢，母親偷人，早早就被逐出家門[22]。另如「青春鳥集」中的梟鳥鐵牛，連母親是誰也不知道，「是在三重陰溝裡滾大的」[23]……，這些人的出身，若非父不詳，就是有等於無，其「無父」的背景，大體與阿鳳相類。而全書最重要的角色李青，則顯然兼具了多重特色，他的身世際遇，遂具有一定的代表性。

李青的父親出身軍旅，曾參與長沙大捷，受過勳，當過團長，來臺後因故被革去軍職，鬱鬱不得志。母親身世來歷曖昧不明，只知道原是桃園鄉下養鴨人家的養女，行為不甚檢點，來臺北做下女不久，便嫁給李父。後來，她與歌舞團的小喇叭手私奔，前後又跟過幾個不同的男人，最後染上惡疾，孤獨地病逝在克難街的貧民窟裡。據李青回憶，在家時，李父只會在那間悶熱潮濕、終年發著霉的客廳裡，「打著赤膊，流著汗，戴著老花眼鏡，在客廳那盞昏黯的燈下，一日復一日，一年復一年在翻閱他那本起了毛脫了線上海廣益書局出版的《三國演義》」，「研究天下大勢『分久必合，合久必分』的道理」；李母則為貼補家用，承攬了大批別人家的床單衣裳回來洗，一面搓洗，一面一個人忘情的哼著臺灣小調，搓著搓著，她會突然揚起面，皺著眉頭，放聲唱了起來：

啊——啊——被人放捨的小城市——寂寞月暗暝——[24]。

在此，「大陸男人」的潦倒，「臺灣女人」的卑賤，乍看正是前此「臺北人」性別關係的進一步延伸。而身為「大陸父親」與「臺灣母親」的兒子，李青不僅是典型「芋仔蕃薯」，他擁有曾任軍職的父親與同樣被逐出家門的遭遇，顯現出的，正是「龍子」一脈的特質。然而，曾被革職的落魄軍人，畢竟不同於功業彪炳的黨國要員，況且，認同於母親而疏離於父親的自覺[25]，畢竟又不同於龍子，反而呈現向「阿鳳」一系偏移的態勢。

綜觀這些孩子們，若非無「正統（父親）」可憑，便是被「正統（父親）」放逐於外。如此身家譜系，恰巧也聯繫到了「孽子」本意：偏房失愛之子，亦即非正統嫡裔[26]。其原因，主要固然緣於同性戀者的性慾傾向不見容於父系家國（不能克紹箕裘，傳承父業[27]，不能如異性戀者一般賡續血緣，傳宗接代），擴而充之，遂另有妖孽、冤孽之解。而另一方面，由於出身低賤，地位卑微，難獲主流正統者青睞，亦是理所當然。引申到城市想像方面，在上一代《臺北人》眼中，「臺北」何嘗不是卑俗低下的、「被人放捨的小城市」？《孽子》中的少年們多生於臺北，長於臺北，其中華西街與新公園蓮花池等地，更是卑俗中的卑俗、邊緣外的邊緣，俛仰於斯，所以為「孽」，亦當是個人（同性戀）主體與城市特質相互融涉的結果。

不過，儘管孽子們皆為男同性戀者，其情慾模式卻各有出入。〈滿天裡亮晶晶的星星〉中因自戀而戀子戀童之模式，僅為其中一端而已。據卡雅．席佛曼（Kaja Silverman）之說，佛洛伊德心理分析中關於男同性戀的解說模型，大致可歸納為三類：一、負向伊底帕斯情結，二、「希臘」模式，三、李歐納多模式[28]。就《孽子》人物檢視，小玉吳敏具有強烈戀父情結，情慾模式傾向於第一類；楊金海、盛公、郭老等愛戀少年男孩，應屬第二類；李青擺盪於對母親的認同與慾望之間，慾望小男孩，也同時認同父親，乃屬李歐納多模式。[29]唯其情慾模式不一，隨之開展的追尋與認同過程，便未盡相同。因此，相對於多數《臺北人》於年華老去後，猶不斷以（在子輩身上）尋求「替代性情慾複本」的方式回溯既往，《孽子》則在大量沿用尋求「替代性複本」之敘事策略的同時，開展出更具辯證性的認同與追尋。大體上，它是以臺北少年為主角，將情慾／認同的對象，投射至「父」輩——特別是，具大陸背景的父執輩；發展出的，正是少年們多樣性的尋父戀父之情，以及「錯位式」父子關係。另外，盛公、郭老、藝術大師等少數老一輩人物，雖仍維持戀子戀童情慾模式，但所慾求的對象，實由大陸少年轉向為臺灣少年，因而與朱迥然大不相同（詳後）。至於擺盪於對母親的認同與慾望之間的李青，本身就是由「大陸父親」與「臺灣母親」共同孕育的主體，他在試圖尋父的同時，猶不斷在趙英、傻小弟、羅平身上尋找弟娃的影子，則又是戀父與戀弟情結的多方呈現了。

基於此，以李青為主軸的一干少年同性戀者，終要以其與父執輩「臺北人」相同而又不同的身姿，成為新一代「臺北少年（人）」；同樣的，屬於「少年臺北（城）」的諸般新視景，也要在他們不斷逃亡、流浪、追尋的動線之中，始得迤邐開展。

四、少年新臺北：流離動線中的臺北圖景、家國想像與父子關係

從結構看，《孽子》全書計分四部分：由〈放逐〉開始，歷經〈在我們的王國裡〉與〈安樂鄉〉，終於〈那些青春鳥的行旅〉。然就實際份量而言，〈在我們的王國裡〉與〈安樂鄉〉無疑是為全書重心。它鋪織出所有少年們離家之後的流離動線，一系列臺北圖景與家國想像，也由此浮顯。而對此「少年新臺北」的觀照，當須聚焦於對「家」之思辨，並奠基於《孽子》與《臺北人》的對勘。

前已提及，《臺北人》的人物活動，大都局限於一定的廳堂屋舍。其中除卻〈金大班的最後一夜〉的舞廳、〈國葬〉的靈堂外，大都是當時大陸來臺者在臺北的「居所」。它們似「家」而

又「非家」，雖是棲身落腳之地，但藉以撫今追昔的作用，遠大於落地生根，遑論傳宗接代[30]。至於臺北的市容街道、公眾活動、風土民情，以及內蘊的精神格調，幾乎完全付諸闕如。衡諸華人特重家庭關係與血緣傳承，並每以家之所在，作為國之想像依憑的特質，《臺北人》所勾繪出的「臺北」，其實不過是許多封閉靜止的私人空間集合而已，無法召喚出「臺北人」的家國認同，正是良有以也。其中，雖有〈滿天裡亮晶晶的星星〉以臺北新公園為場景，並有「祭春教」之社群名目，但一則重點仍在回到過去，並非認同於臺北；再則，其中也還不曾發展出任何「擬家庭」、「擬父子」的關係[31]。倒是《孽子》踵武其後，再度以新公園為活動場景時，它便不但是孽子們被放逐後賴以集結的所在地、是一切流亡追尋的起始點，以及幾經輾轉後，回歸又再出發的新起點，更重要的是，作為《臺北人》與《孽子》之間「臺北想像」的連結樞紐，「黑暗王國」的命名及描述，本身已蘊含了豐富的「家國」性格。試看篇首對此一「王國」的描述：

> 在我們的王國裡，只有黑夜，沒有白天。天一亮，我們的王國便隱形起來了，因為這是一個極不合法的國度，我們沒有政府，沒有憲法，不被承認，不受尊重，我們有的只是一群烏合之眾的國民。有時候我們推舉著一個元首——一個資格老，丰儀美，有架勢，吃得開的人物，然而我們又很隨便，很任性的把他推倒，因為我們是一個喜新厭舊，不守規矩的國族。說起我們王國的疆域，其實小得可憐，長不過兩三百公尺，寬不過百把公尺，僅限於臺

北館前路新公園裡那個長方形蓮花池周圍小撮的土地。我們國土的邊緣，都守著一些重重疊疊，糾纏不清的熱帶樹叢：綠珊瑚、麵包樹，一棵棵老得鬚髮零落的棕櫚，還有靠著馬路的那一排終日搖頭歎息的大王椰，如同一圈緊密的圍籬，把我們的王國遮掩起來，與外面世界暫時隔離。然而圍籬外面那個大千世界的威脅，在我們的國土內，卻無時無刻不尖銳的感覺得到[32]。

有國土疆域，有元首國民，自成體系又對立於外在世界，「國」之規模，已儼然可見。以之為據，自可開發出關乎國族認同的諸多想像[33]。不過，儘管它備受晚近論者矚目，本文在此還要進一步指出：緊接其後的「安樂鄉」，其實同樣不宜忽略。「黑暗王國」與「安樂鄉」實為相互辯證的一體兩面；二者以「家」與「非家」間的依違轉折、父子間的衝突和解為主軸，輻輳出過去與現在、(大陸)記憶與(臺灣)現實、少年論述與臺北想像的多重錯綜關係。而白先勇的家國關懷，也正是要經由二者的對話交鋒，才得以彰顯。

先看〈在我們的王國裡〉。它由孽子們新公園午夜群聚開場，以鐵牛肇事，警察臨檢，一干青春鳥被拘留於警局問訊作結。穿插其間的，正是由許多不同公私領域交織出的多樣性臺北風情。大體上，它們包括了各人的居所，以及孽子們往來出入的種種公共場域：龍江街底的破落眷舍、南機場克難街的貧民窟、江山樓妓女戶、三重戲院攤販街、錦州街酒吧店、南京東路的古舊官邸……這原是李青李母老鼠小玉麗月龍子等人「家（？）」之座落處，經由人來人往，多能因所在地不同，開展出各異的區域特色。而伴隨著靈慾拉鋸、輾轉追尋，少年們還要走向圓環夜市、西門鬧區；走向戲院餐館咖啡室，走向鬧區邊緣的淡水河五號水門河堤、螢橋水源地新店溪岸、不設防的中山北路，也走向肉身廝磨慾燄蒸騰的一間間旅館小房間……，臺北，特別是「夜臺北」，的殊異景觀，循此輪番映現。於是，經由少年們的穿梭遊走，我們得見大臺北的喧囂擾攘，晨昏陰晴，以及流貫其間的另類城市活力。

從酷兒閱讀觀點而言，如此穿梭遊走，展現的正是「逐兔子而居」的「遊牧」特色[34]。引而申之，亦不妨視為對《臺北人》念茲在茲的大陸記憶揮手作別，是嶄新家國認同的起始。「處處無家處處家」，告別以血緣傳承是尚的原生家庭，孽子們看似從此海闊天空，然而被逐出家門，有家歸不得的遭遇，戀父尋父卻未能如願的憾悵，卻總也要使此一動線中的不同定點，一逕模糊地懸盪在「家」與「非家」之間，強化了眾孽子必得要「在最深最深的黑夜裡，無所歸依，獨自徬徨街頭」的事實，因之而生的罪孽自責與騷動不安之情，遂遠遠超過作為一個真正遊牧者的自在自得。此一複雜情緒，不時流露於李青對錦州街住處的排拒之詞中：

自從離家以後，在錦州街那間小洞穴裡蝸居了幾個月，總覺得是一個臨時湊合的地方，從來也沒有住定下來，何況常常還不回去，在一些陌生人的家裡過夜，到處流蕩[35]。

我不要回到錦州街那間小洞穴裡去，踻在那間小洞穴裡，在這樣一個夜裡，會把人悶得窒息[36]。

也見諸吳敏對張先生家的依戀：

……阿青，你莫笑，我寧願在張先生家天天洗廚房洗廁所，也強似現在這樣東飄西蕩游牧民族一般。阿青，你的家呢？你有家麼[37]？

甚至於，即或在「沒有政府，沒有憲法」的「黑暗王國」裡接受情慾試煉時，李青也難忘家中母親的骨灰罈：

在那個狂風暴雨的大颱風夜裡，在公園裡蓮花池的亭閣內，當那個巨大臃腫的人，在凶猛的啃噬著我被雨水浸得濕透的身體時，我心中牽掛的，卻是擱在我們那個破敗的家發霉的客廳裡飯桌上那隻醬色的骨灰罈，裡面封裝著母親滿載罪孽燒變了灰的遺骸[38]。

也因此，潛藏於多樣性臺北動畫之中的，並不是當下性的隨遇而安，自立門戶，反而是孽子離家之後要如何返家的殷切想望。只是，此家非彼家——就有如《臺北人》多經由「替代性複本」的嫁接回到過去，孽子們同樣要由替代性的父子和解與家國再造走向未來。〈在我們的王國裡〉以警察臨檢，眾孽子於公園內被一網成擒，最後被傅老爺子保釋作結，正是前後轉折的關鍵。

眾孽子被捕拘留，不僅為「黑暗王國」階段劃下休止符，一切流亡追尋中的騷動不安，也由此暫告終結。進入〈安樂鄉〉部分後，新公園不復再見，少年們的活動場域明顯縮減，除卻安樂鄉地下酒吧與傅崇山老爺子公館兩處外，不過就是俞先生家、靈光育幼院與育德中學、植物園等有限幾處而已。它們雖然也呈現出一定的臺北風貌，但相對於前一階段的流離動盪，此階段顯然已逐漸趨於穩定平靜。其間對比，正可由「安樂鄉」酒吧開幕時，「萬年青」（！）電影公司董事長盛公所題贈的對聯看出：

蓮花池頭風雨驟
安樂鄉中日月長

只是，如此「安樂鄉」，是否具有「臺北」的主體性？它平穩安逸的歲月，果真能永續綿延麼？在此，特別不宜忽略的是，它的命名，竟是源自於傅老爺子的大陸記憶：

「新酒館叫甚麼來著？」

「正要向老爺子討個利市，請老爺子賜個名兒呢，」師傅陪笑道。

傅老爺子駝著背，眼睛半閉，沈思了片刻，微笑著說道：「從前在南京，我住在大悲巷，巷口有一家小酒店，有時我也去吃個宵夜，我記得酒店的名字叫『安樂鄉』。」

「安樂鄉！好彩頭！」傅老爺子一疊聲的叫了起來[39]。

傅老爺子在大陸曾官拜副師長，軍政資歷顯赫，因遭獨子傅衛猝逝之鉅變，從此致力於「到孤兒院去為那群無父無母的野娃娃做老牛馬」[40]。他雖未必如《臺北人》一般，一逕沈緬於過去的青春記憶，然而對「安樂鄉」酒館有意無意的移置，多少仍是《臺北人》尋求「替代性複本」之情結的再現。更何況，追索它的前身，竟然還是楊教頭父親來臺後所經營的「桃源春」宵夜酒館！這也促使我們注意到：眾孽子儘管被（大陸籍的父親）逐出家門，儘管曾以新公園為據點，為大臺北開展出迥異於《臺北人》之鄉土家園的殊異風貌，但投向「傅（父）」老爺子的庇蔭，轉入以大陸（父系）記憶命名的「安樂鄉」，豈不反而以另一形式，延續了與父執輩的關係？較諸黑暗王國的風狂雨驟、危機四伏，這「安樂鄉」所以安全篤定，莫非正是緣於它與大陸（父系）淵源的若斷實續？更何況，儘管同樣因臨檢而被拘留警局，孽子們所以在訊問之後，還能全身而退，不致於與那些「有前科的流氓及小么兒」一般，都「給送到桃園輔育院去」，完全是因為「我們的師傅楊教頭，把傅崇山老爺子請了出來，將我們保釋了出去」的緣故呢[41]。

不過，「安樂鄉」酒吧轉移至臺北後所產生的質變，倒是值得推敲。儘管，它的命名得自於傅老爺子的大陸記憶、前身是楊金海之父所開設的「桃源春」酒館，然而臺北「安樂鄉」畢竟不同於南京「安樂鄉」，不但經營者已由父輩轉變為子輩[42]，所營之業，也與先前迥不相侔。由於潛隱於大臺北的喧囂繁華之下，此處遠較「黑暗王國」隱蔽，它始業於人圓月圓的中秋夜，本身已有高度象徵意義。開張之後，生意鼎盛，活動規模，自是較「黑暗王國」時期猶有過之：

公園老窩裡那群鳥兒，固然一隻隻恨不得長出兩對翅膀來，往安樂鄉這個新巢裡直飛直撲，而且還添了不少從前不敢在公園裡露面的新腳色。公園裡月黑風高，危機四伏，沒有幾分潑皮無賴的膽識，還真不敢貿貿然就闖進咱們那個黑暗王國裡去呢。譬如說那一群沒見過陣仗嫩手嫩腳的大專學生，那批良家子弟，有的連公園大門也沒跨過，有的溜進去，也只是掩掩藏藏，躲在那叢樟樹林子裡看看罷了。可是咱們這個新窩巢卻成了這批良家子弟的天堂，他們大搖大擺的走進來，很安全，很篤定。琥珀色燈光、悠揚的電子琴、直冒白泡沫的啤酒——這個調調兒正合了這群來尋找羅曼史的少年家的胃口[43]。

如此情調，自當與原先「安樂鄉」、「桃源春」等酒館截然不同。隱藏於父系／大陸名號之下的，原來還是子輩們建立於臺北新公園內的同性戀世界。而依違於名實之間的，怕不正是那世代交替中的轉折變化、那父子間既相承相續，又相悖相離的辯證交鋒？

不過，「遊妖窟」事件，畢竟還是要讓它不得不暫停營業；另一方面，小說〈安樂鄉〉之部的重點，與其說是強調孽子們在「安樂鄉」同性戀酒吧中開展自主自為的「安樂」生活，不如說，是藉由各種方式讓大家「認祖歸宗」，與作為象徵性「大父」化身的傅崇山老爺子建立替代性的父子關係。落實在敘事中，傅老爺子「家」的重要性，遂反而凌駕於「安樂鄉」酒吧之上，成為此一時期孽子們臺北生活的重心。（或許，傅家才是真正的「安樂鄉」？）因此，它不但要讓主角阿青入住傅老爺子家，睡傅老之子傅衛的房間、穿傅衛曾穿過的軍用夾克，以「子輩」身分照料傅老的飲食起居，也要藉由眾多類似經驗或場景的交疊錯綜，經營自然且必然的擬父子關係。顯而易見者，如李青初抵傅家時，傅老便對他說：

> 你搬了進來，就把這裡當你自己家一樣，不必拘束[44]。

而後夜晚傅老多次起身，「趿著拖鞋的腳步聲，由近而遠，由遠而近」，遂使李青記起「在家裡夜半三更也常常聽到隔壁房父親踱來踱去的腳步聲」[45]。聽到傅老的咳嗽聲，便「不禁想到，不知此刻父親安睡了沒有，會不會還在他的房中，一個人踱過來，踱過去」[46]。其極致處，便是最後傅老病逝，李青與小玉吳敏等輪流守靈，恍惚中，

傅老爺子卻緩緩立起身，轉過臉來。我一看，不是傅老爺子，卻是父親[47]！

此外，傅老將原先要給兒子的手錶送給吳敏，眾孽子於傅老病故後，為之守靈抬棺，執孝子之禮；凡此，在在都是替代性父子關係的具體實踐。而耐人深思的是，〈安樂鄉〉的敘事，卻要在眾孽子送終哭墓的場景中，戛然而止——由「安樂（鄉）」走向「極樂（公墓）」，所意味的，莫非是尋父戀父、認祖歸宗的終極指歸，正是「正統／父親／大陸」魅影的終告消亡？

五、臺北少年．少年臺北：朝向新興個人／家國主體的想像

與此同時，我們當然不要忘記，相對於傅老爺子所代表的正統大父，新公園黑暗王國中還有郭老、楊金海、藝術大師等一批戀子戀童的另類父親。他們雖然愛戀青春年少，卻並非如朱燄般地為了回到大陸過去，反倒是醉心於臺灣「野孩子」所具有的原始、狂野的生命力。而此一生命力的源頭，正是臺北新公園華西街等邊緣性場域，和臺灣的地震颱風等自然風土所交匯出的特

質。因此，當大家都為「安樂鄉」開張而歡欣鼓舞時，藝術大師便表達了不同觀點：他不喜歡我們這個新窩巢，他懷念我們的老家，因為，

我們的老窩遍佈原始氣息，野性的生命力，那是一個驚心動魄令人神魂顛倒的幽冥地帶[48]。

他並且表示：最懷念那群從華西街、從三重埔、從狂風暴雨的恆春漁港奔逃到公園裡的野孩子。他們，才是他藝術創作的泉源。他曾經週遊歐美，在巴黎和紐約都住過許多年，可是終於又回到了臺灣來，回到了公園的老窩裡，「因為只有蓮花池頭的那群野孩子，才能激起他對生的慾望，生的狂熱。他替他們畫像，記載下一幅幅〈青春狂想曲〉」[49]。他的畫作從不送人，但為了增加藝術情調，破例將自己的傑作〈野性的呼喚〉借給「安樂鄉」懸掛一個月，

那是一張巨幅油畫，六呎高三呎寬的一幅人像，畫面的背景是一片模糊的破舊房屋，攤棚、街巷、一角廟宇飛簷插空，有點像華西街龍山寺一帶的景象，時間是黃昏，廟宇飛簷上一片血紅的夕陽，把那些骯髒的房屋街巷塗成暗赤色。畫中街口立著一個黑衣黑褲的少年，少年的身子拉得長長一條，一頭亂髮像一蓬獅鬃，把整個額頭罩住，一雙虬眉纏成了一條，

那雙眼睛，那雙奇特的眼睛，在畫裡也好像在掙扎著迸跳似的，像兩團閃爍不定的黑火，一個倒三角臉，犀薄的嘴唇緊緊閉著，少年打著赤足，身上的黑衣敞開，胸膛上印著異獸的刺青，畫中的少年，神態那樣生猛，好像隨時都要跳下來似的。

畫中主角不是別人，正是「龍鳳神話」的主角——象徵臺灣原始生命力的本土少年阿鳳。據藝術大師所述：

我第一次見到他，是在公園裡蓮花池的臺階上，他昂首闊步，旁若無人的匆匆而過。我突然想起燒山的野火，轟轟烈烈，一焚千里，撲也撲不滅！我知道我一定得趕快把他畫下來，我預感到，野火不能持久，焚燒過後，便是灰燼一片。他倒很爽快，一口答應，也不要報酬，只有一個條件：要把華西街龍山寺畫進去。他說，那就是他出生的地方。那張畫是我最得意的作品之一[50]。

黑衣黑褲的生猛少年，原是孕生於華西街的攤棚街巷、龍山寺的廟宇飛簷。〈野性的呼喚〉，必得要「臺北．少年」的共同結合，才得以完美成就。不只於此，回顧小說一開始，郭老初次見到阿青時便告訴他：

去吧，阿青，你也要開始飛了。這是你們血裡頭帶來的，你們這群在這個島上生長的野娃娃，你們的血裡頭就帶著這股野勁兒，就好像這個島上的颱風地震一般[51]。

而阿鳳遇到傅老爺子時，同樣引述郭老的話說：「我們血裡就帶著野性，就好像這個島上的颱風地震一般，一發不可收拾」[52]。可見得，除卻臺北都會人文特質外，作為臺灣自然徵候典型的「颱風地震」，同樣是形塑新一代臺北少年不可或缺的要素。在此，它所代表的意義當然還不只是臺北，更涵括及整個臺灣本島了。

此一自然徵候殊異於中原故土，在上一代《臺北人》眼中，曾備受鄙薄，被視為外在的、具有破壞性的摧折力量[53]。然而時移勢異，「先父母」的時代終要過去[54]，「不肖子」的世紀已然到來。到了《孽子》，它已是自然內化於「這群在這個島上生長的野娃娃」的血液之中，成為本土少年青春生命的活力泉源。它狂野不羈，既主導著少年本身的叛逆與騷動，流離與追尋，也魅惑著同為孽子的另類父親，讓他們經由迷戀野性青春而對臺北或臺灣產生奇妙的認同[55]。與此同時，少年們戀父尋父的情結，卻又是要讓野性馴化，認祖歸宗[56]。在此，一個不宜忽略的事實是，原本這有如颱風地震般的狂野騷動，在阿鳳身上表現得最是明顯，他自己也體認到這一點，如他曾對郭老說：

郭公公，你是知道的，從小我就會逃，從靈光育幼院翻牆逃出來，到公園裏來浪蕩。他（龍子）在松江路替我租的那間小公寓，再舒服也沒有了……，可是——可是不知怎的，我就是耐不住，一股勁想往公園裏跑[57]……

然而狂野不馴的野鳳凰畢竟要死於非命（儘管他一直是孽子們的精神圖騰），認祖歸宗後的李青等人，才是新興主體的希望所繫，其間寓意，不言可喻。而大陸與臺灣，離家與返家，蓮花池與安樂鄉，同志／酷兒論述與傳統家國大敘述之間，正是如此這般地開展出連番辯證與交融。這適以說明：為什麼蓮花池頭的新生，必得要待安樂鄉的哭墓儀式終了，才能夠真正開始。

「我早就料到了的，你們這群鳥兒，一隻一隻還不是都飛回來了。」[58]——

因此，當全書卷終，少年們不約而同地回到新公園蓮花池畔，遂成為另一必要儀式。這是個寒流來襲的除夕夜，空氣凜冽，寒意逼人，然而風狂雨驟不再，危機四伏不再，大夥兒齊聚一堂，守歲團拜，呈現的情景，正是前此未見的詳和歡樂。從老園丁郭老親切的招呼眾鳥歸巢，到「我們平等的立在蓮花池的臺階上，像元宵節的走馬燈一般，開始一個跟著一個，互相踏著彼此的影子，不管是天真無邪，或滄桑墮落，我們的腳印，都在我們這個王國裡，在蓮花池畔的臺階上留下一頁不可抹滅的歷史」[59]；從李青陪同龍子，在十年後同一個除夕夜裡的蓮花池畔再次復習「龍子和阿鳳，那個野鳳凰、那個不死鳥的那一則古老的神話傳說」，到李青巧遇（像自己初進公園時一般）睡臥在池中亭閣長凳上的孩子羅平，帶著他沿著「忠孝（！）」西路跑回大龍峒自己的「家」裡[60]；家國認同、族群歷史、世代傳承的諸般隱喻，於是盡在不言之中——終究，臺北融入了少年的生命，少年成就了臺北的主體，而無論是「臺北少年」，抑是「少年臺北」，都將伴隨著李青羅平的口令與跑步，一逕昂揚前去。

註釋

1 分見林幸謙，《生命情結的反思》（臺北：麥田，一九九四）、劉俊，《悲憫情懷——白先勇評傳》（臺北：爾雅，一九九五）、簡政珍，〈白先勇的敘述者與放逐者〉，《中外文學》三〇二期（一九九七年七月）頁一六九—九四。

2 白先勇曾表示，早在七十年代初，《臺北人》系列剛完成後不久，便開始創作《孽子》，「故事都有了，可是拖了很久」，以致直到一九八三年才成書。見蔡克健，〈訪問白先勇〉，白先勇，《第六隻手指》（臺北：爾雅，一九九五），頁四四一—四七五。

3 分見夏志清，〈白先勇論〉（上），《現代文學》三十九期（一九六九年十二月）頁一；顏元叔，〈白先勇的語言〉，《現代文學》三十七期（一九六九年三月）頁一三七—一四五；劉紹銘，〈回首話當年，淺論臺北人〉，《小說與戲劇》（臺北：洪範，一九七七），頁二七—六〇。

4 引自白先勇講，尤靜嫻記錄，〈故事新說——我與臺大的文學因緣及創作歷程〉，《中外文學》三十卷二期（二〇〇一年七月）頁一八〇—一八八。

5 見白先勇，〈翻譯苦，翻譯樂〉，《聯合報》二〇〇〇年十二月三十一日—二〇〇一年一月二日，三十七版〈聯合副刊〉。

6 白先勇，《臺北人》（臺北：晨鐘，一九七一），頁一八四。

7 如彭瑞金對白先勇的批評便是「放逐」、「失根」，見《臺灣新文學運動四十年》（臺北：爾雅，一九九五）。

8 歐陽子，《王謝堂前的燕子》（臺北：爾雅，一九七六），頁一〇。

9 這一點，早在夏志清在為《寂寞的十七歲》作序時，便已指出。見〈白先勇早期的短篇小說〉，白先勇，《寂寞的十七歲》（臺北：遠景，一九八四），頁一—二一。

10 王志弘編譯，《空間與社會理論譯文選》（臺北：自印本，一九九五），頁二一六。

11 參見依莉莎白．葛洛茲作，王志弘譯，〈身體／城市〉，王志弘編譯，《空間與社會理論譯文選》（臺北：自印本，一九九五），頁二〇九—二二二。

12 白先勇，《臺北人》，頁二一四。

13 佛洛伊德以為自戀者的愛慾對象可大別為四類：一、目前的自己；二、過去的自己；三、願欲中的自己；四、曾經是自己一部分的另一個人。見約翰．李克曼編，歐申談譯，《佛洛伊德論文精選》（臺南：開山，一九七一），頁一〇一。

14 白先勇，《臺北人》，頁二一六。

15 白先勇，《臺北人》，頁二一八。

16 白先勇，《臺北人》，頁二五〇。

17 見王潤華，〈白先勇《臺北人》中後殖民文學結構〉，何寄澎編，《文化、認同、社會變遷——戰後五十年臺灣文學國際學術研討會論文集》（臺北：文建會，二〇〇〇），頁三〇三—三二一。

18 中國古代原有華夏、東夷、苗蠻三大集團，經由長期彼此攻伐爭戰與兼併融合，始形成日後的漢民族。其中，華夏、苗蠻集團以蛇為圖騰，東夷集團以鳥為圖騰。後來蛇神化為龍，鳥神化為鳳，「龍鳳呈祥」、「龍飛鳳舞」等一般吉祥婚配意涵的背後，實蘊藏了遠古部族間，由殺戮兼併而趨於融合一統的過程。詳參徐旭生，〈我國古代部族三集團考〉，收入徐旭生，《中國古史的傳說時代》（臺北：里仁，一九九九）、李澤厚，《美的歷程》（臺北：三民，一九九六）。

19 按：同性戀者間的情慾流動與身分認同問題其實相當複雜，以異性戀中心的「龍鳳」模式予以簡單比附，或許並不合適。不過，白先勇創作深受中國古典文學傳統影響，並有強烈的家國關懷與（中國）文化認同，予此著眼，則「龍鳳神話」被視為王國歷史，並在不同人物口中被反覆傳述，其意義，或仍當求諸於（以異性戀為中心的）傳統文化之中。

20 白先勇，《孽子》（臺北：遠景，一九八三），頁一一二。

21 白先勇，《孽子》，頁九一。

22 白先勇，《孽子》，頁二六〇。

23 白先勇，《孽子》，頁七七—七八。

24 白先勇，《孽子》，頁四四—四五。

25 李青探視病危的母親時，感到自己「跟母親在某些方面畢竟還是十分相像的。母親一輩子都在逃亡、流浪、追尋，……我畢竟也是她這具滿載著罪孽，染上了惡疾的身體的骨肉，我也步上了她的後塵，開始在逃亡，在流浪，在追尋了」。白先勇，《孽子》，頁五六。

26 參見〈監本春秋公羊注疏襄公卷第十九〉：襄公二十七年「夫負羈縶，執鈇鑕，從君東西南北，則是臣僕庶孽之事也。」何休《解詁》：「庶孽，眾賤子，猶樹之有孽生。」，參見阮元校，《宋本十三經注疏・公羊傳》（出版地不詳：脈望仙館，一八八七），頁一一。《史記》卷六十八〈商君列傳〉：「商君者，衛之諸庶孽公子也。」，參見司馬遷，《史記》（臺北：臺灣商務，一九六五），頁八二。

27 如李青、龍子、傅衛，皆因同性戀行為，辜負父親期望，未能克紹箕裘，傳承父業。

28 Kaja Silverman, "A Woman's Soul Enclosed in a Man's Body: Femininity in Male Homosexuality," Male Subjectivity at the Margins (New York: Routledge, 1992) pp. 339-88・關於它在《孽子》中的應用，詳見朱偉誠，〈(白先勇同志的）女人、怪胎、國族：一個家庭羅曼史的連接〉，《中外文學》二十六卷十二期（一九九八年五月）頁四七—六六。

29 詳參朱偉誠，〈父親中國・母親（怪胎）臺灣？白先勇同志的家庭羅曼史與國族想像〉，《中外文學》三十卷二期（二〇〇一年七月）頁一〇六—一二三。

30 根據舊說，「家」在空間上為「一門之內」的居所；在組織上，係「有夫有婦，然後為家」。而「父子相繼」，則為其傳承綿延的準則。下一章〈孤兒？孽子？野孩子？——戰後臺灣小說中的父子家國及其裂變〉，對此亦有論述，可參看。

31 據張小虹之說，《孽子》中的黑暗王國、安樂鄉，皆具有「怪胎家庭」之特質；其中人物關係，也大都以「擬家庭」的親屬網絡型態呈現。見張小虹，〈不肖文學妖孽史——以《孽子》為例〉，陳義芝編，《臺灣現代小說史綜論》（臺北：聯經，一九九八），頁一六五—二〇二。

32 白先勇，《孽子》，頁三。

33 根據它討論國族認同的論文，包括：張小虹，〈不肖文學妖孽史——以《孽子》為例〉、朱偉誠，〈建立同志「國」？朝向一個異議政體的烏托邦想像〉，《臺灣社會研究季刊》四〇期（二〇〇〇年十二月）頁一〇三—一五二，以及本書第六章〈孤兒？孽子？野孩子〉等多篇。

34 參見張小虹，〈不肖文學妖孽史——以《孽子》為例〉，陳義芝編，《臺灣現代小說史綜論》，頁一六五—二〇二。

35 白先勇，《孽子》，頁二七九。

36 白先勇，《孽子》，頁二一四。

37 白先勇，《孽子》，頁一四一。

38 白先勇，《孽子》，頁三三六。

39 白先勇，《孽子》，頁二四二。

40 白先勇，《孽子》，頁二三二。

41 白先勇，《孽子》，頁二三〇。

42 這一點，當是《孽子》與《臺北人》的最大不同處。《臺北人》中，固然同樣也有「花橋榮記」、「仁愛東村」等襲自大陸的地方命名，但經營者或居住者實為同一批人，「臺北」因而只能成為「大陸」之複本。

43 白先勇，《孽子》，頁二六五。《孽子》中的酒吧命名雖也襲自於大陸記憶，但經營者已由父輩轉換為子輩，其間當另有世代交替的意義。
44 白先勇，《孽子》，頁二八一。
45 白先勇，《孽子》，頁二八三。
46 白先勇，《孽子》，頁三二七。
47 白先勇，《孽子》，頁三八〇。
48 白先勇，《孽子》，頁二六八。
49 白先勇，《孽子》，頁二六九。
50 白先勇，《孽子》，頁二七〇。
51 白先勇，《孽子》，頁八五。
52 白先勇，《孽子》，頁三一六。
53 見〈花橋榮記〉老板娘的批評：「幾時見過臺北這種地方？今年颱風，明年地震，任你是個大美人胎子，也經不起這些風雨的折磨哪！」《臺北人》，頁一三六。
54 《臺北人》卷頭的題辭即為：「紀念先父母以及他們那個憂患重重的時代」。
55 藝術大師正是這麼說的：他曾經週遊歐美，在巴黎和紐約都住過許多年，可是終於又回到了臺灣來，回到了公園的老窩裡，因為只有蓮花池頭的那群野孩子，才能激起他對生的慾望，生的狂熱。
56 情慾父親固然不同於律法父親，原生之父也不同於象徵性的「大父」，但它們都在「錯位式」的父子關係中得到聯結。詳參張小虹，〈不肖文學妖孽史——以《孽子》為例〉。

57 白先勇，《孽子》，頁八三—八四。

58 白先勇，《孽子》，頁三九八。

59 白先勇，《孽子》，頁四〇二。

60 從李青對羅平所說的話中，可見「大龍峒」已是他在歷經龍江街、新公園、錦州街、傅老爺子家等諸多不同的「家」之後，所安居認同的、屬於自己的家：

「那麼，我帶你回家吧，」我說，「今晚你可以住在我那裡。」

羅平惶惑的望著我，不知所措。

「你莫怕，」我又安慰他道，「我住在大龍峒，只有我一個人。我那裡很好，比你一個人睡在這裡好得多，我們走。」

……

「我家裡有吃剩下的半碗雞湯，回去我熱給你喝吧，」我將手搭在他的肩上，說道，「你一定餓得發昏了，對不對？」（參見《孽子》，頁四〇七—四〇八）

孤兒？孽子？野孩子？
——戰後臺灣小說中的父子家國及其裂變

所謂「父子家國」，意指在傳統父權式政治文化體制下，所建構出的一套「家國論述」。它以家族中的父子血緣傳承為基礎，進而延擴出崇尚完整一統而又位階井然的社會國家想像。對華人社會而言，這套論述不僅是「古有名訓」，早已內化於千百年來的人心之中；即或在中西文化劇烈激盪交會的二十世紀，同樣具有支配性的影響。即以臺灣戰後小說發展為例，不僅以父子關係託喻家國滄桑的書寫不絕於縷，《孤兒》、《孽子》等書名數見不鮮，研究學者們也習以「孤兒文學」和「孤臣（孽子）文學」等名詞，來標示不同時期文學的創作特質。這些現象，一方面印證了「父子家國」之文學文化想像的根深柢固，源遠流長[1]；另一方面，也引發諸多值得進一步探索的問題，包括：為什麼「家國」的想像必須建構或寄寓於「父子」關係之上？在文學想像與外在政經文化機制的互動進程中，不同時期的「父子」及「家國」，是如何相互定義並辯證彼此間的關係？小說作為見證、參與歷史社會急遽變動進程的重要象徵活動，又是如何藉由特定的美學實踐，體現其間的曲折與裂變？

在此，先檢視「家」的定義及其與「國」的關係。根據舊說，「家」在空間上為「一門之內」的居所；在組織上，係「有夫有婦，然後為家」[2]。而「男女」與「夫婦」，又是從自然宇宙到人文社會所以成形的樞紐。所謂「有天地然後有萬物，有萬物然後有男女，有男女然後有夫婦，有夫婦然後有父子，有父子然後有君臣，有君臣然後有上下，有上下然後禮義有所錯。夫婦之道，不可以不久也」[3]，即為此一觀念的具體宣示。這樣的一套論述架構，不但標示出由「（夫婦父子之）家」而「（君臣上下之）國」的層進關係，使「家—國」間的聯繫成為自然而且必然；其「有夫婦然後有父子」之說，也意謂著家的重要社會功能之一，即在於通過男女夫婦以完成宗嗣傳承和國族賡續。循此，則既有「不孝有三，無後為大」等觀念的推陳衍生，更隱含了以男性為中心的，對血緣關係及延嗣欲望的高度重視。由「父子」完成的「傳承」關係及「男女夫婦」所發展出的「性別」關係，遂以此成為綰合家國傳承的重要關鍵。

血緣與政治因素外，「家—國」之組構及聯繫，更因修辭層面的隱喻轉喻，益增其複雜性。尤其在文學想像中，「家」所指涉的，往往不止於由親子血緣關係所構成的「原生家庭」，同時也包括個人所欲歸屬的「社群」，以及所認同的「國族」。也因此，在家／國與性別論述的糾結互動中，除卻有「一門之內」的特定空間定位與想像投射外，當然也兼具現實層面的男女愛欲生育教養，與象徵層面的文化歷史認同。經由重重隱喻轉喻，遂交錯出其極複雜的辯證關係。

或許，我們未必要將一切個人私密性的文本，都視為詹明信所謂的「國族寓言」[4]，卻不宜忽略：華人社會特重家／國關係的論述背景，畢竟會使諸多以「家」為主的書寫，同時折射出具有「國」之隱喻的文學想像。

以是，回到對戰後臺灣文學，尤其是男性小說的觀照，我們便絲毫不會訝異，何以其中充斥著形形色色的，滿懷焦慮痛苦的「兒子們」——無論是無家可歸的「孤兒」，被逐出家門的「孽子」，抑或是不想回家的「野孩子」，他們在尋家回家離家棄家歷程中的徬徨掙扎，他們與父祖間剪不斷，理還亂的愛恨情仇，所呈現的面向容或各異，但個人與家國，過去與現在的辯證拉鋸，多半不脫「父子相繼」的思維框架。相較於不少女性小說人物能夠隨遇而安，在臺灣落地生根[5]，揹負了傳承重任的「兒子們」，卻要唯（原初的）家國是念，當然是難為得多了。

然而，時空遷易，半世紀以來，臺灣政經社會迭經鉅變，晚近各種思潮，尤其對過往崇尚中心一統的家國意識多所質疑挑釁。小說既為見證，並參與歷史社會急遽變動進程的重要象徵活動，其間「父子家國」的定義與互動關係，自必隨之一再調整改寫。饒有興味的是，四〇年代中，吳濁流曾以《亞細亞的孤兒》一書，寫盡日據時期臺灣人民在認同上無家無父的悲哀，為臺灣文學樹立「孤兒意識」的里程碑[6]；六〇至八〇年代，孤兒退位，逆子孽子現身，先後問世的王文興《家變》與白先勇《孽子》，卻各自在有家有父之餘，演義出「逐父」與「為父所逐」的相互對話。然曾幾何時，兒子們卻又不再以家／父為念，或浪蕩街頭，或混跡黑幫，九〇年代以降，包括「大頭春」在內的各路「野孩子」紛至沓來，亦成為世紀末臺灣小說中的另一奇觀。從無家尋家到有家棄家，從渴盼整全一統到自我崩解離散，箇中曲折，既關乎小說美學本身的操演進程，也是半世紀中，家國社會動盪遷變的另類投影。本章中，即擬以這些小說為主，循序探勘戰後臺灣小說中「父子家國」的各重不同面向，及其自我裂變之跡。主要論題包括：一、何處是兒家？——《亞細亞的孤兒》中的「成家」欲望與性別焦慮；二、家門內外——家之空間想像與父子傳承在《家變》《孽子》中的變與不變；三、離家之後——野孩子們的廢墟意識與情色想像。

一、何處是兒家？——《亞細亞的孤兒》中的「成家」欲望與性別焦慮

《亞細亞的孤兒》在臺灣小說史上的重要性，早經方家論及。主角胡太明輾轉於日本臺灣大陸之間，流離徬徨，無所依歸，終至崩潰瘋狂。此一經歷，向被視為臺灣文學中塑造「孤兒意識原型」的經典本文。但事實上，小說中的胡太明出身日據時期舊式地主家庭，有家有業，父母雙全，絕非一般理解中的「孤兒」。因此論者對「孤兒」的詮解，大都依循以下這段文字，將它解讀為個人在歷史傳承及政治認同方面的徬徨無依：

歷史的動力會把所有的一切捲入它的漩渦中去的。你一個人袖手旁觀恐怕很無聊吧？我很同情你，對於歷史的動向，任何一方面你都無以為力，縱使你抱著某種信念，願意為某方面盡點力量，但是別人卻不一定會信任你，甚至還會懷疑你是間諜，這樣看起來，你真是一個孤兒[7]。

誠然，綜觀胡太明一生，他不僅在日本及中國大陸都遭到排斥，亦曾被迫為日軍徵召，離鄉作戰，遍歷肉體上的流離之苦；精神上，更同樣被放逐於所欲認同的各種新舊歷史文化之外，一無依傍，因而兼歷了「外部」與「內部」的雙重流亡[8]，以「孤兒」喻之，自是良有以也。然則，凸顯「孤兒」流亡放逐之苦的同時，內在隱含的，實為一認祖尋家的企盼與失落。此一心情，從吳濁流自述該小說（原名《胡志明》，後來才改為《亞細亞的孤兒》）的命名因由，即清晰可見：

為何『胡志明』要改為『亞細亞的孤兒』呢？因為「胡志明」這個書名，巧合人名，恐被誤會不得不改的。原來我命此名有很多寓意，日據時代的臺灣人像五胡亂華一樣被胡人統治，又臺灣人是明朝之遺民，所以要志明，此明字是指明朝漢族的意思，而且這個胡字可通何字，所以可以解釋「怎麼不志明呢？」[9]

與《亞》書可互參的自傳體小說《無花果》篇首文字，則說明得更為清楚：

臺灣人的腦子裡，有自己的國家，那就是明朝——漢族之國，這就是臺灣人的祖國。……

眼不能見的祖國愛，固然只是觀念，但是卻非常微妙，經常像引力一樣吸引著我的心。正如離開了父母的孤兒思慕並不認識的父母一樣，那父母是怎樣的父母，是不去計較的。只是以懷戀的心情愛慕著，而自以為只要在父母的膝下便能過溫暖的生活。以一種近似本能的感情，愛戀著祖國，思慕著祖國[10]。

而「祖」國既是一具有時間深度的連續體，必有其傳承性，圍繞著「成家」與「血緣傳承」的各種焦慮，於是成為孤兒愛戀祖國之情的一體兩面。《亞細亞的孤兒》中，當胡太明自覺於「要把自己從這種可憐的境遇中解救出來」時，所切望的便是「能早日建立一個獨立的家庭」[11]。想到結婚，便不能不聯想到小孩（是否一樣會在殖民地受到歧視）：

如果結婚，就會生出小孩子來，就是增加和自己一樣的人，會被人叫「狸呀」。這「狸呀」一代就夠了，何必再來呢[12]？

即或對「皇民化」能否成功的疑慮，無非也是基於「血統」問題的考量：

他們忘了本國的歷史傳統，一味希望「皇民化」，妄想那樣便可以為子孫謀幸福；……可是，外表縱使能「皇民化」，最後還有血統問題應該怎麼解決呢[13]？

以之和曾熱衷於皇民化運動的太明同事李導師所言互參，則又可見出「血統」和「傳統」在「父子式」家國思維模式中的對應關係：

這些年來，我（李導師）一心一意地從事『皇民化運動』，除了實行家庭『國語化』以外，並且不顧父母的反對，首先實行改姓，我認為自己這一代的艱苦，如果能換得子孫的幸福，還是值得的。可是，現在怎麼樣？自己雖然朝著這個目標走，結果反而越走越遠了。別人有他們悠久的歷史和傳統的關係，但是我們卻沒有，這種障礙是無法打破的，到頭來我們不過是為人力所無法做到的事瞎起勁而已[14]！

無論是「血統」抑是「傳統」，標示的正是線性傳承的一脈相連；而由血統「到」傳統，則是由生理層面至歷史文化層面的平行延擴。也正是如此，關係胡太明如何「成家」的戀愛與婚姻經歷，便在一般「大」處著眼的認同困惑外，另有值得玩味之處。

胡太明以日籍女同事為初戀對象，最後娶的卻是中國的金陵大學女學生，箇中曲折，當然可由個人於國家認同上的取捨抉擇層面去詮釋。然而，從愛欲機制的運作方面著眼，太明前後愛戀對象的國籍身分容或有異，但與二人互動時，因男性（家國）意識而導致種種焦慮挫折的過程及結果，卻是若相彷彿。讀者當不會忘記，太明的初戀始於對日籍女同事內藤久子的單戀。看著她跳「羽衣舞」時，他忍不住目眩神迷於那「多麼美麗的玉腿」，「眼睛雖然閉上，然而那雙潔白的玉腿卻依然以柔美的曲線，在他瞳仁間描摹著姣美的舞姿。那是豐腴溫馨的日本女性的玉腿，而那優美的舞姿，猶如隨風飛舞的白蝴蝶」；久子「穿著鮮豔的和服散步的倩影」，更是「常使太明對她無限地傾慕」。然而「他的感情越衝動，越使他感到自己和久子之間的距離——她是日本人，我是臺灣人——顯得遙遠，這種無法填補的距離，使他感到異常空虛」[15]；況且，即使結婚，「以後的生活將怎樣？自己這種低微的生活能力，怎麼能供養日本女人久子所需求的高度生活享受呢」[16]。更有進者，即或他親眼見到久子用餐時「饕餮忘形的醜態」，察覺到久子「無非是極普通的女性而已」，仍然無法免於對她的迷戀，甚至還引發自己被虐自憐的情緒：

自己的血液是污濁的，自己的身體內，正循環著以無知淫蕩的女人作妾的父親的污濁血液，這種罪孽必須由自己設法去洗刷[17]……

此處的久子，固然以「豐腴溫馨的日本女性的玉腿」及「穿著鮮豔的和服散步的倩影」，成為太明男性凝視想像中被凝止的「戀物」對象；但現實中，「日本」女性的強勢地位，卻又處處挫折他的男性（臺灣）家國意識，使其迫居於女性（或性無能）的位置，不唯雄風盡失，自慚形穢，甚且還在追「根」究柢之下，怪罪到己身所從出的生父身上。此一過程，已初步呈顯出：在「父子相繼」的觀念中，男性主體及家國意識是如何在性別化的國家想像中進退失據[18]。

追求日本女人失利之後，「祖」國的女學生遂成為太明的下一波愛欲對象。在他看來，「由於儒教中庸之道的影響，她們並不趨向極端，而囫圇吞棗地吸收歐美文化；她們依然保留自己的傳統，和中國女子特有的理性」。因此，與日本女人久子相同，中國女學生們，遂同樣成為太明凝視下的戀物對象：

太明像著迷似地凝視著這些女學生，她們那纖細的腰肢、嬌美的肌膚，以及神采奕奕的秋波，不禁使太明墮入迷惘的遐想中；他似乎意識到她們都是遠離開他那社會階層的高貴小姐。……她們這種細緻謹慎的態度，和臺灣女性那股粗野的勁兒相比，真不啻有天壤之別[19]。

然而，當他懷著此一將被戀物理想化的心理，終於與中國女學生淑春共結連理後，卻又不免失望地發現：妻子不僅固執己見，不願以主婦的身分料理家務，更沈迷於打牌、跳舞與看戲，使他痛苦不堪。而反諷的是，那位曾經在他追求久子失利，被他大肆歸咎怪罪的、流著污濁血液的「父親」，卻又藉由過去言語觀念的耳提面命，再度左右著他的「治家」原則，並成為引發焦慮的源頭：

> 那天晚上的牌局，一直繼續到深更半夜，太明因為不願打牌，顧自己先到臥房裡去睡了，但他聽到對面房裡的牌聲和淫亂的笑語，卻怎麼也睡不著。他突然**想起父親時常說的話**：「狗（賭）、婊（娼妓）、賊三樣，是最下賤的東西。」想不到自己家裡，現在竟沾上這種惡劣的風氣……。他這樣想著，外面不時傳來不知自愛的妻那種令人心驚肉跳的放蕩的笑聲[20]。
>
> 憑他的倫理觀念去判斷，（跳舞）那種情景簡直已頹廢到無法容忍的地步：男男女女瘋狂地在淫亂的旋律中狂蹦亂跳，……。這種舞場的情景，就是一個毫不相干的旁觀者，也將無法容忍。何況他還親眼看到自己妻子那妖冶的胴體，在每個男人的懷抱中，依次交換著和他們共舞[21]！

在此，不僅是來自於父親的「律法」，被太明轉向自身，造成被虐的狂想；尤有進者，經由「耳聞」與「眼見」，太明一再被妻子「淫蕩」的聲音與影像淹沒，這更使他在重溫類似佛洛伊德所謂的「原初幻象」（primal fantasy）之餘，成為受困於搖籃中的嬰童，充滿被動無助的「受虐」（masochism）情懷[22]。對此，他當然不是不思改變；只是，面對強勢妻子，英雄氣短，再度落入女性位置，仍是不得不然的結果：

為了妻，為了自己，為了家庭，非設法整頓不可。可是，要整頓先獲得妻的合作，妻恐怕是不會同意的。太明想到這裡，不覺冷了半截。他又想勉強以「意見不合」為理由提出離婚，但繼而想想像妻這樣的女人，一定會把這事在報紙上大登啟事的。這樣一想，太明的勇氣便完全消失了[23]。

正是如此，從戀愛到婚姻，從日本女友到中國妻子，太明的（男性）孤兒意識與成家欲望每每因性別焦慮構成相生相剋的緊張關係：孤兒意識召喚著成家的欲望，目的在完成男性主體的父子傳承；然而，（試圖）成家的過程及結果，卻一再挑釁並挫敗男性主體，使其頻頻流竄於男性／女性／孩童等不同的性別位置之間，無所依歸，反強化了原先的孤兒感[24]。更弔詭的是，瓦解此一男性主體意識的主導力量，竟然是來自於「父親」——來自於那個流著污濁血液的父親，來自於那個屢屢以言語律法宰控兒子的，父親。就此看來，孤兒何嘗無父？只因為父之名，父之法，父之血，始終與孤兒一脈相連，揮之不斷。

以是，放在文學想像的傳統中，《亞細亞的孤兒》縱使從來身世飄零，縱使始終於歷史政治認同上無憑無依，但這一以男性為家國主體的、父子相繼式的思維模式，實則其來有自，吾道「不孤」。

二、家門內外——家之空間想像與父子傳承在《家變》《孽子》中的變與不變

承前所述，「家」在空間上是為「一門之內」；在性質上，則側重父子相繼式的血緣傳承。如果說，日據時期《亞細亞的孤兒》無家無父的悲情訴求，實是以象徵形式，從另一方面印證了父權式家國觀的根深柢固；其「孤」與「不孤」的弔詭，正所以暴顯出「父子家國」論述本身的矛盾與盲點；那麼，當臺灣光復，國府遷臺，臺灣子民儼然已是有家有父之後，其間的空間想像與父子傳承，又將如何？五〇年代以來，蕞爾小島之封閉自守，威權政體之壓抑禁制，每每促使書寫者以幽微迂曲的文學形式，體現潛隱於禁制深處的反叛、疏離，和尋求突破的企盼。六〇年代以降，現代主義與鄉土文學，即是在彰顯向現代化走去的臺灣現實難題的同時，發展和建立了一個對立於體制，而且不妥協於現狀的文學傳統[25]；其於家之空間想像，父子之傳承關係的體察思辨，自然別有曲折。如七、八〇年代，王文興《家變》與白先勇《孽子》，便曾先後因父子關係的違逆倫常，在文壇引起多方矚目與側目。但同樣作為「孤兒」的對立面，二書在「家」之

空間想像與父子傳承關係上所開展出的相互辯證，無寧更值得注意。《家變》重點在鋪寫逆子范曄成長過程中，如何對「父親」由孺慕而厭棄，終至將其逐出家門的心理變化和實際經過。《孽子》則以被逐出家門的同性戀青少年為主，描繪其離家後多方面的愛欲掙扎。前者發生的場域正是「一門之內」，後者則在家門之外。其間的傳承關係，亦因家門內外之不同而顯有差異。

先看《家變》。該書在結構上分兩條線，一條循英文字母順序排列，敘述老父失蹤，兒子外出尋父的經過；另一條以阿拉伯數字編碼，敘述范曄自幼及長，在家中的成長過程。二者交錯為文，經營出既是「尋父」，也是「棄父」的錯綜變化。乍看之下，身為人子的范曄在「家」中以下犯上，倒行逆施，是為其所以「變」的重要內容。然而，倘若從傳統「孝／肖」觀念來重新檢視這「一門之內」的父子關係，卻會發現：潛藏於《家變》表象之下的，其實有太多的「不變」。而「孝」與「肖」在辯證互動中所產生的矛盾張力，正是左右這變與不變的關鍵。

本來，在華人傳統觀念中，「肖」乃是「孝」的重要因素之一。「肖」者，似也，像也。它起於血緣形體容貌上的相連相似，而以志業上的克紹箕裘，傳承父業為終極依歸。所保證的，無非是從血緣到歷史政治文化上的一脈相承，永續不絕。但《家變》最大的顛覆性，卻在於兒子的「不孝」，其實正來自於他的「肖」——無論是形貌上，抑是言行作為上。

從形貌上看，早在范曄小時候，父親就從面象上預言他將來是「不孝」的：

> 我們這兒子是不孝順得沒話說了，你注意他底相貌就是不孝的面象，我們這個兒子準扔棄父母的了，這是個大逆、叛統、扔棄父母底兒子[26]！

但反諷的是，這個「不孝的面象」，卻是來自於他的父母自身：范曄具有「爸爸給他的大風耳，自媽媽得來底小嘴巴」，和「自爸爸得來底那種雪白的膚色」[27]；「父親底身體上佈遍點點黑痣，母親身體上繁生著紅痣，他的身體上有黑痣，也有若干紅痣」[28]。不僅於此，在言行作為上，「他的父親剝吃香蕉就有一門他自己的特有剝皮法，他把香蕉的皮一股兒卻下去了，手拿著光光的香蕉肉，致深影響得他至今天也這個樣」；「他的母親一直相信李子是不能吃的，吃了一定會得痢疾」，「而他亦竟竟相信了十幾年的時間」[29]；更有甚者，他的父親有高血壓，母親有發暈的毛病（？），每當父親與兒子發生爭執，或父母親口角時，二人皆會以「哎呀！我不行了！」「我頭暈啊！」之類的戲劇性表演，來博取同情，敗部復活。如某日范曄與父親發生言語衝突，對父親大聲咆哮之後，

> 「什嗎？」爸爸他似乎曾跳了起來一度，然後他猛擊著右太陽穴跳道：「唉咿，你把我給氣死了！我頭暈啊——」父親他手捧著他的頭，搖搖蕩蕩欲跌。
>
> 「閩賢！」他的媽媽忙搶上了去叫嘯。

「爸爸！」他也不禁的脫口而出，遁出後他才感到無盡的羞恥。而他的爸爸這時晰晰然已經聽清楚了他的這一聲，因此就霎時間易好多ㄌㄜ、他的父親顯顯的以為他剛剛發出的一聲也就是他的屈服的表示。啊啊啊啊啊[30]！

但曾幾何時，「肖子」范曄非但深得其真傳，還青出於藍，在父母子三人戰事方殷時，領銜演出如下好戲：

他們父母子三個人的戰事繼續的持續著。到後來他和他父親的爭端遂變成為他們爭吵之間的主要項目了。他的父親於是，忽然間，像他以前的一樣演戲（以前證實過是假的）把手遮阻在他的眼前，驀然間腳步踉踉蹌蹌地支聲吾聲著：「嗚——嗚——我的頭好昏啊！」這一回，他，范曄，也把他的手撳按在他的胸懷上，囁隍著聲音的叫道：「埃已——我的心口那裡好痛喲！」他的父親突呆了，一時也忘掉了他剛纔還頭昏的。他的母親也急急撞撞地跑了上去。范曄遂虛聲期期艾艾地哀哀著，一手摸按在胸口上。他父母親現下這一下實叫他給駭得昏了，他的父親臉貌雪白，他的母親她亦嚇得直嚎泣地望著他。范曄便聽任他們攙扶著他緩行，咿咿ㄚㄚ地坐到椅子上去。待他坐定以後，他的爸爸匆搶去捧了杯熱開水來，他的媽媽也高吭地喚著他，叫他快點醒。由是范曄便一小點一小點的飲著白熱開水，再後矇矇發矇地微啟開眼睛，把聲音捏細得像虛弱以極的樣子，微聲道：「我……啊……我好ㄉㄜ多了」[31]……

正是如此，當父親老朽，兒子長成，做兒子的不願答應負擔家計，一逕逼迫父親「繼續賴在他的職業上，跟在處裡面一些原便已該告退的耆老職員們一式一是」[32]，亦是其來有自。因為，在范曄看來，他爸爸原就是個不負責任的人：

> 他要負了責的話他們家也就不會窮得這個形勢了。他還且對他的自己的父親（即范曄的祖父）不負責，就從來沒聽說過他（父親）曾拿錢養過他（范曄）的祖父過[33]。

而最後老父不堪兒子折磨，終至離家出走，便也就師出有名——因為，誰叫這個做父親的，先前也曾逼走了兒子的二哥呢[34]？

不過，值得注意的是，這父（母）子之間的相似相承，為彼此帶來的，卻不是相親相近，而是相恚相恨；不是一往直前的線性綿延，而是父子易位後的封閉凝止。這一點，從范曄年幼因「學舌」而被揍一事，便清晰可見：

> 「到前面去，」媽媽輕音的重說。

「到前面去。」他說。

「不要使人嫌，我在好好和你講。」

「不要使人嫌，我在好好和你講。」

「你學話是麼！」

「你學話是麼！」

「你還說！」

「你還說！」

「這不要臉的東西！」

「這不要臉的——」

「當心我摣你唷，」她說。

「當心我摣你唷！」

她一巴掌掃到他的臀上，那熱熱燙燙的感覺，他不吭聲。

他爸爸在門前站身。

「甚麼事情？啊？你在廚房裡幹嘛？快給我走！」

「甚麼事情？你在廚房裡幹嘛？快給我走！」

「甚麼？你大概欠打了，該好好捶一頓才算是不是？」

「甚麼？你大概……咕咕咕咕咕咕！」

「你閉上嘴！」

「你閉上嘴——！」

「我找棍子去！」

「好好揍他一頓，閩賢。」

「我找棍子去——好好揍他一頓，閩賢。」

父親即旋身去找棍杖，并命母親將他拖到後邊屋間裡。他母親立以濕漉的手擒拿他二手猛拉進內。

他父親找獲一把雞毛帚。父親把這雞毛帚在榻榻密上重重揮啪一下，頭上毛髮因的早時沒有梳過現爾乾乾直翹！他驚癡著，並恨得他發著抖！他父親從來未曾對他嚴厲過，尤其更從來未有打他的，況從來他媽媽打他時爸爸都前來勸阻，現在變這麼凶煞！你瞧他多可恨！呦！這霎父親舉拂著帚竹逼近襲上。他轉過頭來脫鵠，他媽媽捕捉擒抱，奉送上給已跟著追上之追殺者！「好呀！哈哈哈哈。」父親尖笑！隨及這個父親便摔倒他榻榻米上………

他們扔拋他在關著門底房內。他的頭皮，兩肩，手面，跟腿部全是傷創。他業已平靜了好多，但然他眼中迸露事後恨色之閃。他是這樣恨他父親，他想殺了他：他也恨他母親，但

> 尤恨他父親！他想著以後要怎麼報復去，將驅他出家舍，不照養撫育他。……他想他或者應該現下即從家裡離去，離了這所家——他走得遠遠的，讓他們找他[35]。

做父母的嫌惡兒子與自己亦步亦趨，所造成的結果如是。至於做兒子的，則不但在一再攬鏡自照中，由憎恨自己與父母的相像，進而憎恨自身[36]；更在父親做出自己以前做過的類似情事之後，大發雷霆——曾經，范曄因缺乏安全感，在母親出外買菜時，把家中門窗全數拉上，費心經營種種防禦工事，被母親痛責[37]；而風流水轉，當兒子成年，老去的父親在外出前將家中門窗一一上鎖時，同樣引發兒子的憤然大忿：

> ——這有什麼用途？難道這個樣就可以防制盜賊進來了味？以是他不禁憤然大忿，嘯著道：——
>
> ……
>
> 「門打開來！門立刻給我打開——」[38]

只是，如此情節，重點已不再是親子之間單向傳承的「克紹箕裘」，而是反子為父，父子易位，從而於一封閉空間之內僵固凝止。小說中，老邁的父親「經常的時候皆穿他的孩子（范曄）

的換下太舊的某些長西裝褲子」；「他的那一雙木料拖板居竟然被他蹭磨得只餘下了半隻腳板的尺號，削削如刀般的兩小片，恍然若是牠是兩隻三歲小孩的玩屐」[39]；他當街仰著脖子吃孩子吃的囫圇酥[40]，在飯桌上被范曄當孩子般地詈罵，甚至遭到兒子不許他吃飯的處分[41]，斯情斯景，在在宣告著他的「返老還童」——返轉至孩童／兒子的位置，以致「父承子志」，親身實踐了兒子幼時欲離家出走而未可得的幻想。由此看來，《家變》中的「家」其實沒有「變」，因為這「一門之內」，永遠是以「父」為主為尊；這個「父」，不是特定的個人，而是父權體系中的一個位置，一個名號；這個「父」，永遠不會從家中出走或消失；出走或消失的，不過是曾經留駐在這位置上的、不斷掙扎於各種焦慮痛苦之中的，男人[42]。

然而，《家變》畢竟又還是有所「變」的。只是，它的「變」，不在於做兒子的如何承繼或篡奪了父親的地位，而是兒子在晉身為「父」的同時，竟斷然聲明：

> 我將來，我現在發誓：我不要結婚！假使或者背叛了是一誓失的話，我也一定斷斷不會去生養小孩子女生出來！我是已經下定了決心不再去延續范姓的這一族線的族系流傳了——」[43]

似父肖父的最後，竟然是一再地自我否定，自我絕滅。證諸小說結尾，兒子與媽媽共居於一門之內，過著「幸福快樂的日子」，完全沒有結婚生子的跡象。而范氏族系果真因他及身而止，家門之內果真不再有父子傳承，這才是真正的不孝／肖，真正的「家變」吧？相形之下，范曄的二哥——那位曾經為了要與臺籍酒家女結婚，與父親屢起衝突，終於為父所逐，憤然離家的二哥，卻在離家後另立門戶，結婚生子[44]，這是否反而是另一種「孝／肖」？而離家之後再度成家，這「家」究竟是變了，抑或沒變？

也正是在這一層面，繼《家變》之後而現身的《孽子》，便格外引人矚目。本來，此一書名很容易使人聯想到「孤臣孽子」，以及它和「孤兒／孤臣文學」的關聯。但實際上，它非但無關於政治上的反共懷鄉，反而在一般的家／鄉／國之外，投射出另類的空間想像與認同取捨；其中的父子（傳承）關係，也因主角們的同性戀身分，產生諸多變化[45]。

對照於《家變》，同性戀的「孽子」們所以被逐於家門之外，正是在於他們的不孝／肖——不能如常人般結婚生子，綿延宗嗣；不能如他們的父親一般，效命沙場，立功受勳。因此，不同於「二哥」被逐後猶可另立門戶，依憑血緣傳承而自成一「家」，身為人「父」；孽子們的世代傳承，遂不再以血緣關係為依歸，轉而發展出各種「錯位」式的薪傳模式。它一方面是以想像中的父子錯位，多方嫁接原先斷裂的父子關係；另一方面，則是以「黑暗王國」為據點，經由「同志」們類似經驗的前承後繼（另類的「肖」？），自成一「可歌可泣，不足為外人道的滄桑痛史」[46]。即以公園裡的總教頭，黑暗王國的開國元老楊金海為例，他「從前也是好人家的子弟」，後來為了要供養「寶貝乾兒子原始人阿雄仔」，偷領父親存款，與父親鬧翻，爾後便進駐公園，成為大家長。看他屢屢以「兒子們」、「敗家子」等稱謂招呼園內的年輕子弟們，即為一例。再就傅老爺子與孽子們的關係來看，傅雖然逼死了自己的同性戀兒子傅衛，孽子們縱使不見容於生父，但傅將原本買給兒子的亞美茄手錶送給吳敏[47]，讓李青睡兒子的睡房，穿兒子的外套，要他「搬了進來，就把這裡當你自己的家一樣」[48]；而過世後，這些孽子們又都為他披麻戴孝，守靈抬棺，執孝子之禮，這不也是另一型式的父子傳承，另一種「孝」行表現[49]？

至於黑暗王國中的世代交替，則前有趙無常、雜種桃太郎、小神經涂小福、野鳳凰阿鳳「四大金剛」，後有鯉魚精李青、狐狸精小玉、耗子精老鼠、兔子精吳敏「四個人妖」；除夕夜裡，黑暗王國的老少子民們，全都「平等的立在蓮花池的臺階上，像元宵節的走馬燈一般，開始一個跟著一個，互相踏著彼此的影子，不管是天真無邪，或是滄桑墮落，我們的腳印，都在我們這個王國裡，在蓮花池畔的臺階上留下一頁不可磨滅的歷史」[50]；尤其是最後，李青在蓮花池畔，發現了十四五歲的少年羅平，與他初進公園時一般，「嚇得全身發抖，縮在一角直打戰」，而「他躺臥的地方，正是我第一次進到公園來，躲在亭子中央，睡臥的那張長凳」[51]，而後，他帶著羅平跑步回「家」，其間的薪傳意義，不言可喻。

經「錯位」而完成傳承關係，一方面固然是「原生家庭」中種種倫常關係「怪胎情欲化」後的必然結果；另一方面，也在改寫傳統「家」之定義的同時，改寫了關乎「國」的空間想像與認同取捨。孽子們既是被父親放逐於家門之外，其活動的場域自然不會是單純的「一門之內」。

由於人數可觀，各路人馬縱橫匯聚，所交錯組構出的，已不止於「家」，甚至還因此立了「國」——如全書一開場，繼主角李青為父所逐的敘述之後，就是一段對新公園中「我們的王國」的描述[52]，此一王國，既有著屬於自己的疆域，又有一頁頁「不可磨滅的歷史」，更有著捍衛疆土的「軍事行動」[53]，儼然已具有現代民族國家「想像共同體」（Imagined Community）的規模[54]。然而它以同性情欲為認同依歸，又使此一家／國的空間想像可因時因地制宜，充滿機動與流動性[55]。

至此，我們已可初步看出《家變》與《孽子》間不少有趣的對話：從空間上的「一門之內」，到可以「逐兔子而居」的開放機動；從父子關係上的以血緣為賡續依歸，到可以充滿各種情欲流轉，經由想像錯位以嫁接傳承，其間實內蘊了諸多孝與不孝，肖與不肖間的糾結辯證，傳統觀念裡關乎「家」與「國」的定義，便也就在這一過程中，被不斷地置換改寫。不僅於此，《孽子》至少還有其他三點值得注意之處，其一是，「孽子們」出身背景各有不同，早先以父子傳承為主的家國想像，遂因「母親」角色的逐漸吃重，以及「孤兒」、「孽子」、「野孩子」共聚一堂，交錯出益形複雜的面向。其二，從空間認同方面而言，眾「孽子」生於臺北，長於臺北，相對於「先父母輩」的《臺北人》，儼然具有「新臺北人」的姿態，即或「家／國」之想像流動不居，但「臺北」，卻又召喚出另一新興的個人／家國主體的想像（其間曲折，前一章已有詳論，茲不贅）。其三，「黑暗王國」及「安樂鄉」，固可視為具有「怪胎」性格的大家庭，但孽子們以之為據點，聚眾活動，並一致服膺「師傅」楊金海的領導，又未嘗不兼具江湖「幫會」性質，成為家與國之間的特殊社群，並以對立於一般規制律法的姿態出現。而這些，恰巧都為九〇年代以後的文學想像，開啟多樣化的端緒。

三、離家之後——野孩子們的廢墟意識與情色想像

八、九〇年代以後，臺灣的政經社會急遽變化，文學書寫亦因此而呈百花齊放之姿。「國家」解嚴解禁，「政父」威權不再，文學中的「兒子們」，似乎也不再以家／父為念，紛紛走出家門之外，尋找自己的天空。而離家之後，他們是否從此不再回家？

承前所述，《孽子》中的兒子們雖總其名曰「孽子」，可是仔細勘察，卻會發現：他們其實各有不同的身世背景，就李青、王夔龍而言，他們有家有父，因同性戀行為而不見容於家／父，被放逐於家／國門外，每每於苦痛悔恨間掙扎煎熬，不能自已，算是相對「正宗」的「孽子」。至於老鼠、小玉等人，則有的是自小沒了爹娘（的「孤兒」），有的是有母無父，成天在外鬼混的「野種」[56]。與王夔龍共同成為公園中「龍鳳傳奇」之主角人物的「鳳子」阿鳳，則不但是「一個無父無姓的野孩子」，從小在天主教的孤兒院中長大[57]。而且從開始牙牙學語時，一教他叫「爸爸」、「媽媽」，他就哭泣，好像「生下來就有一肚子的冤屈，總也哭不盡似的」[58]，隱然是孤兒孽子野孩子的三位一體。其中，有家有父者猶或以冤孽沈淪的自苦悲情，呈現男同性戀的污

濁陰暗面；有母無父者，則已初步展露出戲謔自得的「酷兒」姿態。如父不詳的小玉，曾領銜擊節大唱〈人妖歌〉[59]，即儼然是以「露營／淫」、「敢曝」（camp）的方式，為九〇年代新興的酷兒政治發出先聲[60]。於是，從范曄肖父之外亦偶有肖母之處開始，到李青雖然長相像父親，後來卻學習母親、認同母親[61]，以迄於小玉之有母無父，可以帶著「母親那裡借來的一雙桃花眼」[62]，隨「性」之所至，亂拜乾爹，其間「爸」權之消長、「父」系之有無必要定於一尊等問題的微妙轉折，似乎已依稀可見。

不僅於此，《孽子》中，眾家「兒子」們匯聚起來，乍看像是孤兒孽子野孩子的大會串，可是總體而言，最後孤兒孽子漸次淡出，野孩子當仁不讓，競相嶄頭露角，已是大勢之所趨。且不說小說中，楊教頭、郭公等父執輩們，屢以「野娃娃」、「野孩子」等稱謂招呼這些子弟們，子弟們也每每自認「我們的老窩遍佈原始氣息，野性的生命力」[63]、「我們血裡就帶著野性」[64]。而藝術大師郭公更揚言「只有蓮花池頭的那群野孩子，才能激起他對生的欲望」，安樂鄉酒館開幕，他慨然將自己的得意傑作〈野性的呼喚〉巨幅油畫借給酒館懸掛，畫中主角，就是公園中的「野鳳凰」阿鳳[65]。凡此，在在凸顯兒子們在「孤」、「孽」表象下所蘊藏的「野」性潛能，以及它在長久被壓抑之後，一觸即發的原始能量。九〇年代以後，各路「野孩子」趁勢而出，自當不是偶然。

相對於「孤兒」之無家無父，「孽子」之為父逐出家門，亟盼回家而不可得，「野孩子」則無論是否有家有父，率皆在外浪蕩，不以回家或尋父為念。甚至於，原先兼具物質性與精神性依憑空間的「家」，在野孩子們的眼中，實不啻為廢墟一片；先前曾被挫折壓抑的種種情色欲望，又經與此一「廢墟意識」交相辯證，為父子關係及家國想像演義出另番新貌。其間的曲折變化，或可由李順興《廢五金少年的偉大夢想》、「大頭春」《野孩子》，及吳繼文《天河撩亂》三書循序見之。

九〇年代初期，成群結黨的「野孩子」們，以「廢五金少年隊」為名，在李順興《廢五金少年的偉大夢想》一書中率先登場；隨後，「大頭春」，《野孩子》繼起，敘述主角「大頭」離家出走，變成「野孩子」的經歷。他們不讓蓮花池畔成立的「黑暗王國」專美，「廢五金少年」們，在戶籍所在地富貴里，創立一名曰「廢五金少年隊」的少年幫派；《野孩子》裡的「大頭」，則在離家之後，同樣走進了黑幫混跡的「廢車場」。不同的是，孽子們假黑暗王「國」相濡以沫，為的是於其中尋覓「家」的溫情；少年隊在「家」之戶籍地創幫立派，卻是以狂想搞怪，暗暗顛覆了一般人對「國」的想像。此幫派成員包括惡蛟仔、唐圖、阿凸、九怪、黃酸桶、543等人，而以惡蛟仔和唐圖為主。前者老爸是龜公，老媽是雞夫人，後者則有個酗酒成性，熱衷黨外示威運動的老爸。這批不良少年平日偷賽鴿、燒教室，壞事做絕，在校最拿手的學科卻是歷史和三民主義，作奸犯科的同時，猶時刻自許為東林黨人和中華民國總統。其中，惡蛟仔曾創作入幫歌曲一首：

惡蛟思想，吾黨所宗，以擴地盤，以便稱雄。
1234，一起衝鋒，精力不洩，就上胡同。
人生刺激，盡在其中，此情此理，天下皆通[66]。

唐圖則在籌組新黨的同時，不忘先撰述「唐圖思想」一冊，形塑自己的「偉人」形象，其第一章曾以如此文字，扼要簡介偉人生平：

唐公圖，降生於依山傍水、風光秀麗的富貴里，自幼生活貧困，聰穎過人且事親至孝，鄰人皆以神童稱之。及長，飽讀卷書，遍覽各地，體察風情入微。時因感社會之不公，民智之不啟，遂奮力傳播新思想。因其思想承續中國文化道統，故曰：堯舜禹湯文武周公孔子孫文唐圖乃一脈貫通。爾後，公以壯烈心志，投身改革運動，遭當局忌恨，屢下囚。出獄後，公不改其志。因長年勞心勞力，累至心臟舊疾復發，暴風雨中謝世。是夜，神哭鬼泣，天地悲鳴。公臨終前猶高喊：「努力、奮鬥、救臺灣。」遺囑骨灰揮撒臺灣天空。其愛臺灣之心，令人涕零，其精神光昭永恆，萬世景仰[67]……。

前者，明顯是「國歌」的幫派版；後者所諧擬的「偉人」，更是教人心照不宣，呼之欲出。

後來，一窩菜鳥被送進少年監獄，又在獄中與「大陸幫」糾纏鬥毆，「扛著馬桶水缸『反攻大陸』」[68]，兩敗俱傷。出身綠燈戶的惡蛟仔，於睡夢中造訪兄弟九四所經營的「綠燈大飯店」，受邀為門楣題贈對聯，他信手拈來，送出的竟是蔣公嘉言一幅：「生活的目的在增進人類全體的生活，生命的意義在創造宇宙繼起的生命」，橫額「禮義廉恥」[69]。凡此，其嘲謔（大中國）國家神話的政治意涵，盡在不言之中。尤其反諷的是，儘管後來唐圖改過自新，獄中苦讀考上大學，終於得以回「家」去也，他那患有迫害妄想症的父親，卻早在數月前「決定離家出走，用竹籃盛了祖先牌位，點上三枝線香，提著出門去。流浪三天，仍然無法擺脫塞滿白眼珠子的天空」，於是，回家之後，封鎖窗門，引爆瓦斯，剎那之間，家毀人亡[70]。因此，小說最後是這麼結束的：

唐圖強硬克制心臟的超速奔動，一步一步一步踉蹌踩進富貴里。意志堅撐，要給媽媽一個驚喜，要媽媽再度燒香拜神明、感謝上蒼保佑，要……

唐圖渴望媽媽第一個摟住自己的身體。……

唐圖終於跨進唐家厝大門。一座廢墟。

體內庫存酒精爆炸心臟的同時，唐圖吐出：

「媽媽——我回來了——。」[71]

家已毀，父已亡，國家神話頻遭顛覆，過去父子傳承式的家國想像，至此分崩離析。而回家後的（野）孩子，又將是否，以及如何，與母親開啟不一樣的家國傳承？抑或是，母親當家，也未必盡如人意？不數年後，大頭春的《野孩子》繼起，正是在母親當家的背景下，就「家」的相關問題予以進一步反思。

與《孽子》及《廢五金少年》相對照下，《野孩子》於「家」之定義的反思（或嘲謔），至少可由三方面循序觀察：一、原生家庭的結構變化；二、「家」之定位與溯源的虛枉；三、家庭／社群銷亡毀滅之必然（？）。

在原生家庭的結構變化方面，繼《孽子》對「母親」的認同傾向益形強化、《廢五金少年》的家毀父亡之後，《野孩子》的故事則根本就從「女人當家」說起。於是，不同於李青母親始終受到父親壓抑，化骨成灰猶不忘返家，小玉母親身為酒家女，猶對遺棄她的小玉父親不能忘情；「大頭」的母親，不僅身為「廣告界女強人」，他的家，更自始至終就是個父親已經「落跑」，一切由母親作主的家。它是這樣〈開始〉的：

開始是這樣的：我爸爸突然不見了。這種事在我很小很小的時候曾經發生在我的夢裡，夢中我媽媽穿著綠色和黑色的格子短裙，把我從一年三班的教室裡叫出去。她化過妝，所以嘴唇很紅。在走廊上，她抱我起來，大聲笑著說：「你爸爸不見了，我們走吧！」[72]

然而即或是母親當家，在學校與師長發生衝突後，大頭還是對家一無留戀，決然離家出走。或因職業身分使然，大頭離家後，「廣告界女強人」曾親自設計文案，製作尋人廣告如下：

……孩子！媽媽在這裡，家在這裡，回家的路在你心裡；給媽媽一個機會：讓我們一起成長[73]！

父親落跑，母親當家，兒子離家出走，不再回家；這是原生家庭結構的變化。但母親「巧手製海報盼兒早歸」，在報紙媒體渲染炒作下，又不過只是「關懷青少年新時代文教基金會發起大型勸募活動」的一部分，「將由基金會負責印製、分送超商、便利商店KTV等青少年經常出入的場所張貼」[74]。《野孩子》對「家」之相關問題的質疑與嘲諷，由此已初見端倪——「家」是什麼？母親當家一定會比父親當家來得好麼？浮游於後現代各類資訊媒體與言談論述之中的「家」，將如何，或是否有必要，尋求定位與歸本溯源？

而大頭小時候，爸爸為他所說的故事「流浪的王子」，或許正是對家之定位與溯源這問題的寓言式嘲謔：到處流浪的王子頻頻向別人詢問自己的王國皇宮和爸媽在哪裡，殊不知所有從別人那裡得到的，關於「家」的資訊，其實都是自身記憶（虛構？）在眾多言談論述中的反覆編織與一再虛構（「回家的路在你心裡」？）以至於，任何故事都「變得很模糊；模糊到你怎麼說都可以的程度」[75]。原生家庭既已裂變叢生，「家」之一切定位溯源又終歸虛枉，那麼，家還有存在或記憶留戀的必要麼？在「大頭春」頻頻剝解之下，我們遂不難理解，為什麼全書結尾，大頭與阿妮根據這故事所玩的遊戲，是如此進行並結束的：

「我記得我離開家了；可是我不記得我到過什麼地方，」公主說。
「我不想知道你到過什麼地方；可是我想知道你學會了什麼？」聰明的人說。
「我記得我學會了忘記；可是我不記得我忘記了什麼。」阿妮說。
「我不想知道你忘記了什麼。」我說：「可是我想知道你是怎麼忘記的。」[76]

原生家庭可以裂變如是，具有幫會性質的各種社群家庭，是否也同樣難免於崩解離散——甚至毀滅銷亡？小說中，「大頭」離家之後，所混跡的地方是「廢車場」，它是黑道幫派的活動據點，其中成員雖都不是同性戀者，但以「場」為「家」，看來也像與《孽子》蓮花池畔的黑暗王國遙相呼應：

剛到「家」的時候我有一點害怕——那是一個在汐止附近的廢車場……[77]
他為什麼會把廢車場說成是「家」呢[78]？

然而不同於「蓮花池」猶有往生救贖的寓意，「廢車場」卻是「帶人去處理掉的地方」[79]，任何事物「來到這裡的時候就已經完蛋了」[80]。黑道火拼之下，「家」之成員每每因刀口舔血而多所流動改易。身陷其中，大頭擺布由人，最後，牯古落跑，他與小馬飛車衝出，卻不幸慘死車內——這是印證了「家」之崩解銷亡的必然？抑或是背書了「家」在社會發展中的超穩定結構，並內蘊一「回家」的當然召喚？而父子相繼離家出走，這是否反而又形成另一形式的父子傳承呢？

由此，也促使我們把焦點從原先據血緣而完成的父子傳承，再次轉移到由同性戀／同志／酷兒所鋪展出的另類傳承關係之上。從這一層面檢視吳繼文的《天河撩亂》，或許又可見出另一番曲折。事實上，九〇年代以後，臺灣小說中的同志酷兒數見不鮮，儼然已在世紀末的文學想像中自成一脈。酷兒鋒發自得，活力四射，兼以性別認同流動不居，情欲探險百無禁忌，不以家／父為念，相對於充滿悲情苦痛的孤兒孽子，何嘗不是「離」文學（悲情）傳統之「家」出走的野孩子？紀大偉、陳雪、洪凌之作，是為代表。《天河撩亂》繼踵而出，卻在屢屢關注性別認同問題，並具有酷兒小說變性情節與情色想像的同時，再度轉向扣問生命源初、追尋自我定位與家族祕密的傳統路徑上去（這會是野孩子中的野孩子麼？抑或是狂野之後，終究要「回家」的孩子？）該書以兩條線交錯敘述，其一是以兩位同性戀者——時澄與動過變性手術的「姑姑」成蹊為主角，敘述二人各自情欲追尋之途上的顛躓困頓，及彼此間相親相近又相濡以沫的情誼。

時澄、成蹊以肉身為道場，歷經種種情欲摧折而身心俱傷，正是在性別流動變換歷程中，再次操演了世紀末的「情色想像」。其二，則是沙漠探險隊，對那「一出現即不存在、一顯影即成亡靈」、「漂泊的湖」的探勘追尋歷程。它以荒漠大湖樓蘭廢墟為場景，佐以千百年逝者如斯的時間流程，乃是在不斷地時空遷變之中，為「廢墟意識」做出另番見證。其中，若再細勘時澄的家族祕密，前述家國論述，又可經此「情色想像」與「廢墟意識」的交相辯證，另見新貌。小說中，姑姑原來是伯父的原委，固然早經披露；但時澄竟原是母親與伯父成淵所出的事實，卻是故事結束前最後的高潮。時澄與密友鴻史臨（訣）別時，曾有番應對，為此一錯亂身世，留下十分曖昧的詮解空間：

> 鴻史臨上車前，在月臺上與時澄道別，突然問他：「很抱歉，問個失禮的問題，就是你父親和你伯父，你為什麼老是跟他們吵個不停？」
>
> 「哦，因為他們兩個都是我的父親。」
>
> 鴻史似懂非懂，乾笑了幾聲，好像是說「你們這個家族，嘖、嘖、嘖……」[81]。

的確，「你們這個家族」，人丁不旺，卻有多人離家去國，長期行方不明，為的只是要各自在情欲與政治荒漠中上下求索。發展到最後，「姑姑」可以成為母親，伯父竟然是父親，原先的父親，雖要易位為叔父卻仍不失父親的名份，其倫理綱常之紊亂錯綜，親屬名份之浮游不居，豈不也與那水道屢遷的大湖長河若相彷彿？天河撩亂，人事倥傯，再多文明構設，人為限囿，畢竟難敵自然時空的流轉遷化——禮制綱常，擋不住情欲力道的摧枯拉朽；正如同精心修築的攔河壩，終要被秋天滿潮的孔雀河水沖走[82]；飽經情欲滄桑的身體，不免在時間長流中灰飛煙滅，何嘗不是樓蘭文明終成廢墟的一體多面？以是，承續於《廢五金少年》中的「家」已成廢墟，《野孩子》中的大頭竟以身殉，《天河撩亂》又進一步展演了從身體到家國，從自然到人文的興衰劫毀。只是，既然一切緣起性空，探險隊員又何苦尋尋覓覓，一意溯河源流，追訪那若顯實隱的大湖原址？「姑姑」生命垂危時，對時澄的一番表白，因而耐人尋思：

說來奇怪，也有點可笑，我有愛人，也有許多朋友，可是只有你讓我實實在在感覺到「家人」這種東西。不是血緣上的家人，也許是你出現的時候吧，正好是我的身體和心理都跨越了一大步，邁向另一個成熟期的當口，我第一次覺得我是一個母親，而你是我無性生殖的產物，我的孩子，我們屬於只有兩人構成，卻完整具足的特別家族。可能是這樣，我才會對你講一些本來並不準備向任何人透露的事，好像自然湧現的乳汁，我只能用我生命的祕密哺乳你[83]。

在此，明明是「姑姑」，卻可以作為母親；雖非直系血親，一樣可以綿延傳承，其關鍵，便在於「生命」祕密的相親共享。依循此一脈絡，則性別儘可流動不居，家國容或與時俱遷，大湖的追尋，很可能只是一場枉然，但生命本身的相證相成，似乎仍將綿延出自得自為的一脈相承。這就有如千百年來，羅布泊雖屢改水道，終至消亡不見；樓蘭古墓女屍沈埋安息兩千年，無人聞問；但都得以被有心的探險隊追尋探勘，見證它／她曾經的存在[84]。時澄初讀探險者札記時的悸動，因此可視為對前述「廢墟意識」的回應：

即使人生只是一條簡單的河和它寂寞的流域，即使世界只是一座漂泊的湖，而時間以無邊無際的荒漠包圍著這一切。

或許會有一個「我」，跌跌撞撞也好，迷迷糊糊也好，輕鬆愉快也好，有一天突然從蜃氣樓的幻影中走來，見證他短暫的存在[85]。

自然景象文明興廢與情欲滄桑相互映照，交織出的，竟是超越於世俗父子家國的生命觀照，這當是《天河撩亂》在世紀末文學想像中別樹新幟之處。然而，偏於宗教性的自我救贖，會不會只是出世理想的一廂情願？詩情化的悲愴與度脫，會不會反而暗示了現世中父子家國論述的牢不可破，令人無所逃於天地之間？無論是溯源定位抑是漂泊離散，是對傳統父權論述的拆解超越，抑是欲解還結，岐路徘徊，其間的依違掙扎，因此值得一思再思。

四、結語

孤兒？孽子？抑或是，野孩子？在傳統唯父子傳承是尚的家國觀念影響下，我們從《亞細亞的孤兒》一路下來，委實看到臺灣小說中太多悲苦沈重的「兒子們」。他們或徘徊於家門內外，或掙扎於父子衝突之間，追尋個人定位的同時，每每折射出一定的社會遷變，家國滄桑。傳統父子式家國觀本身的盲點與自我裂變之跡，亦於焉可見。據前所述，日據時期殖民地無父無家的認同困境，召喚出《亞細亞的孤兒》的成家欲望，然而隨之而生的性別焦慮，卻正暴顯出「父子家國」本身的矛盾與盲點。爾後，臺灣光復，國府遷臺，從象徵層面看來，臺灣子民，儼然已是有家有父。但「家」的空間限制，「父」的威權性格，在在引發父子間的緊張衝突。六〇年代以後，《家變》《孽子》相繼問世，一則在官方文藝政策之外，發展並建立了一套對立於體制，且不妥協於現狀的書寫模式；再則，也就傳統「家」之空間想像和父子傳承關係方面，多所質疑反思。依違於新舊世代交替之間，《家變》正是聚焦於「一門之內」，以「家」之發展過程中的諸多變與不變，質疑了父子間孝／肖傳承觀的正當性與必須性。而《家變》之後，《孽子》現身，其以「黑暗王國」與「安樂鄉」的空間想像，標示出「家國」定位的流動與機動；以錯位式的父子傳承，改寫線性式的血緣關係，隱隱是對《家變》的質詰做出回應。然而，隨著政經社會文化的鉅變迭生，九〇年代以後，「野孩子」們的廢墟意識與情色想像甚囂塵上，看似憤懣頹廢，交相辯證之下，畢竟仍在傳統思維模式之外，別開生面。這一系列文本所銘記的，亦正是半世紀以來，文學想像與外在環境及文化機制的互動進程。而今，舊世紀已去，新世紀將來，殖民統治也好，威權體制也罷，終究已成昨日黃花。展望未來，「兒子們」是否可以脫胎換骨，不再悲情苦痛？兒子之外，是否還有「女兒們」躍躍欲試，想要定義或改寫未來的家國傳承？放眼新世紀的臺灣文學，此一模式又是否將有被深化轉化或跳脫超越的可能？這些，或將是我們面對臺灣文學研究時，值得繼續關注的問題。

註釋

1 陳芳明（宋冬陽）先生討論吳濁流《亞細亞的孤兒》時，曾對「孤兒文學」有詳盡論述，參見〈朝向許願中的黎明——試論吳濁流作品中的「中國經驗」〉，《文學界》十期（一九八四年五月），頁一二七—一四六；〈戰後臺灣大河小說的起源〉，陳義芝主編，《臺灣現代小說史綜論》（臺北：聯經，一九九八），頁八四—九九等文。簡言之，「孤兒文學」係以臺灣本土作家的創作為主，呈顯日據時期臺灣人民的抗日歷程，以及輾轉於日本、中國與臺灣之間的認同困境；「孤臣（孽子）文學」的作者則多為國共內戰後，隨國民政府播遷來臺的外省籍作家，曾大興於五〇年代的反共懷鄉文學，便正是「孤臣孽子」之情的具體映現。在此，孤兒之無親無依，孽子之欲親其親而不可得，其所承載的傷痕苦難，及後續的影響流變，見證的正是近百年來家國歷史的滄桑遷變，在臺灣文學史上，當然意義重大。然而，值得注意的是，儘管這兩種文學的產生背景有別，訴求重點殊異，其假孤「兒」孽「子」之名以託喻滿腔憂憤心事的作法，卻又明顯有其異中之同——孤兒孽子原都只是現實家庭中失怙失愛之子輩的通名，在此轉為國族認同與原鄉追尋時無所依歸者的總體喻稱。以「家」喻「國」，除卻修辭層面的考量外，也傳達出傳統文化文學視家國為一體，二者可互為表裡、彼此託喻的內在感知。再者，「兒」、「子」的原意雖未必專指男性子嗣，然兩類文本不僅皆多著墨於男性人物的掙扎幻滅，其著重父子傳承，唯「祖」國是念的言行表現，同樣不經意地流露出崇尚中心、追求線性發展的男性意識型態。

2 分見朱熹《詩經集註》〈周南．桃夭〉注文（朱熹《詩經集註》（臺北：新陸，一九五七），頁四；鄭玄《周禮．地官．小司徒》〈土地家七人〉注文。又，關於「家」字的造形及本義，歷來眾說紛云，此處取一般通行之義。

3 王弼等正義，〈序卦〉，《周易注疏》九卷（上海：中華書局，一九二〇—一九三四）。

4 詹明信（Fredric Jameson）在〈處於跨國資本主義時代中的第三世界文學〉中曾提到：「第三世界的本文，甚至那些看起來好像是關於個人和利比多趨力的本文，總是以民族寓言的形式來投射一種政治：關於個人命運的故事包含著第三世界的大眾文化和社會受到沖擊的寓言。」見張京媛編《新歷史主義與文學批評》（北京：北京大學，一九九三），頁二三五。

5 早自五六〇年代開始，臺灣女性小說家及小說人物即對「家／國」有不同思考與觀照，「當官方意識型態還停留在將臺灣設訂為反共的跳板時，抵臺的女性作家已然放下行李，思索著新居佈置的問題了」。參見范銘如，〈臺灣新故鄉——五十年代女性小說〉，淡江大學中文系編，《中國女性書寫——國際學術研討會論文集》（臺北：學生，一九九九），頁三四九—三八〇。

6 按：《亞細亞的孤兒》雖成書於戰前，但正式發表，卻在戰後。再者，該書原名《胡志明》；《亞細亞的孤兒》之書名，亦是首見於一九五六年所發行的日文版（日本一二三書房印行）。故論者咸以之為體現戰後臺灣小說中「孤兒意識」的重要代表作。

7 吳濁流，《亞細亞的孤兒》（臺北，遠行，一九七七），頁一八一。

8 「外部流亡」與「內部流亡」之說，參見陳芳明，〈戰後臺灣大河小說的起源〉，陳義芝主編，《臺灣現代小說史綜論》（臺北：聯經，一九九八），頁八四—九九。

9 吳濁流，〈回顧日據時代的臺灣文學〉，《黎明前的臺灣》（臺北：遠行，一九七七），頁六三—六四。

10 參見吳濁流，〈第一章：聽祖父述說抗日故事〉，《無花果》（臺北：前衛，一九八八），頁三五、四〇。此外，吳濁流亦曾在其他篇章中多次表陳其「志明」之心，如在〈黎明前的臺灣〉一文中亦曾提及：「臺灣人的祖先當然是漢民族，……思想上往往沒有歸宿而眷戀著祖國，因此臺灣人把死稱為『回唐山（中國）去』」。見吳濁流，《黎明前的臺灣》，頁一一一—一一二。

11 太明所以有此一念頭，表面看來，不過只是在南京時寄人籬下，與屋主的飲食習慣及生活方式不能配合；但該書既旨在體現日據時期臺灣人民的認同困境，則個人不適應於異地生活，未嘗不是其彰顯此一主題的另一形式。吳濁流，《亞細亞的孤兒》，頁一二六—一二七。

12 吳濁流，《亞細亞的孤兒》，頁一一一—一一二。

13 吳濁流，《亞細亞的孤兒》，頁二二八。

14 吳濁流，《亞細亞的孤兒》，頁二七〇。

15 吳濁流，《亞細亞的孤兒》，頁三四。

16 吳濁流，《亞細亞的孤兒》，頁三四。

17 吳濁流，《亞細亞的孤兒》，頁三六。

18 早先郁達夫的〈沈淪〉，已開展出類似的書寫模式，只是郁最後所怪罪的「祖國」是一「陽性的母親」（說參周蕾，〈愛（人的）女人——被虐狂、狂想和母親的理想化〉，《婦女與中國現代性》（臺北：麥田，一九九五），頁二二五—二三〇，吳則著眼於生理血緣方面，是為其不同處。

19 吳濁流，《亞細亞的孤兒》，頁一二一—一二二。

20 吳濁流，《亞細亞的孤兒》，頁一五二。

21 吳濁流，《亞細亞的孤兒》，頁一五五。

22 「原初幻象」的觀念出自佛洛伊德〈兩性生理差異的一些心理結果〉一文；佛指出：「極幼年時期的孩童經聆聽父母交媾而開始最早的性興奮經驗，而拜其事後效應所賜，此事件可成為孩童整體性欲發展的起點」；而「原初場景」所牽涉到的聽覺與視覺，遂成為建構（男性）孩童性別與性欲取向的樞紐。此一論述曾在精神分析的電影理論中被有效運用及印證，詳參 Kaja Silverman, *Male Subjectivity at the Margins*. New York: Routledge, 1992. 張小虹，〈怪胎家庭羅曼史：《河流》中的欲望場景〉，《性／別研究》三／四期（一九九八年九月）頁一五六—一七八。

23 吳濁流，《亞細亞的孤兒》，頁一五二—一五三。

24 太明的婚姻一開始便在無奈無力的狀況下勉強維持，其後雖生了一個女兒（不是兒子！），但不久太明因政治因素被捕下獄，越獄潛返臺灣後，與妻子女兒幾乎沒有聯繫，婚姻有等於無。因此他最後也坦承：「做過很多事情，但沒有一件事情有結果，戀愛問題也是一樣」（參見吳濁流，《亞細亞的孤兒》，頁二七七）。而他與「祖」國女子的婚姻挫敗，及因紫金山而為其女兒取名「紫媛」，亦當有其家國歷史認同的喻意在焉。

25 參見施淑，〈現代的鄉土——六七〇年代臺灣文學〉，《兩岸文學論集》（臺北：前衛，一九九七），頁三〇四—三一〇。

26 王文興，《家變》（臺北：洪範，一九七八），頁二五—二六。

27 王文興，《家變》，頁五四。

28 王文興，《家變》，頁二五。

29 王文興，《家變》，頁一五五。

30 王文興，《家變》，頁一五二。類似的情節曾反覆出現多次，分見，《家變》頁一二三、一二七、一三三等。

31 王文興，《家變》，頁一六二。

32 王文興，《家變》，頁一七一。

33 王文興，《家變》，頁一五六。

34 范曄的二哥是范父原配之子，范曄的母親是為續弦。他因婚姻問題，屢屢與父親發生衝突，最後不堪父親一再干涉，「茲此以後一刀兩斷的，掙兔出了他們的家。」（王文興，《家變》，頁一四七）

35 王文興，《家變》，頁五一—五三。

36 如頁一五六即有如此敘述：「他的確許許多多之方面像他底父母親，更尤其像他之父親，不錯，自進大學以來便有了很多的人說他好像他的父親，他聽到了感覺無盡的箠痛、是真的，檢討了起來，叫他更加更更的難過，他的一些懦弱，跟某些缺乏進奪的情況的確就像他的父親。而他之對於這種缺點卻不能洩恨於他的父親，因為是他的情況已勢成他理必先憎恨他自身」。

37　王文興，《家變》，頁八四—八五。

38　王文興，《家變》，頁一五一—一五二。

39　王文興，《家變》，頁一七三。

40　王文興，《家變》，頁一七六。

41　王文興，《家變》，頁一九二—一九三。

42　由此，我們亦不難了解，為什麼《家變》自始至終都一再提到「家」與「門」。如全書一開始，寫的即是「一位滿面愁容的老人將一扇籬門輕輕掩上後，向籬後的屋宅投了最後一眼，便轉身放步離去。他直未再轉頭，直走到巷底後轉彎不見」（頁一）；范曄小時候最先認識的字之一，便是「門」（頁一七）；從小被母親耳提面命的就是「家住在什麼地方？要是給拐婆拐走了，要跟警察怎麼說的？說家住在那兒？」特別值得注意的是，雖然他能流利地答出家住在「廈門堤尾路五巷六號」，但當母親再問：「爸爸叫什麼名字？警察要問你爸爸叫什麼名字，你怎樣答他？」結果卻是：「他忘了」（頁一九）。而當他具有經濟能力，能夠當家做主時，他便把他和父母親兩個房間中隔的紙門換成了木門（頁一八〇）。俱見王文興，《家變》（臺北：洪範，一九七八）。

43　王文興，《家變》，頁一八三。

44　二哥結婚後育有二子，范曄曾於父親失蹤後去他家找他，無功而返。（王文興，《家變》，頁一八六—一八九）

45 前此，張小虹教授已從酷兒閱讀的角度，就「陽物父親」與「肛門父親」、「戀童情結」與「戀弟情結」，以及「原生家庭」與「怪胎家庭」間的錯綜糾結等議題多所論述。見〈不肖文學妖孽史〉。其他相關論文還包括葉德宣，〈陰魂不散的家庭主義魑魅——對詮釋《孽子》諸文的論述分析〉，《中外文學》二十四卷七期（一九九五年十二月）頁六六—八八；朱偉誠，〈（白先勇同志的）女人、怪胎、國族：一個家庭羅史的連接〉，《中外文學》二十六卷十二期（一九九八年五月）頁四七—六六等。

46 白先勇，《孽子》（臺北：遠景，一九八三），頁四。

47 白先勇，《孽子》，頁三〇四。

48 白先勇，《孽子》，頁二八〇—二八一。

49 此一錯位式父子關係的想像，在李青與傅老爺子間尤其明顯，如李父與傅都喜歡吃麵條（頁二八五）；李青睡在傅老爺子家中時，聽到傅起身上廁所的腳步聲，遂想起「在家裡夜半三更也常常聽到隔壁房父親踱來踱去的腳步聲」（頁二八三）；為傅守靈時，恍惚中「傅老爺子卻緩緩立起身，轉過臉來。我一看，不是傅老爺子，卻是父親！」（頁三八〇）。俱見白先勇，《孽子》（臺北：遠景，一九八三）

50 白先勇，《孽子》，頁四〇二。

51 白先勇，《孽子》，頁四〇七。

52 白先勇，《孽子》，頁三。

53 如頁二一七，當不知情的青年男女誤入蓮花池亭閣，卿卿我我，便引發「鐵牛」的不滿，「破口便罵人家狗男女，侵佔咱們的地盤，我們這個老窩，哪裡容得外人進來撒野？」於是和青年大幹一架，「在他小腹上戳了一刀，把人家殺成重傷」。參見白先勇，《孽子》，頁二一七

54 說參Anderson, Benedict. Imagined Communities: Reflections on the Origin and Spread of Nationalism. Rev. and Extended ed. London: Verso, 1991.

55 吳敏與李青在大街上跑步時曾自命為「遊牧民族」，「逐兔子」而居。見白先勇，《孽子》，頁一四二。

56 如老鼠即是「自小便沒了爹娘」（頁一二），小玉是「無父的野種」（頁九二）；曾被王夔龍帶回家的小金寶，「母親是三水街的一個暗娼」，「他記得他母親有幾個老客人，他直管他們叫阿爸」，但對自己的親生父親，卻「記不得了」（頁三一〇）。俱見白先勇，《孽子》（臺北：遠景，一九八三）。

57 白先勇，《孽子》，頁八〇—八一。

58 白先勇，《孽子》，頁三六九。

59 白先勇，《孽子》，頁三六〇—三六一。

60 參見張小虹，〈不肖文學妖孽史〉、葉德宣，〈兩種「露營／淫」的方法：《永遠的尹雪豔》與《孽子》中的性別越界演出〉，《中外文學》二十六卷十二期（一九九八年五月）頁六七—八九。

61 如「母親一走，我跟弟娃兩個人卻突然變得相依為命起來，弟娃一向是跟母親睡的，母親出走那天晚上，他卻跑到我房中，爬到我床上，拼命擠到我懷裡來，大概他心裡害怕。那晚我自己也很疲倦，便摟住他，學母親那樣，拍著他的背，一塊兒睡去」。（頁四八—四九）「母親一輩子都在逃亡、流浪、追尋，最後癱瘓在這張堆塞滿了發著汗臭的棉被的床上，罩在污黑的帳子裡，染上了一身的毒，在等死。我畢竟也是她這具滿載著罪孽，染上了惡疾的身體的骨肉，我也步上了她的後塵，開始在逃亡，在流浪，在追尋了。那一刻，我竟感到跟母親十分親近了起來」。（頁五六）俱見白先勇，《孽子》（臺北：遠景，一九八三）。

62 白先勇，《孽子》，頁一五二。

63 白先勇，《孽子》，頁二六八。
64 白先勇，《孽子》，頁三三三。
65 白先勇，《孽子》，頁二六八—二七〇。
66 李順興，《廢五金少年的偉大夢想》（臺北：聯經，一九九二），頁二七。
67 李順興，《廢五金少年的偉大夢想》，頁五一—五二。
68 李順興，《廢五金少年的偉大夢想》，頁一〇六。
69 李順興，《廢五金少年的偉大夢想》，頁一〇一。
70 李順興，《廢五金少年的偉大夢想》，頁一一六。
71 李順興，《廢五金少年的偉大夢想》，頁一二〇—一二一。
72 張大春，〈開始〉，《野孩子》，（臺北：聯合文學，一九九六），頁一五。
73 張大春，《野孩子》，頁一四二。
74 張大春，《野孩子》，頁一四〇—一四二。
75 張大春，《野孩子》，頁四五—四八。
76 張大春，《野孩子》，頁二一五。
77 張大春，《野孩子》，頁七四。
78 張大春，《野孩子》，頁七五。
79 張大春，《野孩子》，頁七四。
80 張大春，《野孩子》，頁一六五。

81 吳繼文，《天河撩亂》（臺北：時報，一九九八），頁二八二。

82 吳繼文，《天河撩亂》，頁一二六。

83 吳繼文，《天河撩亂》，頁九三—九四。

84 小說一開始，探險隊員之一的敘事者「我」，便在札記中，將這一意義說明得十分清楚：「我已經多少次希望看一看那些在兩千年前盛極一時，卻被這世界完全地遺忘的區域，也就是一九二一年那『漂泊的湖』重歸了舊湖床，同時塔里木河下游重歸了舊河道的那個地帶。這真是一個值得紀念的日子，一九三四年四月一日，我將永遠不會忘記；何況它正好是復活節。」《天河撩亂》，頁九—一〇。

85 吳繼文，《天河撩亂》，頁一八六—一八七。

重要參考文獻

一、作家文集

王文興　一九七八　《家變》，臺北：洪範。
包天笑　一九七一　《釧影樓回憶錄》，香港：大華。
包天笑著、范伯群編　一九九六　《通俗文學盟主包天笑代表作》，南京：江蘇文藝。
白先勇　一九七一　《臺北人》，臺北：晨鐘。
白先勇　一九八三　《孽子》，臺北：遠景。
白先勇　一九八四　《寂寞的十七歲》，臺北：遠景。
左舜生　一九七八　《左舜生回憶錄》，臺北：文海。
李南衡編　一九七九　《日據下臺灣新文學明集五．文獻資料選集》，臺北：明潭。
李順興　一九九二　《廢五金少年的偉大夢想》，臺北：聯經。

吳濁流　一九七七　《黎明前的臺灣》，臺北：遠行。

吳濁流　一九七七　《亞細亞的孤兒》，臺北，遠行。

吳濁流　一九八八　《無花果》，臺北：前衛。

吳繼文　一九九八　《天河撩亂》，臺北，時報。

呂赫若原著，林至潔譯　一九九五　《呂赫若小說全集》，臺北：聯合文學。

周作人著、鍾叔河校訂　二〇〇九　《周作人散文全集》，桂林：廣西師範大學。

周金波著，中島利郎、周振英編　二〇〇二　《臺灣作家全集．周金波集》，臺北：前衛。

胡　適　一九六六　《胡適選集》，臺北：文星。

胡　適　一九九六　《胡適文存》，安徽：黃山書社。

胡　適　二〇〇四　《胡適日記全集》，臺北：聯經。

張大春　一九九六　《野孩子》，臺北：聯合文學。

張文環著、陳萬益編　二〇〇三　《張文環全集：隨筆集（一）》，臺中：臺中縣立文化中心。

張光正編　二〇〇二　《張我軍全集》，臺北：人間。

張恆豪編　一九九一　《臺灣作家全集．賴和集》，臺北：前衛。

張恆豪編　一九九一　《臺灣作家全集．龍瑛宗集》，臺北：前衛。

張恆豪編　一九九一　《臺灣作家全集．翁鬧．巫永福．王昶雄合集》，臺北：前衛。

張恆豪編 一九九一 《臺灣作家全集·龍瑛宗集》，臺北：前衛。
張恆豪編 一九九一 《臺灣作家全集·楊逵集》，臺北：前衛。
張恆豪編 一九九一 《臺灣作家全集·張文環集》，臺北：前衛。
張恆豪編 一九九一 《臺灣作家全集·楊守愚集》，臺北：前衛。
張恆豪編 一九九一 《臺灣作家全集·王詩琅·朱點人合集》，臺北：前衛。
張恆豪編 一九九一 《臺灣作家全集·王昶雄集》，臺北：前衛。
梁啟超 一九六〇 《梁啟超文集》，臺北：中華書局。
梁啟超 一九八九 《飲冰室合集·專集》（八八—八五），北京：中華書局。
梁啟超著、夏曉虹編 二〇〇五 《飲冰室合集·集外文》，北京：北京大學。
陳獨秀 一九八七 《獨秀文存》，合肥：安徽人民。
葉石濤、鍾肇政編 一九七九 《植有木瓜樹的小鎮》，《光復前臺灣文學全集·卷七》，臺北：遠景。
葉聖陶 二〇〇四 《葉聖陶集》，南京：江蘇教育。
魯　迅 一九八九 《魯迅全集》，臺北：唐山。
蔣渭水著、王曉波編 一九九八 《蔣渭水全集》，臺北：海峽學術。

二、專書

上海圖書館編　一九六五《中國近代期刊篇目匯錄》，上海：上海人民。
王志弘編譯　一九九五《空間與社會理論譯文選》，臺北：自印本。
王泉根　二〇〇〇《現代中國兒童文學主潮》，重慶：重慶。
王雲五　一九七三《商務印書館與新教育年譜》，臺北：臺灣商務印書館。
王建軍　一九九六《中國近代教科書發展研究》，廣州：廣東教育。
王德威　一九九八《如何現代，怎樣文學》，臺北：麥田。
王繼權、夏生元編　一九九六《中國近代小說大系》，南昌：百花洲文藝。
吳小龍　二〇〇六《少年中國學會研究》，上海：三聯書店。
吳門天笑生編述　一九二四《女子書翰文》第二冊，上海：有正書局。
李　今　二〇〇〇《海派小說與現代都市文化》，合肥：安徽教育。
李永春　二〇〇五《少年中國與五四時期社會思潮》，湖南：湖南人民。
李澤厚　一九九六《美的歷程》，臺北：三民。
林幸謙　一九九四《生命情結的反思》，臺北：麥田。
周婉窈　二〇〇三《海行兮的時代——日本殖民統治末期臺灣史論集》，臺北：允晨。

〔美〕周蕾著、張京媛等譯　一九九五　《婦女與中國現代性：東西方之間閱讀記》（*Woman and Chinese Modernity: The Politics of Reading Between West and East*），臺北：麥田。

〔美〕周蕾著、孫紹誼譯　二〇〇一　《原初的激情》（*Primitive Passions: Visuality, Sexuality, Ethnography, and Contemporary Chinese Cinema*），臺北：遠流。

〔日〕垂水千惠　一九九八　《臺灣的日本語文學》，臺北：前衛。

柳　珊　二〇〇四　《在歷史縫隙間掙扎——一九一〇—一九二〇年間的〈小說月報〉研究》，南昌：百花洲文藝。

施　淑　一九九七　《兩岸文學論集》，臺北：前衛。

桑　兵　一九九五　《晚清學堂學生與社會變革》，上海：學林。

夏曉虹　一九九一　《覺世與傳世——梁啟超的文學道路》，上海：上海人民。

陳正茂　二〇一〇　《理想與現實的衝突：「少年中國學會」史》，臺北：秀威資訊。

陳平原　一九八九　《二十世紀中國小說史》，北京：北京大學。

陳平原、夏曉虹編　一九九七　《二十世紀中國小說理論資料》第一卷，北京：北京大學。

陳景韓　一九七九　《中國近代教育史》，河北：人民教育。

郭正昭、林瑞明　一九七四　《王光祈的一生與少年中國學會》，臺北：環宇。

康有為　一八九七　《日本書目志》，上海：大同譯書局。

商金林　一九九五《葉聖陶傳論》，合肥：安徽教育。
許俊雅　一九九五《日據時期臺灣小說研究》，臺北：文史哲。
張枬、王忍之編　一九六二《辛亥革命前十年間時論選集》第一卷上冊，香港：三聯書店。
馮自由　一九八一《革命逸史》，北京：中華書局。
彭瑞金　一九九五《臺灣新文學運動四十年》，臺北：爾雅，一九九五。
趙　園　二〇〇一《艱難的選擇》，上海：上海文藝。
劉人鵬　二〇〇〇《近代中國女權論述——國族、翻譯與性別政治》，臺北：學生書局。
劉　俊　一九九五《悲憫情懷——白先勇評傳》，臺北：爾雅。
劉增人、馮光廉編　一九八八《葉聖陶研究資料》，北京：十月文藝。
歐陽子　一九七六《王謝堂前的燕子》，臺北：爾雅。
錢　穆　二〇〇二《中國文學論叢》，北京：三聯書店。
〔美〕蘇珊・桑塔格（Susan Sontag）著、刁筱華譯　二〇〇〇《疾病的隱喻》，臺北：大田。
Franco Moretti. 1987. *The Way of the World: The Bildungsroman in European Culture*. London: Verso.

三、單篇論文

白先勇講，尤靜嫻記錄　二〇〇一〈故事新說——我與臺大的文學因緣及創作歷程〉，《中外文學》三十卷二期，頁一八〇—一八八。
毛　策　一九九五〈包天笑譯著編年目錄〉，《清末小說》一八號，頁九〇—一二一。
王潤華　二〇〇〇〈白先勇《臺北人》中後殖民文學結構〉，何寄澎編，《文化、認同、社會變遷——戰後五十年臺灣文學國際學術研討會論文集》，臺北：文建會，頁三〇三—三二一。
朱偉誠　一九九八〈（白先勇同志的）女人、怪胎、國族：一個家庭羅曼史的連接〉，《中外文學》二十六卷十二期，頁四七—六六。
朱偉誠　二〇〇〇〈建立同志「國」？朝向一個異議政體的烏托邦想像〉，《臺灣社會研究季刊》四十期，頁一〇三—一五二。
朱偉誠　二〇〇一〈父親中國．母親（怪胎）臺灣？白先勇同志的家庭羅曼史與國族想像〉，《中外文學》三十卷二期，頁一〇六—一二三。
〔日〕村田雄二郎　一九九二〈康有為與孔子紀年〉，王守常主編，《學人》第二輯，南京：江蘇文藝。
〔日〕村田雄二郎　二〇〇〇〈近代中國「國民」的誕生〉，國分良成等編，《日中徹底對論

——中日全球化の行方》，東京，新書館，頁一七二—一九八。
沈松僑　一九九七〈我以我血薦軒轅——黃帝神話與晚清的國族建構〉，《臺灣社會研究季刊》二八期：一—七七。
宋明煒　二〇一〇〈「少年中國」之「老少年」：清末文學中的青春想像〉，劉東主編，《中國學術》第二七輯，北京：商務印書館，頁二〇七—二三一。
吳濁流　一九七七〈回顧日據時代的臺灣文學〉，《黎明前的臺灣》，臺北：遠行，頁六三—六四。
〔日〕松尾洋二　一九九九〈梁啟超と史伝——東アジアにおける近代精神史の奔流〉，收入狹間直樹編，《共同研究梁啟超——西洋近代思想受容と明治日本》，東京：株式會社たみすず書房，頁二九七—二九五。
依莉莎白．葛洛茲作，王志弘譯　一九九五〈身體／城市〉，王志弘編譯，《空間與社會理論譯文選》，臺北：自印本，頁二〇九—二二二。
〔日〕垂水千惠　一九九四〈戰前「日本語」作家——王昶雄與陳火泉、周金波之比較〉，黃英哲編，涂翠花譯，《臺灣文學研究在日本》，臺北：前衛，頁八七—一〇七。
〔日〕星名宏修　一九九四〈「大東亞共榮圈的臺灣作家（一）——陳火泉之皇民文學型態〉，黃英哲編，涂翠花譯，《臺灣文學研究在日本》，臺北：前衛，頁三三—五七。
〔日〕星名宏修　一九九四〈「大東亞共榮圈的臺灣作家（二）——另一種「皇民文學」：周金

波的文學型態〉，黃英哲編，涂翠花譯，《臺灣文學研究在日本》，臺北：前衛，頁五九—八六。
范伯群　二〇〇六〈通俗文學的文化啟蒙與文化傳承〉，梅家玲編，《文化啟蒙與知識生產——跨領域的視野》，臺北：麥田，頁一九五—二一二。
茅　盾　一九二九〈讀倪煥之〉，樂黛雲編，《茅盾論中國現代作家作品》，北京：北京大學，一九八〇，頁一五〇—一六七。
施　淑　二〇〇一〈龍瑛宗思想初論〉，臺大中文系編，《臺靜農先生百歲冥誕學術研討會論文集》，臺北：國立臺灣大學中文系，頁二六三—二七四。
柳書琴　二〇〇〇〈殖民地文化運動與皇民化：論張文環的文化觀〉，江自得編，《殖民地經驗與臺灣文學》，臺北：遠流，頁一一—四三。
夏志清　一九六九〈白先勇論〉（上），《現代文學》三十九期，頁一。
夏曉虹　二〇〇七〈吳孟班：過早謝世的女權先驅〉，《文史哲》二期，頁八四—八九。
秦賢次　一九九六〈張我軍及同時代的北京臺灣留學生〉，彭小妍編，《漂泊與鄉土——張我軍逝世四十週年紀念論文集》，臺北：文建會，頁五七—八一
張小虹　一九九八〈不肖文學妖孽史——以《孽子》為例〉，收入陳義芝編，《臺灣現代小說史綜論》，臺北：聯經，頁一六五—二〇二。

張小虹　一九九八〈怪胎家庭羅曼史：《河流》中的欲望場景〉，《性／別研究》三、四期合刊：一五六—一七八。
〔日〕清水賢一郎　一九九九〈傳播空間的開創——梁啟超「新文體」的誕生與明治東京的傳媒文化〉，第四四回國際東方學者會議「中國作家的『帝都』東京體驗」學術研討會論文，東京。
陳芳明　一九八四〈朝向許願中的黎明——試論吳濁流作品中的「中國經驗」〉，《文學界》一〇期，頁一二七—一四六
陳芳明　一九九八〈史芬克斯的殖民地文學——《福爾摩沙》時期的巫永福〉，《左翼臺灣——殖民地文學運動史論》，臺北：麥田，頁一二一—一四〇。
陳芳明　一九九八〈戰後臺灣大河小說的起源〉，陳義芝主編，《臺灣現代小說史綜論》，臺北：聯經，頁八四—九九
陳思和　二〇〇九〈從「少年情懷」到「中年危機」——二十世紀中國文學研究的一個視角〉，《探索與爭鳴》五期，頁四—一一。
陳建華　一九九七〈現代中國革命話語之源〉，《二十一世紀雙月刊》四十期，頁八三—九六。
熊月之　一九九七〈略論晚清上海新型文化人的產生與匯聚〉，《近代史研究》四：二五七—二七二。

廖咸浩　一九九六〈有情與無情之間——中西成長小說的流變〉，《幼獅文藝》八十三卷七期，頁八一—八八。
郭水潭　一九九四〈日據初期北市社會剪影〉，《郭水潭集》，臺南：臺南縣立文化中心，頁四二六—四四七。
劉紀蕙　二〇〇三〈從「不同」到「同一」：臺灣皇民主體「心」的改造與精神的形式〉，「二十世紀臺灣男性書寫的再閱讀——完全女性觀點學術研討會」論文，臺北：政治大學。
劉紹銘　一九七七〈回首話當年，淺論臺北人〉，《小說與戲劇》，臺北：洪範，頁二七—六〇。
葉德宣　一九九五〈陰魂不散的家庭主義魑魅——對詮釋《孽子》諸文的論述分析〉，《中外文學》二四．七：六六—八八。
葉德宣　一九九八〈兩種「露營／淫」的方法：《永遠的尹雪豔》與《孽子》中的性別越界演出〉，《中外文學》二十六卷二期，頁六七—八九。
蔡克健　一九九五〈訪問白先勇〉，白先勇，《第六隻手指》，臺北：爾雅，頁四四一—四七五。
〔日〕齋藤希史　一九九九〈近代文學觀念形成期における梁啟超〉，狹間直樹編，《共同研究梁啟超——西洋近代思想受容と明治日本》，東京：株式會社たみすず書房，頁二九六—三三〇。
顏元叔　一九六九〈白先勇的語言〉，《現代文學》三十七期，頁一三七—一四五。

顏健富　二〇〇二〈「發現孩童」與「失去孩童」──論魯迅對孩童屬性的建構〉，《漢學研究》二十卷二期，頁三〇一─三二五。
Fritz Martini.　1991　"Bildungsroman – Term and Theory", in *Reflection and Action: Essays on the Bildungsroman*, ed. James Hardin. Columbia: U of South Carolina P, pp. 1-25.
Jeffrey L. Sammons.　1991　"The Bildungsroman for Nonspecialists: An Attempt at a Clarification", in *Reflection and Action: Essays on the Bildungsroman*, ed. James Hardin. Columbia: U of South Carolina P, pp. 26-45.
白先勇　二〇〇〇〈翻譯苦，翻譯樂〉，《聯合報》二〇〇〇年十二月三十一日─二〇〇一年一月二日，三十七版〈聯合副刊〉。
芥舟　一九三二〈社會改造與文學青年〉，《南音》一卷十一號。
張我軍　一九二四〈致臺灣青年的一封信〉，《臺灣民報》二卷七號。
陳火泉　一九四三〈道〉，《臺灣文藝》六卷三號。
謝春木　一九二三〈她要往何處去〉，《臺灣民報》一九二三年七月十日。

論文出處

發現少年，想像中國
——梁啟超「少年中國說」的現代性、啟蒙論述與國族想像

本章論文為八八年度國科會專題研究計畫「少年中國：中國現代小說中青少年成長／啟蒙論述與新國家論述初探(I)」（計畫編號：NSC 89-2411-H-002-014）部分研究成果。初稿曾於二〇〇〇年八月宣讀於由哥倫比亞大學與北京大學聯合主辦的「晚明與晚清：歷史傳承與文化創新」國際學術研討會。修訂後刊登於《漢學研究》第十九卷一期，頁二四九—二七六。二〇一一年八月再次修訂後收入本書。

小說教育
——包天笑與清末民初的教育小說

本章論文為國科會三年期整合型計畫「世變中的啟蒙：文化重建與教育轉型（一八九五—一九四九）」（計畫編號：NSC 93-2411-H-002-082-AF）部分研究成果。初稿曾於二〇〇五年五月宣讀於北京大學主辦的「教育：知識生產與文學傳播學術研討會」，修訂後以〈包天笑與清末民初的教育小說〉為題，發表於《中外文學》第三十五卷一期，頁一五五—一八三。並以〈教育，還是小說？——包天笑與清末民初的教育小說〉為題，收錄於梅家玲編，《文化啟蒙與知識生產》（臺北：麥田，二〇〇六），頁八一—一一九。二〇一一年八月再次修訂後收入本書。

孩童，還是青年？
——葉聖陶教育小說與二〇年代青春／啟蒙論述的折變

本章論文本論文為國科會三年期整合型計畫「世變中的啟蒙：文化重建與教育轉型（1895-1949）」（計畫編號：NSC94-2411-H-002-008）部分研究成果。初稿曾於二〇〇六年九月宣讀於馬來西亞新紀元學院主辦的「記憶與書寫：中國現當代文學」國際學術研討會。修訂後刊登於《臺灣文學研究集刊》第二期，頁七九—一〇四。二〇一一年八月再次修訂後收入本書。

身體政治與青春想像
——日據時期的臺灣小說

本章論文為中研院文哲所專題研究計畫「正典的生成：臺灣文學與世界文學的關係」子計畫「少年臺灣：多重文學因緣中的少年論述與臺灣想像」部分研究成果；初稿曾於二〇〇四年七月宣讀於中研院文哲所「正典的生成：臺灣文學國際研討會」。修訂後刊登於《漢學研究》第二十三卷一期，頁三五—六二—。並由許時嘉、星野幸代日譯，以〈臺湾小説における身体の政治学と青春想像——国家からジェンダーまで〉為題，收入前野みち子、星野幸代、垂水千恵、黃英哲編，《臺湾文化表象の現在：響きあう日本と臺湾》，（名古屋：株式会社あるむ，二〇一〇），頁二三三—二七一。以及由H. Denès與I. Rabut法譯，以"La politique du corps et l'image de la jeunesse: la littérature de fiction taïwanaise à l'époque de l'occupation japonaise"為題，收入A. Pino與I. Rabut編，*La littérature taïwanaise état des recherches et réception à l'étranger,* 二〇一一，頁一九五—二二三。二〇一一年八月再次修訂後收入本書。

白先勇小說的少年論述與臺北想像
——從《臺北人》到《孽子》

本章論文為八九年度國科會補助專題研究計畫「少年中國：中國現代小說中青少年成長／啟蒙論述與新國家論述初探(II)」（計畫編號：NSC 89-2411-H-002-051）部分研究成果。發表於《中外文學》第三十卷二期，頁五九—八一；二〇一一年八月修訂後收入本書。

孤兒？孽子？野孩子？
——戰後臺灣小說中的父子家國及其裂變

本章論文初稿曾於一九九九年十一月宣讀於臺灣大學「戰後五十年臺灣文學國際研討會」。修訂後收入何寄澎編，《文化、認同、社會變遷——戰後五十年臺灣文學國際學術研討會論文集》（臺北：文建會，二〇〇〇），頁二六三—二九九。二〇一一年八月再次修訂後收入本書。

後記

我的研究興趣向來十分廣泛，雖然過去從事古典文學研究多年，但對於現當代文學，始終抱持著高度的好奇與關懷。十多年前，因緣際會寫了幾篇臺灣當代小說的研究論文之後，深受此一領域吸引，便也一路走了進去。這期間，來自古典文學的訓練不斷提醒我注意：現當代文學與古典文學有何不同？它們是斷裂？還是延續？該如何以「文學史」的眼光去看待兩者間的轉折變化？

基於這些提問，以及「古典」與「現代」雙重視野的參差對照，我發現：「少年」人物、「成長」主題、「青春」意象與「國族」論述的強調，不僅是二十世紀以來中文小說著墨的重點，更是它有別於古典文學之處。於是，《從少年中國到少年臺灣》一書的研究規畫，便也由此產生。

該書早在九〇年代中期便開始醞釀。然而為了因應不同的研究計畫及學術會議，撰寫時卻未必依循原初的架構次第。其中最關鍵、也最值得一提的，是〈發現少年，想像中國──梁啟超「少年中國說」的現代性、啟蒙論述與國族想像〉一章。時當西元二〇〇〇年，我同時獲得哈佛燕京學社與傅爾布萊特基金會獎助，在哈佛大學進行為期一年的研究工作。哈燕圖書館的豐富館藏，李歐梵教授、韓南教授的適時點撥，以及同在哈佛研修的村田雄二郎、陳熙遠、陳建華等好友的相與切磋，都大大開拓了我的研究視野。正是在這樣的學術環境中，促使我的觀照面向由當代上溯到晚清，展開「少年中國」相關探討的同時，也為日後研究，建立了更為開闊的格局。在個人的學術生涯中，這真是特別具有意義的一段時光。

當然，由古典文學轉向近現代文學研究，最想感謝的，是王德威、陳平原、夏曉虹三位教授。除了在議題研討、資料提供方面，使我受益良多之外，彼此時相往還的情誼，也成為學術之路上，支持我不斷前進的重要力量。

此外，本書各篇章的完成，曾得到國科會專題研究計畫，與中研院主題研究計畫的經費支持；撰寫、發表及修訂過程中，還要感謝許多學界師友們，包括：范伯群教授、楊牧教授、柯慶明教授、何寄澎教授、白先勇教授、杜國清教授、黃英哲教授、彭小妍教授、李奭學教授、李孝悌教授、陳國球教授、廖咸浩教授、陳萬益教授、陳芳明教授、邱貴芬教授、張小虹教授、劉紀蕙教授、何碧玉教授、安必諾教授、伍燕翎教授、許子東教授、張宏生教授、陳思和教授、王風教授、季進教授、馬耀民教授、星野幸代教授、豐田舟子博士、許時嘉博士。他們或邀稿、或邀約演講、或籌辦學術會議、或提供修訂意見，或代為譯成日文、法文版發表，使此一研究得以在與學界持續對話的過程中，不斷精益求精。最後，還有我的助理馬翊航、賴佩暄、劉于慈同學協助校訂，以及麥田出版社林秀梅、賴雯琪、林怡君小姐的細心編輯，使本書得以順利出版，在此也要向他們表示由衷的感謝。

國家圖書館出版品預行編目資料

從少年中國到少年臺灣：二十世紀中文小說的青春想像與國族論述／梅家玲作. -- 初版. -- 臺北市：麥田, 城邦文化出版：家庭傳媒城邦分公司發行, 民101.11
面； 公分
ISBN 978-986-173-829-1（平裝）

1. 中國小說　2. 臺灣小說　3. 文學評論

820.9708　　101020626

麥田人文 143
從少年中國到少年臺灣：
二十世紀中文小說的青春想像與國族論述

作　　者／梅家玲（Chia-ling Mei）
主　　編／王德威（David D. W. Wang）
責任編輯／林怡君、方怡雯

副總編輯／林秀梅
編輯總監／劉麗真
總 經 理／陳逸瑛
發 行 人／涂玉雲
出　　版／麥田出版
城邦文化事業股份有限公司
104台北市中山區民生東路二段141號5樓
電話：(02) 25007696　傳真：(02) 25001966
部落格：http://blog.pixnet.net/ryefield
發　　行／英屬蓋曼群島商家庭傳媒股份有限公司城邦分公司
104台北市民生東路二段141號11樓
書虫客服服務專線：02-25007718・02-25007719
24小時傳真服務：02-25001990・02-25001991
服務時間：週一至週五09:30-12:00・13:30-17:00
郵撥帳號：19863813　戶名：書虫股份有限公司
讀者服務信箱E-mail：service@readingclub.com.tw
歡迎光臨城邦讀書花園　網址：www.cite.com.tw
香港發行所／城邦（香港）出版集團有限公司
香港灣仔駱克道193號東超商業中心1樓
電話：(852) 25086231　傳真：(852) 25789337
E-mail：hkcite@biznetvigator.com
馬新發行所／城邦（馬新）出版集團【Cite(M)Sdn. Bhd】
41, Jalan Radin Anum, Bandar Baru Sri Petaling,
57000 Kuala Lumpur, Malaysia.
電話：(603) 90578800　傳真：(603) 90576622
E-Mail: cite@cite.com.my

印　　刷／前進彩藝有限公司

■2012年（民101）11月15日　初版一刷　　Printed in Taiwan.

定價：350元

ISBN 978-986-173-829-1